Michael S. Nickel

Domé

Roman

Domé

Michael S. Nickel

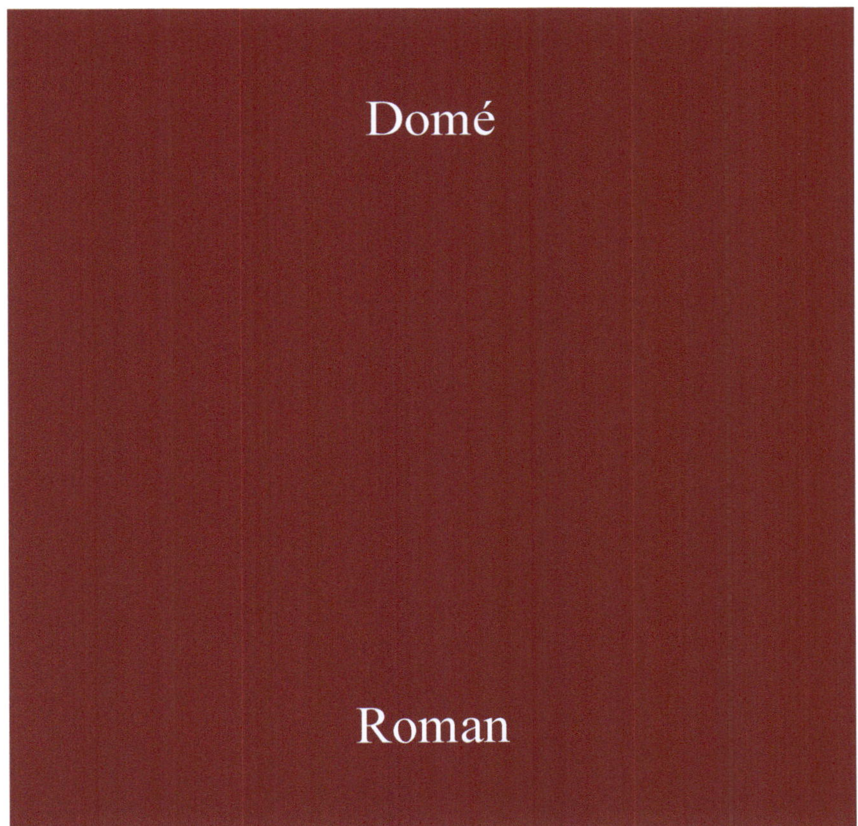

Impressum:

Verlag: BoD · Books on Demand GmbH,
In de Terpen 42, 22848 Norderstedt
Druck: Libri Plureos GmbH, Friedensallee 273,
22763 Hamburg

© 2024 Michael S. Nickel
Gestaltung, Text und Illustrationen: Der Autor

1. Auflage April 2024
2. Auflage September 2024
ISBN-Nr.: 978-3-7597-6659-5

Prolog

Domé

Im Morgengrauen des dritten Tages der großen Falkenjagd begrüßten Trommeln und lang gezogene Hornsignale den Aufgang der Sonne, das Wiedererscheinens des Gottes des Lichtes, des Wachstums und des Wohlstandes, der Klarheit und der Harmonie. Zu seinen Ehren hatte sich der König zu dem kleinen Altar begeben, der auf einem Felsvorsprung aufgestellt worden war. Dieser hing wie eine vorgerückte Kanzel über der steil abfallenden Flanke des Berges. Dort hatte er sein Weiheopfer dargebracht, begleitet von den sechs hohen Fürsten des Reiches. In gebührendem Abstand beobachteten die Mitglieder des Hofstaates die Zeremonie. Der Herrscher dankte dem Gott für das Wiedererscheinen, die Gnade, die er damit ihm, seinem Stellvertreter, erwies und erbat eine gute Jagd und zahlreiche Beute.

Auf die flache und versteppte Hochebene im Norden seines weiten Landes hatte sich der Herrscher von Domé begeben, um wie in jedem Jahr der Falkenjagd beizuwohnen. Dieses Ereignis, traditionell am Ende der Regenzeit gelegen, wenn sich auf der Hochebene reichlich jagdbares Wild eingefunden hatte, stellte im Ablauf der Feiern und Ereignisse des Hofes einen besonderen Höhepunkt dar. Hier fanden sich der Herrscher, die Fürsten und Würdenträger des Reiches mit ihrem Hofstaat, mit ihren Prinzen und Konkubinen, den Köchen und Stallmeistern, Falknern und Knechten ein, um in einem scheinbar improvisierten Feldlager vom höfischen Protokoll ungehindert dem besonderen Vergnügen der Jagd frönen zu können. Nebenher wurden aber auch wichtige Verhandlungen geführt und Abkommen geschlossen, die zu einem späteren Zeitpunkt durch die Riten eines Jahrtausende alten Kodexes geheiligt werden sollten.

Der König schaute um sich. Er stand am Rande des Felsplateaus, die Weite seiner Lande im Osten, Süden und Westen im Blick. Der Morgen war ungewöhnlich klar und die Luft rein. Ein kräftiger Wind ließ die Banner flattern und bauschte die Gewänder der Umstehenden. Die Falken und Reittiere waren seltsam nervös an diesem Morgen; so als ob sie den Beginn der Jagd nicht erwarten konnten. Schon wollte er das Zeichen zum Aufbruch geben, auf das die Falkner und Treiber, die Jagdherren und Beobachter so begierig warteten, aber er hielt inne – in weiter Ferne, im Südwesten über der Bucht von Domé, wurde am Horizont ein seltsames Phänomen sichtbar. Eine langgezogene Wolke türmte sich dort auf breiter Front auf und legte sich wie eine Decke über die Landschaft. Und dann trug der Wind ein donnerndes Krachen herbei, ein die Ohren betäubendes Zerbrechen und Zerbersten wie zahllose Gewitter auf einmal. Die Menschen fielen zu Boden und pressten die Hände auf die Ohren. Die angeketteten Vögel flatterten wild und versuchten, ihre Fesseln abzuschütteln. Die Reittiere, die Kamele und Pferde bäumten sich auf und scheuten. Einige stürzten in Panik davon und über die nahe Bruchkante der Hochebene in den Tod. Der König aber stand starr und blickte weiter auf die seltsame Wolke. Und er erkannte, dass diese sehr schnell näherkam, die Täler und Flussläufe herauf anstieg und die Felder, Ortschaften und Wälder bedeckte.

Lange stand der Herrscher dort und blickte auf das Tuch aus Qualm und Rauch, das seine Länder bedeckte. Der Donner war verhallt und nur gelegentlich waren noch Geräusche aus der Ferne zu vernehmen. Der Hofstaat hatte sich von ihm zurückgezogen und stand in Gruppen bei den Zelten. An eine Jagd war an diesem Morgen nicht mehr zu denken.

Erst als klar wurde, dass die Wolke nicht zur Hochebene hinaufsteigen würde, vielmehr in den Tälern verharrte und dann langsam wieder abfloss wie ein Strom zähen Sirups, wandte sich der Herrscher dem Altar zu und betrachtete das morgendliche Opfer für den Sonnengott, eine kleine Antilope, die still im hellen Sonnenlicht lag. Und die Sonne schien weiterhin ungerührt auf das Hochplateau und die Anwesenden. Sie war für dieses Unglück nicht verant-

wortlich. Aber welcher Gott sollte nun angerufen und besänftigt werden?

Das Unglück, denn als solches hatte es der König erkannt, konnte noch nicht untersucht werden. Trotzdem sandte der er eine kleine Gruppe Knechte ins Tal, damit sie Nachricht aus dem nächstliegenden Dorf holen sollten. Dann wies er seine Untertanen an zu warten.

Und sie warteten. Viele Stunden, bis zum nächsten Tag. In der Zwischenzeit hatte sich der Himmel mit dichten Wolken zugezogen und es regnete den restlichen Tag und die Nacht hindurch. Als am nächsten Morgen die Sonne aufging, bot ihr der König kein Opfer dar. Er stand wieder an der Abbruchkante und schaute nach Süden. Die Wolke war verschwunden und die Landschaft lag klar im Sonnenlicht. Sie schien unverändert und doch wirkte sie anders. An einigen Stellen schienen trotz des Regens Feuer ausgebrochen zu sein, denn man sah einzelne Rauchsäulen.

Der König stellte wieder eine Gruppe Kundschafter zusammen. Diesmal wurden auch Mitglieder der großen Familien ausgewählt, was zu einiger Unruhe und Protesten führte.

Die Abordnung folgte dem schmalen Pfad hinab ins Tal - sie bleiben lange dort unten, aber gegen Abend sah man die kleine Gruppe, unversehrt und vollzählig, die langgezogenen Serpentinen heraufsteigen.

Ohne ein Wort durchquerten die Kundschafter die dicht gedrängte Menge. Auch als sie vor ihrem Herrscher standen, fanden sie keine Worte. Bis einer von ihnen, ein Sohn des hohen Hauses Doué, vortrat und langsam, stammelnd, von dem berichtete, was sie gesehen hatten: die ersten Kundschafter hatten sie auf halbem Wege gefunden, an einer Stelle, bis zu der die Wolke vorgedrungen war. Sie lagen dort tot, erstickt, in seltsamen Verrenkungen, mit herausquellenden Augen und weit geöffnetem Mund. Und auch die Bewohner des Dorfes unten – sie hatten wohl zu fliehen versucht, waren aber von der Wolke erfasst und erstickt worden. Mehr konnten sie nicht sagen. Doch, ja. Eines: auch alle Tiere wären tot, alles, was Leben und Atem hatte und nicht hatte fliehen können vor der alles verschlingenden Dunkelheit. Alles andere wäre unberührt, die Häuser und Bäume, Getreide und Weiden, Flüsse und Wege.

Als sie geendet hatten, befahl der Herrscher, das Feldlager abzubrechen. Er wies die Fürsten an, mit ihren Untertanen zu ihren Wohnsitzen zurückzukehren. Da das Volk von Domé nunmehr nicht mehr bestände, sollten die heiligsten Stätten vor Raub und Plünderung durch Fremde gesichert werden. Dann sollten sie sich am Tag der Wintersonnenwende wieder auf dem Plateau treffen.

◆

Und so geschah es. Die Zurückkehrenden fanden ihre einstmals volkreichen Städte und Dörfer als Totenstätten wieder, als Orte der Fäulnis und des unerträglichen Verwesungsgestanks. Sie legten Feuer, da sie nicht jedem der ehemaligen Einwohner ein angemessenes Begräbnis bereiten konnten und verwandelten so einst blühende Gemeinwesen in Ruinenfelder. Die großen Tempel und Paläste aber verbargen sie unter Erde und Schutt, was für die wohlgeborenen Herren und ihre Familien, die Konkubinen und Diener eine ungewohnte Mühsal bedeutete.

Als schließlich das einst blühende Land beerdigt war, zogen die Fürsten und die verbliebenen Untertanen – etliche waren bereits vorher geflohen, andere waren durch verseuchtes Wasser vergiftet, durch fehlende Nahrung verhungert oder durch die Strapazen der Arbeiten zu Tode gekommen – wieder zum Hochplateau, um die Entscheidungen des Königs zu vernehmen. Als sich alle versammelt hatten, trat dieser vor sie hin und sprach:

„Ich, Euer König und Herrscher, der Sohn der Sonne und des Lichtes, der Bewahrer des Wachstums und des Wohlstandes, der Klarheit und der Harmonie – ich habe versagt. Ich habe dieses Unheil nicht abwenden können, das durch mir unbekannte Mächte über unser Volk gekommen war. Ein anderer hatte eine gute Jagd und mehr als zahlreiche Beute. Ich weiß keine Erklärung dafür, noch kenne ich einen Gott, den ich um Gnade hätte bitten können. Ich habe versagt."

Und er legte die Zeichen seiner Königswürde ab, zerbrach den Stab und den Stirnreif, zerschnitt das Leopardenfell, warf den

Gürtel von sich. Zuletzt nahm er den Ring mit dem großen Stein von seinem Finger und brach ihn auf. Die Fassung übergab er seinem ältesten Sohn, den Stein dem zuverlässigen Hofmeister mit der Bitte, diesen in seiner Familie aufzubewahren bis zu dem Zeitpunkt, da Domé wieder erstehen würde. Diesen Zeitpunkt könne er nicht bestimmen, noch wüsste er, ob dies jemals geschehen würde. Dann legte er den Umstehenden nahe, sich andere Orte und Völker zu suchen, denen sie sich anschließen könnten. Domé wäre nicht mehr und sie wären heimatlos. Dann wandte er sich um und verließ den Ort ihrer letzten Zusammenkunft ohne ein weiteres Wort.

Ω

1. Teil
Das Haus Domé

Domé

1. Kapitel: Das Erwachen

Wabernde Lichtflecken, taumelnde und kreisende Streifen, tiefschwarze Finsternis, dann wieder grelle, pulsierende Farbfetzen. Schrilles Kreischen und Krachen, dumpfes Heulen wie von Sirenen. Hallende Stimmen. Dann ein Bild aus einer anderen Welt, klar und rein, aber fern und unnahbar: Ein hoher, schlanker Mann mit einem Umhang aus Leopardenfell und einem glitzernden Reifen über der Stirn hält in den erhobenen Händen etwas gegen die aufgehende Sonne. Am rechten Mittelfinger blitzt ein großer Edelstein. Hinter ihm stehen in einigem Abstand ähnlich gekleidete Männer. Eine weite Landschaft unter einer warmen Sonne. Das Bild verwischt und wird von anderen überlagert. Ein hübsches, dunkles Frauengesicht, lächelnd. Schimmernde schwarze Augen. Dann Dunkelheit und Kälte. Eine schneebedeckte Hügellandschaft mit Kindern, die ihm vertraut vorkommen. Sie laufen auf ihn zu und kreischen vor Vergnügen. Dann wieder grelle, funkelnde Farbpartikel, dazu scharfe Gitarrenklänge. Splitter von absteigenden Kadenzen. Und wieder ein fernes Bild. Auf einer hohen Felsenspitze, vor einem strahlenden Palast, golden schimmernd in der untergehenden Sonne: Ein Mann, ganz in Weiß gekleidet, breitet die Arme aus. Und Schmerzen. Pein. Unerträgliche Pein. Dunkelheit und barmherziger Schlaf.

Leo erwachte. Panik überflutete seinen durch Schmerzen und Medikamente betäubten Verstand. Hände und Füße gehorchten ihm nicht. Er schien blind. Er kämpfte gegen die Panik an und versuchte sich zu erinnern; was mit ihm geschehen war; was das Letzte war, an das er sich erinnern konnte; wer er selbst war. Die Bilder und Traumgestalten waren ihm keine Hilfe, aber er erinnerte sich dumpf, dass er schon etwas Ähnliches erlebt hatte. Ein gebrochenes Bein, eine provisorische Narkose. Ein Krankenhaus?

Langsam beruhigte er sich und versuchte seine Gedanken zu sammeln und zu sortieren. Er hörte leise Stimmen, beruhigende Worte, dann verschwammen auch diese und er schlief wieder ein.

♦

Als er erneut erwachte, war sein Selbst wieder präsent. Er war Leonard H. Zimmermann, deutscher Staatsbürger, 26 Jahre alt, 1,87 m groß und um die 85 kg schwer, angenommener Sohn eines angesehenen Arztes in der nordhessischen Provinz, afrikanischer Abstammung, Broker bei einer großen Bank in New Yorck, USA. Wohnhaft im Zentrum. Wohlhabend. Eine schicke Maisonette. Ein flottes Auto – er stutzte. Jetzt erinnerte er sich. Er war unterwegs gewesen zu seiner Verabredung mit dieser netten Buchhändlerin. An der Ecke 32nd Str. / 4. Avenue war er abgebogen und hatte auf die Passanten auf dem Zebrastreifen warten müssen. Dann ein Stoß, ein Blitz, dann Dunkelheit. Sirenen, blitzendes Licht. Schmerz.

Das war es also. Ein Verkehrsunfall. Hoffentlich war ihm nichts passiert. Er war immer stolz auf sein Aussehen gewesen, die harmonischen, klaren Gesichtszüge, die hoch gewachsene, gut proportionierte Statur und die durch Sport und Hanteltraining gestärkte Muskulatur. Oder wenn etwas mit den Augen war – er versuchte sich zu bewegen.

„Bleiben Sie ruhig liegen, entspannen Sie sich", hörte er eine ruhige, weiche, weibliche Stimme.

„Wo bin ich, was ist mit mir …?" stammelte er.

„Sie hatten einen Unfall. Es ist einiges gebrochen und sie haben ein Trauma. Wir hatten sie vier Tage ins Koma gelegt. Bleiben sie ruhig. Alles wird wieder gut."

„Meine Augen, was ist mit ihnen …?" fragte er besorgt.

„Sie haben ein paar Schnittwunden im Gesicht. Nichts Ernstes. Wir mussten Sie aber verbinden, fixieren und ruhigstellen, damit nichts Ernstes daraus wird. Alles wird gut."

Schnittwunden im Gesicht. Er stöhnte. Ob er so zerschunden aussehen würde wie der Popstar Seal? Hoffentlich nicht. Aber was blieb ihm nun anderes übrig, als zu warten und zu schlafen? Er versuchte sich zu entspannen, in dem er schöne Erinnerungen beschwor. Die hübsche Buchhändlerin. Seine Jugendfreundinnen. Die Kindheit in Wolfburken. Das alte Haus am Hang. Die Wiese mit den Obstbäumen hinter dem Haus. Die Geschwister. Die

Freunde. Er stutzte in Halbschlaf. Diese Bilder in seinem Traum, so klar und doch fern. Wo hatte er diese schon gesehen? In einem Film? Eine Dokumentation über Afrika? Seltsam. Erinnerungen konnten es nicht sein. Er war noch nie in Afrika gewesen. Leo Zimmermann schlief wieder ein.

Und wieder kamen die Bilder. Sie kamen näher diesmal und wurden dabei klarer und deutlicher. Manche bewegten sich. Fantastisch gekleidete Menschen näherten sich ihm, lächelten ihn an und verbeugten sich. Und er wusste, dass diese Menschen zu ihm gehörten, obwohl er keinen von ihnen jemals zuvor gesehen hatte. Ihre Namen lagen ihm auf der Zunge, ohne dass er sie benennen konnte. Eine andere Zeit, eine andere Welt. Und noch etwas Anderes. Donnern und Krachen. Rauch und Staub und eine alles verschlingende Finsternis. Und ein funkelnder Stein in der Dunkelheit.

2. Kapitel: Genesung

Etwa eine Woche später saß Leo Zimmermann in seinem Krankenbett und frühstückte. Noch immer waren auf der linken Seite der Arm und der Unterschenkel bandagiert. Aber die Krankengymnastin war zufrieden mit ihm gewesen und hatte ihm eine baldige Heimkehr angekündigt. Natürlich mit Krücke. Und er sollte sich noch ein paar Tage schonen. Die Bandagen um das Gesicht und die Augen waren schon abgenommen worden. Die Schnitte waren noch sichtbar und mit Pflastern beklebt, aber es zeichnete sich ab, dass die Folgen vielleicht noch erkennbar, aber nicht dramatisch, vielleicht sogar interessant sein würden. Charaktervoll.

Er las den Bericht der Polizei über den Unfall. Ein durch Drogen betäubter Taxifahrer hatte zu fest auf das Gaspedal gedrückt, war mit überhöhter Geschwindigkeit durch die Menschenmenge auf dem Zebrastreifen gerast und hatte mehrere Passanten schwer verletzt. Zwei Tote. Er hatte Leos wartenden Porsche an der Breitseite gerammt und ihn gegen einen Laternenmast gedrückt. Dass er nicht schwerer verletzt war, erschien wie ein Wunder. Der Porsche war Schrott. Der Fahrer des Taxis war nur leicht verletzt, aber ohnmächtig gewesen. Er saß nun im Gefängnis und wartete auf einen Prozess mit klarem Ausgang und einer langen Haftstrafe.

Leo lehnte sich zurück. Der Porsche war zu verschmerzen. Er hatte ihn für ein bereits bestelltes Cabrio in Zahlung geben wollen. Den Job würde ihn der Aufenthalt im Krankenhaus nicht kosten, trotz des zeitlichen Ausfalls und der unerledigten Aufträge. Zwei Kollegen aus der Bank waren gestern Abend zu Besuch gewesen und hatten die Genesungswünsche des Chefs überbracht, über die Entwicklungen im Büro und die Anteilnahme der Kolleginnen und Kollegen berichtet. Einige große Blumensträuße verschönten schon seit einigen Tagen das Zimmer. Und mit der Mutter hatte er gesprochen, telefonisch natürlich, und sie beruhigt. Sie war schon auf dem Weg zum Flughafen gewesen, aber Leo hatte sie zurückhalten können und sie auf den Urlaub in zwei Monaten vertröstet. Als Arztsohn hatte er sie über alle Verletzungen und deren Behandlung aufklären können. Auch der Vater war am Telefon gewesen und hatte sich zufrieden gezeigt. Früher hatte er Leo dazu überreden wollen, Medizin zu studieren. Damit er später die Praxis übernehmen könnte. Und Leo hatte das Studium auch begonnen, aber bald festgestellt, dass er sich nicht für den Beruf des Arztes eignete. Dass er ihn in vielen Dingen unter- und in einigen auch überforderte. Und als mittelmäßiger kleiner Hausarzt in der Provinz zu versauern entsprach so gar nicht seinem Ehrgeiz. Stattdessen hatte er sich der Welt der Bilanzen und Renditen zugewandt und dabei so talentiert gezeigt, dass er schon bald den Wohlstand seines in Geldangelegenheiten eher schlampigen Vaters mit verschiedenen Anlagen und Transaktionen hatte mehren und stabilisieren können. Seit diesem Zeitpunkt hatte Dr. Zimmermann nicht mehr auf der Übernahme der Praxis beharrt, sondern seine Hoffnungen auf Leos Schwester Edith verlagert. Leo grinste. Die gute Edith, immer schon Vaters Liebling nun sein Opfer. Aber sie würde ihre Sache gut machen. Sie war nicht hübsch, aber talentiert, solide und bodenständig. Gerade die Richtige für die Patienten und ihre Wehwehchen. Eine echte Mutterfigur zum Ausweinen für die Wehleidigen, streng und sachlich zu den Hypochondern, sanft zu den schwer Betroffenen.

Zur Bewältigung seiner aktuellen Probleme hatte es auch gehört, dass er in dem Buchladen angerufen und seine Verabredung erneuert hatte. Die hübsche Dana war zunächst recht kühl gewesen, denn keine Dame sieht es gern, wenn ihr Galan sie versetzt. Der Verweis auf seinen Krankenstand und auf den Bericht über den Unfall in der Presse hatten dann aber die Wogen geglättet und die Dame gnädiger gestimmt. Sogar ein Krankenbesuch war angekündigt worden. Leo lehnte sich zufrieden zurück. Erzwungene Muße hat den Vorteil, dass man über manches nachdenken kann, das sonst unbeachtet bleibt. Und so dachte er über seinen weiteren Lebensweg nach – ein befriedigendes Ergebnis wollte sich allerdings nicht einstellen.

Die Bilder in seinem Kopf aber beunruhigten ihn. Gegenüber der behandelnden Ärztin hatte er eine Bemerkung fallen lassen, dass er seit dem Unfall gewissermaßen an Halluzinationen litte. Sie hatte ihn beruhigt und dieses Phänomen mit den Nachwirkungen

der Beruhigungsmittel erklärt. Das klang plausibel, war es aber
nicht. Er bekam kaum noch Medikamente, jedenfalls keine, die gewissermaßen halluzinogen wirken konnten. Die Bilder aber blieben. Sie kehrten nun nicht nur im Schlaf zurück, sondern auch im
Wachen erschienen sie. Er entschied, sie zu ignorieren wie lästiges
Ohrenpfeifen oder Zahnschmerzen.

3. Kapitel: Mitgefühl

Fräulein Dana Walker Haynsbury war zu Besuch gewesen. Leo hatte sich gerne von ihr bedauern und bemuttern lassen. Sie kannten sich erst seit kurzem. Sie hatte ihm einen populären Roman verkauft und einige Anmerkungen dazu gemacht, die ihn das Werk (eigentlich ein Geschenk für Edith) schnell und interessiert hatten lesen lassen. Bei seinem nächsten Besuch, beim Kauf der Fortsetzung, hatten sie sich sehr nett unterhalten und er hatte sie spontan eingeladen.

Nun war sie also zu ihm gekommen. Ihr Gesichtsausdruck, als sie ihn in seiner beklagenswerten Lage zu sehen bekam, hatten ihm mehr verraten, als sie vielleicht hatte zeigen wollen. Die lieblosen Blumenarrangements und die sicher mangelnde Pflege hatte sie zu beanstanden gewusst. Leo hatte dies lächelnd über sich ergehen lassen. Und als sie wie aus Versehen seine rechte, unverletzte Hand berührte, hatte er die ihre genommen und gehalten. Schweigend hatte sie dann neben ihm gesessen. Er hatte sich erneut für die geplatzte Verabredung entschuldigt, aber sie hatte nur den Kopf geschüttelt und sich abgewendet. Leo hatte aber deutlich die feuchten Augen sehen können und ihre Hand fester gedrückt. Dann war sie gegangen und er lag weiterhin an sein Bett gefesselt. In seinem Bauch aber begannen die Schmetterlinge zu tanzen.

◆

Oberarzt Dr. Baldwin war zur Visite gekommen. Allein diesmal, ohne Schwestern und Assistenten. Er studierte schweigend Leos Krankenakte und nach einigen oberflächlichen Untersuchungen, bei denen er Leo gelegentlich prüfend und mit gerunzelter Stirn angeschaut hatte, fragte er unvermittelt und angelegentlich in die Akte schauend:

„Sie haben Halluzinationen?"

Leo erschrak. Dann versuchte er verlegen, seine Träume und Visionen abschätzig darzustellen. Er verstummte schnell.

„Wann?" fragte der Arzt.

„Na ja - ziemlich oft."

„Auch tags?"

Leo nickte.

„So etwas wie afrikanische Fürsten, Landschaften in Afrika?"

Leo erschrak wieder und meinte dann: „Habe wohl Eddie Murphy's ‚Prinz von Zamunda' zu oft gesehen?"

Der Arzt schaute ihn weiter schweigend an und setzte sich dann. Wie abwesend schaute er aus dem Fenster und meinte dann:

„Früher als Kind hatte ich so etwas auch gelegentlich. Später nie mehr. Seit ein paar Tagen dann wieder, seit dem 14. März genauer gesagt." – „Und wenn ich sie mir so ansehe …", ergänzte er und schüttelte den Kopf. „Wie ein Déjà-vu, merkwürdig bekannt. Hat aber sicher keine Bedeutung. Was ich eigentlich sagen wollte – sie haben eine ungewöhnlich robuste Gesundheit. Der Heilungsprozess vollzieht sich außerordentlich schnell, äußerst ungewöhnlich. Alle Werte sind schon jetzt optimal. Wenn die Brüche nicht wären und die Narben, könnte man sagen: kerngesund. Ich gratuliere. Eigentlich könnten wir sie entlassen. Wir sollten die Brüche zur Kontrolle aber noch einmal ablichten und auch den Bericht der Krankengymnastin heute Nachmittag abwarten. Und vielleicht ein paar Gewebeproben entnehmen und so weiter. Im Interesse der Wissenschaft …", ergänzte er grinsend und wandte sich zum Gehen.

An der Tür drehte er sich noch einmal um, als wollte er etwas Ergänzendes sagen, runzelte kurz die Stirn, blickte noch einmal wie zweifelnd in Leos Gesicht, schüttelte den Kopf und ging.

Leo war verblüfft. Ein anderer, völlig fremder Mensch hatte ähnliche, vielleicht sogar die gleichen „Halluzinationen"? Und seit dem 14., dem Tag seines Unfalls. Gab es hier eine Verschwörung? War dieses Krankenhaus eine Brutstätte zur Beeinflussung des Bewusstseins? Er blickte um sich, als suche er Gerätschaften, mit denen man wie in Science-Fiction-Filmen der Kategorie B üblich, das Gehirn wehrloser Opfer bearbeiten konnte. Aber das Zimmer sah aus wie ein ganz gewöhnliches Krankenhauszimmer. Vielleicht doch Halluzinogene?

„Was soll's!" dachte er und versuchte sich wieder etwas bequemer hinzulegen, „Bald bin ich draußen und kann mich Wichtigerem widmen." Er schloss die Augen, summte und dachte an die Verabredung mit Dana. Plötzlich lachte er. Er hatte die Musikfetzen, die ihm im Kopf herumgeschwirrt waren, erkannt. Purple Rain von Prince.

♦

Es klopfte und ein Mann mittleren Alters trat ein. Er stellte sich als Detective James E. Mason vor und fragte, ob er einige Fragen wegen des Unfalls stellen könnte. Es gäbe da einige kleine Ungenauigkeiten.

Leo hatte nichts dagegen. Er konnte sich aber kaum an etwas erinnern, das der Polizei hätte helfen können. Er hatte sein Rendezvous im Sinne gehabt und nicht auf die weitere Umgebung, nur auf die Fußgänger geachtet. Er erinnerte sich an das Aufheulen eines Motors und an das Kreischen von Menschen in verschiedenen Tonlagen. Er hatte den Kopf gedreht, da kam schon der Schlag. Plötzlich fiel ihm doch etwas ein.

„Aber wenn sie etwas Genaueres über den Unfall wissen wollen, sollten sie den Fahrgast fragen", meinte er.

Der Polizeibeamte sah ihn verblüfft an. Ein Fahrgast? Ja, meinte Leo, in dem Taxi hatte jemand gesessen, schräg hinter dem Fahrer, der sich hinter das Steuer geduckt habe. Ein dunkles, ausdrucksvolles Gesicht. Ein Herero vielleicht. Der Detective starrte ihn an.

„Also, das ist komisch", meinte er nach einer Weile langsam, „wir haben Spuren gefunden, die tatsächlich auf einen Fahrgast hindeuten. Der Taxifahrer hatte zum Beispiel das Fahrgeld, das vom Taxameter angezeigt wurde, auf dem Schoß liegen. Er weiß aber von nichts, auch nichts von einem Fahrgast. Und eine alte Frau will jemand gesehen haben, der geduckt ausgestiegen sein könnte, aber niemand sonst hat ihn bemerkt. Bei dem Trubel ist das aber nicht verwunderlich. Wir haben der Sache keine Bedeutung beigemessen, da die Alte schon ziemlich verwirrt ist. Sind sie sicher?"

Leo war sich sicher. Er fragte nach dem Taxifahrer. Der könne sich eben an nichts erinnern, behauptete er jedenfalls, war die

Antwort. Ein wortkarger Puerto-Ricaner mit einigem Dreck am Stecken. Und was sei ein Herero?

„Oh, ein Volk in Afrika. In Namibia, genauer gesagt. Berühmte Krieger. Was ich sagen wollte ist, dass der Fahrgast bestimmt kein Puerto-Ricaner gewesen ist."

Dass der Mann ihm aber irgendwie bekannt vorkam, verschwieg er dem Polizisten vorsichtshalber. Die Sache mit den Traumbildern war schon ungewöhnlich genug und er wollte nicht als Spinner dastehen.

Der Polizist verabschiedete sich. Wie der Arzt blickte er an der Tür noch einmal zurück und runzelte die Stirn.

„Na toll", dachte Leo amüsiert, „Es wir immer komplizierter. Jetzt trachten nicht nur die New Yorcker Taxifahrer nach meinem Leben, darüber hinaus hält mich die Polizei für einen verrückt gewordenen Deppen mit Halluzinationen."

Denn dass der Beamte sich über seinen Zustand informiert hatte, ärztliche Schweigepflicht hin oder her, hielt er für mehr als wahrscheinlich. Dann überlief es ihn mit einem Male kalt. Wie in einem seiner Traumbilder erinnerte sich plötzlich klar und deutlich daran, wie das Taxi auf ihn zukam, der Fahrer hinter das Steuer geduckt und die Augen geschlossen, der andere aber mit weit aufgerissenen Augen ihn anstarrend.

„Sie trachten nach meinem Leben …"

4. Kapitel: Familie

Einige Tage später fühlte sich Leo H. Zimmermann im siebten Himmel. Die Dame seines Herzens – denn dazu war sie nach einem weiteren Krankenbesuch geworden, bei dem er kaum noch krank genannt werden konnte – hatte sich zum Essen in ein Restaurant mit bekannt guter Küche und akzeptablem Ambiente ausführen lassen. Sie hatten sich angeregt unterhalten, wenn auch mit einigen Pausen im Gespräch. Und während Dana sich schließlich angelegentlich mit ihrem Dessert befasste, hatte er sie erneut genauer betrachten können. So, als wollte er herausfinden, was ihren Zauber ausmachte.

Dabei war ihm aufgefallen, dass seine aktuellen Gefühle so ganz und gar nicht denen glichen, die er sonst in einer solchen Situation empfand. Jedenfalls war er sich sicher, dass der Übergang vom Abend zur Nacht nicht durch die Frage: „Zu dir oder zu mir?" eingeleitet werden würde. Nicht, dass er dies nicht sehnlich gewünscht hätte, aber diese Frau war, das musste er nun fast ernüchtert feststellen, kein Mäuschen, das sich vorwiegend zum Bettwärmen eignete. Er suchte nach einem passenden Begriff, der auf sie anwendbar wäre. Eine Gefährtin? Ja, das war …

Sie blickte zu ihm auf und ihm blieb nichts Anderes übrig, als die Augen niederzuschlagen und zu hoffen, dass er nicht wie der größte Depp auf Gottes Erdboden aussah. Als der rote Schleier vor seinen Augen sich wieder verzogen hatte und er hoffte, ihr wieder in die Augen sehen zu können, stellte er fest, dass auch sie schnell ihren Blick senkte und ihr Gesicht einen Ausdruck zeigte, dessen Bedeutung er sofort erkannte. So musste er wohl gerade selbst ausgesehen haben.

„Hilfe! Jetzt ist es passiert!" dachte er mit einer Mischung aus Panik und Entzücken. Dann verebbte die Panik und das Entzücken blieb, eingebettet in Ruhe und Gewissheit. Der nächste Schritt würde einfach sein und der weitere Weg lag klar vor ihm, oder genauer gesagt, vor ihnen. Und er würde seine uralte Pflicht und Schuldigkeit tun …

◆

Einige Tage später war Leo bei der Familie des Dr. Haynsbury zum Abendessen eingeladen. Zum Ende ihrer ersten Verabredung hatte er die Dame seines Herzens in stillem Einvernehmen und ohne weiteres Nachfragen bis zur Haustüre begleitet, eine Vorstellung bei den Eltern aber abgelehnt mit dem Hinweis darauf, dass er keine Umstände machen wollte. Dann hatte er darum gebeten, den Eltern zu einem Zeitpunkt ihrer Wahl vorgestellt zu werden und seinen Heiratsantrag vorgebracht. Er war ruhig angenommen worden und mit einem zugegebenermaßen ungebührlich langen Gutenachtkuss besiegelt worden. Er hatte sich nur mit Mühe losreißen und verabschieden können.

Und so saß er nun am Familientische und verzehrte seinen reichlich bemessenen Anteil an der nicht enden wollenden Folge von den schmackhaften Gerichten. Da er ein guter „Futterverwerter" war, wie seine Mutter früher oft seufzend festgestellt hatte, wenn ein weiterer Nachschlag anstand, hatte er wenig Mühe, seinen Anteil zum Wohlgefallen seiner künftigen Schwiegermutter abzuarbeiten.

Zu seiner Person hatte es in der Familie Haynsbury im Vorfeld einige kontroverse Debatten gegeben. Vor allen der Doktor hatte, eifersüchtig wie die meisten Väter auf ihre Schwiegersöhne in spe, Bedenken angemeldet gegen diesen ausländischen Menschen. Ein Schwarzer aus Deutschland? Was sollte denn das sein? Ein Army-Bastard vielleicht? An dieser Stelle war Frau Haynsbury eingesprungen und hatte gefragt, ob er wohl auch einen Bastard dort hinterlassen habe, schließlich sei er zeitweilig dort drüben stationiert gewesen. Der Doktor hatte diesen Einwurf schnaubend ignoriert. Auf Danas ruhig vorgebrachten Hinweis, dass ihr Verlobter ein Adoptivkind aus Afrika sei, hatte er zum Anlass genommen, über die heruntergekommenen Hungerleider dort herzuziehen und die grassierende Verbreitung des HIV-Virus in manchen Ländern wegen der herrschenden Unmoral zu geißeln. Dana hatte trocken erwidert:

„Zu seiner Geburt gab es meines Wissens noch keine Infektionen in Afrika, jedenfalls erwähnt Roland Norman in seinem Buch ..."

„Norman, dieser Besserwisser! Was weiß der schon!" hatte der Doktor unterbrochen und war auf das Gebiet der Unmoral und des inflationären Gebrauchs von Kondomen übergewechselt, so als wolle er seine Tochter der zügellosen Promiskuität anklagen. Auf den Hinweis seiner Tochter, dass sie mit ihrem Verlobten noch keine vorehelichen Vertraulichkeiten gehabt habe, hatte er mit einem verächtlichen:

„Ein Schlappschwanz also!" kommentiert.

„Also, das wohl eher nicht, denke ich …", hatte seine Tochter nachdenklich gesagt, „… Wenn er nicht einen ziemlich großen Revolver in der Tasche gehabt hatte neulich Abend …"

An dieser Stelle hatte ihre Mutter, die nicht wusste, ob sie über ihren Mann empört oder belustigt sein sollte, lauthals losgelacht und die anderen Familienmitglieder am Frühstückstisch hatten sich angeschlossen. Dr. Haynsbury hatte weiter vor sich hin gegrummelt, seine Attacken aber eingestellt, um die Munition für das Treffen mit dem unwillkommenen Schwiegersohn-Anwärter aufzusparen.

Und so saß der Delinquent mit am Familientisch. Nach einer üppigen Vorspeisenplatte, gegrillten Rippchen, Lachsschnitten in zweierlei Soße und einem gefüllten Truthahn fühlte sich Leo vom Wohlwollen seiner Schwiegermutter in spe geradezu überrollt, während die bohrenden Fragen des Doktors über Herkunft, Familie, Einkommen und sonstige persönliche Daten ebenfalls nicht enden wollten. Alles reichlich dubios. Ein abgebrochenes Medizin-Studium! Stattdessen ein Geldumdreher. Alles Betrüger! Und Weiße aus Naziland als Zieheltern! Der Doktor war empört.

Leo hatte auf die Attacken und gezielten Provokationen einerseits wie auf die wohlwollenden Nachfragen andererseits freundlich und sachlich geantwortet. Beim Stadium des Kaffees im Wohnzimmer hatte das gute und mehr als reichhaltige Essen das Gemüt des Doktors etwas beruhigt. Er war nun missvergnügt wegen der mangelnden Bereitschaft seines Schwiegersohnes in spe zu einem leidenschaftlichen Disput einerseits und über die nicht zu übersehende Tatsache andererseits, dass seine geliebte, aber leider etwas dickköpfige Tochter diesen unerwünschten Kerl als ihren Gatten ausgesucht hatte und mit Sicherheit auch heiraten würde. Leo indessen hatte nachdenklich begonnen, die bislang unzusammenhängenden Bruchstücke seiner Biografie zu verknüpfen:

„Sehen sie, Doktor", hatte er gemeint, „Was meine Person angeht, so gibt es sicher einiges Sonderbare oder vielleicht sogar Zweifelhafte, aber das meiste ist doch nur alltäglich und unspektakulär. Ich glaube zum Beispiel nicht, dass ich mich dazu eigne, ein großer Star zu sein, in welcher Branche auch immer. Kein Nobelpreisträger der Medizin zum Beispiel, der seine Familie mit Glanz überschüttet, wenn sie verstehen, was ich meine ..."

Der Doktor schnaubte.

„Aber ich glaube nicht, dass Dana so etwas erwartet ..."

Die Dame seines Herzens schüttelte lächelnd die schwarzen Locken.

„Ich habe bisher", fuhr er fort, „darauf geachtet, dass ich einen Job gut mache, für den ich mich eigne und nicht mit etwas dilettiere, wozu ich mich nicht eigne. Ich will nicht behaupten, dass ich am Ziel meiner Wünsche angelangt bin, was den Beruf anbelangt, meine ich, aber ich habe schon jetzt eine gesicherte Existenz und das bleibt auch so, wenn morgen zum Beispiel die Kartenhäuser der Weltwirtschaft zusammenbrechen. Ich habe soweit vorgesorgt, dass ich heute einfach aufhörend könnte, irgendetwas Berufliches zu tun, ohne dass meine Familie Hunger leiden müsste. Es sei denn, diese Familie hätte die kostspieligen Angewohnheiten von Filmstars oder anderer Jetset-Typen. Aber ich denke, auch da bin ich bei Dana sicher. Wenn sie weitere Details ..."

Der Doktor schüttelte den Kopf.

„Gut. Davon also später. Und was die Herkunft angeht, die ist in der Tat merkwürdig, aber eher traurig als bedenklich. Meine Eltern – und sie sind meine Eltern, denn sie haben mir alles gegeben, was Eltern ihren Kindern geben können, mir und meinen Geschwistern, ihren leiblichen Kindern diesmal – nun, sie waren einige Jahre für die Organisation ‚Ärzte für die Welt' in Zentralafrika und mit dem Aufbau von Krankenstationen und bei der Ausbildung von

Arzthelfern beschäftigt. Eines Tages nun hatten die Leute im Dorf morgens in der Nähe ihres Brunnens eine alte Frau gefunden, die niemand kannte. Sie war den Anzeichen nach weit gewandert und wohl in der Nacht an Entkräftung und Hunger gestorben. Sie hatte nur einen nicht einmal ein Jahr alten Säugling bei sich. Sie hielten ihn auch für tot, bis er sich ein wenig regte. Er war nackt; die Alte hatte ihn in ihren Umhang gewickelt und an ihrem Leib getragen, aber sie war sicher nicht seine Mutter, dazu war sie viel zu alt. Um den Hals hatte der Junge eine Kette mit einem merkwürdigen Gebilde aus verfärbtem Metall als Anhänger."

Hier öffnete Leo den silbernen Knopf seines steifen Hemdkragens und zog das Amulett hervor.

„Ich denke, es ist ein Ring", meinte er nachdenklich, während er das sich langsam drehende Gebilde betrachtete, „Oder genauer gesagt, eine Ringfassung. Für einen großen Stein …"

Hier stockte er, denn eines seiner Traumbilder überflutete plötzlich sein Bewusstsein, während der Ring sich drehte. *„ Und ein funkelnder Stein in der Dunkelheit … "*

„Das Komische ist nun, der Ring ist aus schwerem Gold. Davon hätte die alte Frau Monate, vielleicht Jahre leben können. Stattdessen ist sie lieber gestorben, als dieses Stück wegzugeben. Seltsam, nicht wahr?"

Der Ring ging von Hand zu Hand und wurde begutachtet. Danas Bruder Joseph, der zum Ärger seines Vaters als Schmuck-Designer arbeitete und in seiner Ausbildung zeitweilig bei einem Juwelier gearbeitet hatte, betrachtete ihn stirnrunzelnd.

„Der ist ziemlich alt, wenn mich nicht alles täuscht. Jedenfalls nicht nachgemacht und auf alt getrimmt. So etwas sieht man."

Er gab den Ring an Leo zurück und der verstaute ihn wieder und knöpfte das Hemd zu. Und um weitere Spekulationen zu vermeiden meinte er:

„In den letzten Jahrzehnten hat es in Afrika heftige Umbrüche gegeben und manche früher wohlhabende Familie ist ins Elend gestürzt. Ich fürchte, es lässt sich nicht mehr herausbekommen, was damals geschehen ist. Die alte Frau wurde schnell irgendwo begraben, ich selbst adoptiert und nach Auslaufen des Vertrags meiner Eltern nach Deutschland gebracht. Das ist nun über ein Vierteljahrhundert her und die Umbrüche sind stärker geworden. Ich fürchte, die Suche nach meinen Wurzeln dürfte so schwierig werden wie so manch eines Amerikaners nach den seinen."

Das Gespräch ging nun auf andere Themen über. Dr. Haynsbury beteiligte sich nur noch sporadisch am Gespräch. Auch er hatte den Ring kurz und mit einem Stirnrunzeln gemustert. Als aber die Verabschiedungsrunde am Ende des Abends an ihn kam, hatte er dem künftigen Schwiegersohn kurz die Hand gedrückt und ihn forschend angesehen.

♦

Nachdem sie ihren Verlobten an der Tür verabschiedet hatte, kehrte Dana zu ihrem Vater zurück.

„Bist du mir böse, Papa?", fragte sie.

Der schüttelte den Kopf. Nach einer langen Pause fragte er:

„Willst du diesen wirklich als deinem Mann, als Vater deiner Kinder?" und sie antwortete sofort:

„Oh ja, dazu ist er der Richtige, das weiß ich. Vertraust du ihm nicht?"

„Doch, aber – ich habe Angst vor ihm."

Sie schaute ihn erstaunt an.

„Angst? Du glaubst doch nicht, dass er ein Gangster ist oder so etwas. Das ist lächerlich!"

„Nein, kein Gangster oder sonst etwas Böses. Eher das Gegenteil. Da ist so etwas an ihm …"

„Aber wie kann man vor etwas Gutem Angst haben. Wirklich, Papa, ich bitte dich!"

„Es ist auch nicht wirklich Angst, Kind. Ich kann es nicht benennen. Irgendetwas Ungewöhnliches, Verwirrendes. Als er die Sache mit dem Amulett erzählte, da war etwas in seinem Blick …"

„Ich weiß", meinte sie nach kurzem Zögern, „Aber ich bin sicher, dass dies nur gut sein kann. Oder meinst du gar …" und sie begann zu lachen, „…, dass er so etwas ist wie Denzel Washington in diesem Film mit Whitney Houston. Ein Engel oder so?"

Der Doktor schüttelte ratlos seinen Kopf. Er dachte an seine Träume des Nachts in letzter Zeit. Und als er den Ring gehalten hatte, schien es ihm, als stände hinter dem Gast des Abends eine unendlich lange Reihe von hoheitsvollen Geistern, die ihn prüfend musterten. Dieses Gefühl hatte ihm nicht gefallen.

5. Kapitel: Hochzeit

Das Flugzeug hatte eine dreiviertel Stunde Verspätung. Bis Dr. Zimmermann und seine Frau sowie ihre Kinder Edith (Frau Doktor, frischgebacken) und Achim, der Softwareentwickler, ihr Gepäck bekommen hatten, hatte es noch einmal so lange gedauert. Nun standen sie in der eindrucksvollen Ankunftshalle der Fluggesellschaft mit ihren expressiven Betonschalen und begrüßten den beinahe verlorenen Sohn und seine Verlobte. Auch deren jüngerer Bruder Ernie hatte sich angeschlossen.

Dr. Zimmermann musterte seinen Sohn kritisch, aber der strahlte ihn so gesund und kräftig an, dass er im Gegensatz zu seiner Frau seine Fragen zu Gesundheit und Wohlbefinden zurückstellte. Immerhin hatte er im Rahmen eines umfangreichen Meinungsaustauschs mit dem behandelnden Chefarzt gewissermaßen unter Kollegen etwas erfahren, was ihn hatte aufmerksam werden lassen. Dass Leo eine besondere Disposition zur schnellen Regeneration hatte, war ihm aus langer Erfahrung bekannt. Schließlich gibt es im Leben der meisten Kinder immer zahlreiche zerschrammte Knie und andere Folgen eines unbändigen Spieltriebs zu kurieren. Aber bei Leo schienen diese immer über Nacht zu verschwinden. Auch die üblichen Kinderkrankheiten und einige Sportverletzungen hatte dieser ohne erkennbare Folgen weggesteckt. Andererseits schien Leo kein Sonderfall zu sein, abgesehen davon, dass er eine seltene Blutgruppe hatte, die ihn als Spender einerseits begehrt machte, als möglichen Empfänger andererseits zum Problemfall. Eine Routine-Analyse der DNA aber hatte Abweichungen von der Norm ergeben, die dem Forschungseifer Dr. Baldwins aufgefallen waren. Dr. Zimmermann hatte diese Ergebnisse gegen jedermann zurückgehalten, wollte sie aber Leo gegenüber baldmöglichst zur Sprache bringen. Jedenfalls vor der Hochzeit.

Die Mutter war mit dem Ergebnis der Begutachtung ihrer künftigen Schwiegertochter durchaus zufrieden und bemühte sich nun um einen harmonischen Verlauf der kommenden Tage ohne Missverständnisse. Achim hatte bei der Vorstellung etwas von „zu schön zum Hamburger verkaufen" gebrabbelt und als ihn Dana erstaunt angesehen hatte, gemeint:

„Sorry, kleiner Familienscherz".

Nach einem verärgerten Blick seines Bruders war er still geblieben, hatte aber weiter breit gegrinst. Als sie in die Stadt fuhren, fühlte sich Frau Zimmermann daher verpflichtet, den Ausspruch ihres Jüngsten zu kommentieren:

„Das mit dem Familienscherz wirkt auf nicht Eingeweihte etwas komisch, ist aber ganz einfach zu erklären, meine Liebe. Als Leo ein kleiner Junge war, haben ihn seine Spielkameraden immer nur Jim genannt, nach Jim Knopf aus dem Kinderbuch. Vielleicht kennst du es ja. Und später war er immer nur der Prinz. Na, ja, Jim Knopf ist am Ende ja auch ein Prinz. Und weil eben der Prinz in dem Film von Eddie Murphy nach New York geht, nach Queens, genauer gesagt, um sich dort eine Frau zu suchen, haben sie ihn halt damit aufgezogen. Und da das Mädchen dort halt Hamburger verkauft, ihr Vater genau genommen …"

An dieser Stelle hatte Dana zu lachen begonnen.

„Jim Knopf, soso!" hatte sie gekichert und Frau Zimmermann schwante, dass ihr Ältester demnächst einiges zu hören bekommen würde.

Zur Unterbringung von Eltern und Geschwistern hatte Leo sein Appartement etwas umgeräumt. Die Eltern und Edith würden im Schlaf- und im Gästezimmer nächtigen, er und sein Bruder auf den beiden großen Sofas im Wohnzimmer. Danas Bruder Ernie hatte diesen Rückzugsort noch nicht zu Gesicht bekommen und pfiff angesichts der kostspielig eingerichteten Maisonette-Wohnung in den obersten beiden Stockwerken eines prominenten Wolkenkratzers anerkennend durch die Zähne und meinte dann:

„Oh, oh!! Eigentumswohnung?"

Nach einer bejahenden Antwort war er zu der verglasten Loggia geschlendert, die die ganze Breite des Appartements über beide Geschosse einnahm und von wo aus man einen atemberaubenden Blick über das Stadtzentrum hatte, und meinte dann:

„Gute Geldanlage, nicht wahr?"

Leo grinste.

„Gratulation, Schwesterchen."

Dana schien verärgert.

◆

Am nächsten Morgen, nach dem Frühstück, während im Hause Haynsbury die Vorbereitungen für die Hochzeit am späten Vormittag auf Hochtouren liefen und während sich Leo für die Zeremonie ankleidete, hatte Dr. Zimmermann seine Frau und die anderen Störenfriede aus dem Schlafzimmer geschickt und suchte nun nach einem geeigneten Aufhänger für seine Ansprache. Da ihm nicht Brauchbares einfiel, fragte er unvermittelt:

„Ist dir eigentlich jemals in den Sinn gekommen, dass mit dir etwas nicht stimmt, mein Junge?"

Leo, der gerade versucht hatte, das Halstuch seiner „Heiratsmontur" zu befestigen, hielt verblüfft inne.

„Was meinst du damit?"

Und etwas umständlich begann Dr. Zimmermann über die „Forschungsergebnisse" in Sachen Leo Z. zu berichten.

„Weiß Dr. Haynsbury davon?"

„Nein"

„Sonst jemand?"

„Ich weiß nicht – vielleicht die Leute in der Klinik?"

Leo schaute auf die Uhr.

„Dana sollte Bescheid wissen – es ist ihre Entscheidung. Jetzt hinzufahren hat keinen Sinn – ich würde nicht vorgelassen. Schließlich darf ich die Braut bis zur Trauung nicht sehen. Vielleicht versuche ich es mit dem Telefon."

Als er sie dann nach einigem hin und her sprechen durfte, erklärte er ihr kurz die Fakten. Ihre Antwort überraschte ihn. Sie meinte nämlich:

„Ich wusste von Anfang an, dass an dir etwas Besonderes ist. Etwas wirklich Besonderes. Außerdem hat Dr. Baldwin schon etwas durchblicken lassen, als ich dich besuchte und ihm um Informationen über deinen Gesundheitszustand gebeten habe. Als Tochter eines Arztes bekommt man ja so einiges mit. Mach die keine Gedanken, Schatz. Und nun solltest du langsam kommen und mich in Empfang nehmen."

6. Kapitel: Wolfburken

Leo lehnte sich zurück, nahm noch einen Schluck von dem kräftigen, wenn auch etwas zu süßen Rotwein und entspannte sich. Lächelnd beobachtete er Dana, die mit Edith leise am Kamin plauderte. Es war die Zeit nach einem späten Abendessen, dass wie so oft reichlich gewesen war. Als Hauptgericht hatte es Leos Lieblingsessen (als Kind) gegeben, Rouladen auf bürgerliche Art, und passende Beigaben wie gemischte Klöße und Blumenkohlsalat. Das große Wohnzimmer war dunkel, so dass nur der Schein des Kaminfeuers die Anwesenden beleuchtete. Es war der Abend des fünften Tages ihrer Hochzeitsreise, die sie statt zu den Niagarafällen oder nach Hawaii in seine Heimat geführt hatte. Und so besuchten sie nun die für ihn vertrauten, für Dana aber exotischen Orte, wo er Kind gewesen und aufgewachsen war.

Erstaunlicherweise fühlte er sich hier aber nicht mehr so richtig heimisch. Die Orte und auch die Menschen wirkten auf ihn durch die zeitliche und räumliche Distanz und seine geänderten Lebensumstände fast fremd, so dass er sie wie Dana neu entdecken konnte. Und er wurde mit Interesse beobachtet. Immerhin war der „Schwarze Blitz", der früher den Ort in Atem gehalten hatte, nun ein gesetzter Ehemann und hatte aus der Ferne eine fremde Frau mitgebracht. Die Nachbarn und Freunde, von denen viele schon zu Besuch gekommen waren oder die sie bei ihren Streifzügen durch die alte Stadt, die Berge und die Wälder getroffen und gesprochen hatten, waren freundlich gewesen und hatten sich hilfsbereit gezeigt. Auch wurde die fremde Schöne interessiert gemustert und bestaunt, mit kennerhaften Blicken vonseiten der alten Kumpels und unverkennbar neidischen vonseiten der Damen, vor allem seinen ehemaligen Freundinnen, die ihrem Jugendschwarm hinterherseufzten und sich damit trösteten, dass er ja nun eine „passende Frau" gefunden hatte. Was immer das bedeuten sollte. Zumindest Doro, die ihn angehimmelt hatte, als sie etwa vierzehn Jahre alt waren, hatte diesbezüglich eine reichlich spitze Bemerkung fallen gelassen. Leo fühlte sich nun tatsächlich etwas fremd in der Heimat.

◆

Aber Andere hatten ihn voll Begeisterung gefeiert. Bert, der Nachbarsjunge und sein bester Freund aus den frühesten Tagen der Kindheit, hatte den frisch Vermählten ein improvisiertes Empfangskomitee bereitet, mit einem Ständchen, das von einer kleinen Kapelle aus Freunden von der Feuerwehr und aus dem Sportklub Rot-Weiß zu Gehör gebracht wurde. Breit grinsend, rotblond gelockt und stämmig, die Hände in die Hüften gestemmt, hatte er den fast verlegenen Leo und seine Gattin begrüßt. Auch Jogi, der Polizeibeamte, der eigentlich Johannes hieß und dies gern zu Hans verkürzte, war dabei gewesen und Manfred und Hubert, der Kegelbruder, und Konny. Und natürlich auch einige Mädchen – nein, junge Frauen nun. Auch Doro, die aus Trotz schon vor einigen Jahren Leos besten Freund Bert geheiratet hatte, als Leo ihren Avancen nicht nachgeben wollte.

Leo dachte wehmütig an vergangene Tage und versuchte, die Zukunft in den Blick zu bekommen. Die Turbulenzen der letzten Wochen hatten ihm ein klares Denken geradezu unmöglich gemacht und so hatte er sich über Danas und seinen weiteren Weg noch keine weitergehenden Gedanken gemacht. Geschweige denn, dass sie darüber gesprochen hätten. Über Kinder und so … Andererseits … Probleme und Sorgen hatten sie ja keine. Obwohl …

Er runzelte die Stirn. Irgendetwas beunruhigte ihn. Es betraf nicht Dana, nicht die Familie und auch nicht die Freunde. Aber es hatte eine seltsame kleine Irritation gegeben am Morgen, als sie aus der Kirche St. Johanna gekommen waren, in der er konfirmiert worden war und wo sie die gotischen Gewölbe, die alten Schlusssteine und Altäre bewundert hatten. Sie waren in einer der schmalen Gassen der Altstadt einer kleinen Gruppe von Männern begegnet, schwarz und fremdartig gekleidet. Diese hatten sie merkwürdigerweise nicht interessiert gemustert, wie es sonst üblich war, sondern hatten fast wie in Panik jeden Kontakt vermieden. Nur ein junger Kerl hatte ihn kurz und intensiv angestarrt, aber den Blick angewandt, als ihn sein Nachbar mit dem Ellbogen angestoßen hatte. Leo wollte gerade auf dieses sonderbare Benehmen reagieren, als aus einem Laden nebenan der Polizeibeamte Hans herausgeschossen kam, um sich als Fremdenführer anzudienen und sie voller Begeisterung durch die alten Winkel und Gassen zu führen. Die kannte er wie kaum ein anderer, denn er war hier aufgewachsen. Neben seinem Beruf war er als freiwilliger Ortspfleger immer unterwegs, um Veränderungen an den Häusern, die er liebte und von denen viele Kulturdenkmale waren, aufzuspüren, zu dokumentieren und gegebenenfalls auch zu ahnden. Er hatte nun die Gelegenheit genutzt, der „neuen Frau" die Schönheiten seiner Stadt vorzuführen. Und wenn auch sein Englisch holperig und die Aussprache sehr deutsch war, sprachen die Gebäude, zu denen er sie führte, eine deutlichere Sprache als er, und seine Begeisterung überwand alle Schwierigkeiten von Wortwahl und Grammatik. Es war eine sehr amüsante Führung gewesen.

Auch etwas Anderes hatte sich ereignet, was zumindest ärgerlich war. In der letzten Nacht war in die große Scheune eingebrochen worden. Nicht, dass dort etwas zu stehlen gewesen wäre – sie stand schon seit Jahrzehnten leer und wurde nur noch als Rumpelkammer und Garage genutzt. Früher war es der Abenteuerspielplatz für ihn und die Jungs gewesen zusammen mit den Obstbaumwiesen dahinter, die sich bis zum Waldrand hinaufzogen, und dem anschließenden Wald. Den Spuren nach hatten sich nur wenige Personen in der Scheune aufgehalten, einigen Zigarettenkippen und einer leeren Dose Cola nach zu urteilen. Die Eindringlinge waren verschwunden und es wurde vermutet, dass es Landstreicher gewesen waren, vielleicht auch Lausbuben aus der Nachbarschaft.

Leo seufzte. Für heute hatte er genug von dem guten Essen und dem Wein und auch von der mittlerweile erschlafften Fröhlichkeit. Er signalisierte Dana, dass er sich in die kleine Gästewohnung zurückziehen wollte, die früher seine Oma bewohnt hatte und die meistens leer stand. Sein altes Jungenzimmer war zwar geräumig, aber für ein junges Paar in den Flitterwochen gänzlich ungeeignet. Dana lächelte und winkte ihm zu, dann verabschiedete sie sich von den Geschwistern und den Eltern und schloss sich ihm an.

Sie gingen die breite, glänzend polierte Holztreppe hinunter, passierten die große, im Schachbrettmuster gefliese Diele, von der aus es zu den Praxisräumen ging, verharrten kurz auf dem breiten

Absatz vor der geschnitzten Haustüre und stiegen dann die Treppe hinunter, die beiderseits der Haustür in den Hof mit der großen Linde im Zentrum führte. Dort blieben sie stehen, um nach den Sternen an dem klaren Himmel zu sehen und auch, um sich im Mondschatten der Linde zu umarmen und zu küssen.

Plötzlich war ein leises Geräusch in der Nähe hörbar. Etwas hatte geknackt. Sie schreckten auf. Und dann geschahen viele Dinge auf einmal. Schatten huschten auf sie zu und rissen ihn von Dana weg und warfen ihn zu Boden. Hände umklammerten seinen Hals. Eine Frau schrie laut – „Dana!", durchfuhr es Leo, während er versuchte sich zu befreien. Lichter flackerten um ihn herum auf und laute Stimmen brüllten Befehle. Jemand riss seinen Angreifer hoch und damit auch ihn, denn der andere hatte sich immer noch an ihm festgekrallt, wenn auch nicht mehr am Hals. Leo hustete und stemmt sich hoch, um dann schwankend und immer noch nach Atem ringend um sich zu blinzeln.

„Alles in Ordnung?" fragte eine bekannte Stimme unverkennbar besorgt. Bert stand neben ihm und sah ihn prüfend und zweifelnd an.

„Was ist denn passiert?" fragte Leo zurück und versuchte sich in dem Durcheinander aus vermummten Menschen zu orientieren.

„Na ja", grinste Bert verlegen, „da sind seit ein paar Tagen so ein paar Typen hier rumgeschlichen. Und dann der Einbruch gestern. Die Jungs und ich waren halt der Meinung, dass wir auf unseren Prinzen etwas aufpassen sollten!" Und er ergänzte: „Ist ein kapitaler Fang. Da wird sich die Polizei aber freuen. Wieder ein paar Asylbewerber weniger."

Leo wandte sich verblüfft um. Im Licht des Mondes und der umgebenden Fenster erkannte er nun mehrere Gruppen von Menschen, offensichtlich angeführt und organisiert von Hans, die fünf dunkle und schwarz gekleidete Gestalten bewachten.

„Was ...?" wollte Leo fragen, da erblickte er in der Nähe einen der Angreifer, einen alten Mann, der ihn starr und mit gebleckten Zähnen anstierte. Und Leo erkannte ihn – den Mann im Taxi. „Sie wollen mich töten!" erinnerte er sich voll Panik an seine Erkenntnis. Aber die Panik verebbte und er spürte, dass etwas, was er nicht benennen konnte, beendet war. So wie seine Angreifer gefangen waren.

Er blickte um sich und sah Dana am Fuße der Treppe, die Hände vor der Brust gefaltet. Die Mutter stand bei ihr und hatte den Arm um sie gelegt. Ein Gefühl der Rührung überkam ihn und er winkte kurz hinüber als Zeichen, dass alles in Ordnung sei. Dann wandte er sich wieder dem Geschehen im Hof zu. Hier hatte die staatliche Ordnungsmacht in der Person von Hans (in Uniform, die er nur anzog, wenn es sich wirklich nicht vermeiden ließ) für eine Festsetzung der Gefangenen und die Kontrolle der Ausweise gesorgt. Nun hatte er damit begonnen, die Delinquenten zu durchsuchen und begann bei dem Alten, der sich heftig wehrte. Plötzlich stieß er einen schrillen Pfiff aus. Er hatte aus einer am Leib verborgenen Tasche ein kleines Päckchen gezogen und geöffnet. In seinen Händen glitzerte etwas und Leo trat hinzu. Auf dem dunklen Tuch lagen mehrere große geschliffene Steine und funkelten im Mondlicht.

„Schau an!" lachte Hans und meinte dann: „Die sind sicher geklaut. Gehört euch etwas davon?"

Leo trat noch näher und betrachtete die Steine. Im Mondlicht konnte man die Farben kaum erkennen, aber einer leuchtete heller als die anderen. Und während ihn ein unbekanntes Gefühl wie eine Mischung aus Sehnsucht und Verlangen, Stolz und Ehrfurcht überkam, griff er langsam nach dem Stein.

Und als er ihn berührte, durchfuhr ihn etwas wie ein Stromschlag, und als er ihn hielt und ihn, wie um ihn zu mustern, ins Licht des Mondes hielt, begann der Stein von innen her zu leuchten, bis er wie ein kleiner Mond den nun stillen Hof bestrahlte. Die Umstehenden, Familie, Gefangene und Wärter starrten erstaunt auf dieses Wunder, nur der alte Mann jammerte leise.

Und dann überfielen Leo wieder die Visionen aus einer lang vergangenen Zeit, wie er nun erkannte. Er sah den Herrscher von Domé seinen Ring zerbrechen und wusste, was nun zu tun war. Und während er den Stein weiterhin mit der Rechten hoch über sich hielt, riss er mit der Linken die Kette von seinem Hals, denn sie war nun nutzlos geworden. Er führte beide Teile zusammen – und ein kurzer Ruck, die Krallen der Halterung fassten den Stein …

Und ein Blitz und ein Knall! Der Stein erstrahlte nun blendend hell und beleuchtete Leo, der betäubt und mit geschlossenen Augen im Hof seiner Kindheit stand. Dann begann er zu lächeln, leicht und ein wenig traurig, wie es den Umstehenden schien. Langsam senkte er den Arm, betrachtete den Ring gedankenvoll und steckte ihn dann an seine rechte Hand. Der alte Mann brach weinend zusammen.

Leo blickte um sich. Alles um ihn herum erschien ihm neu und fremd. Fremde Menschen umgaben ihn und schauten ihn fragend an. Und dann erinnerte er sich wieder, wer er war: Ardé Léo Domé war sein Name, nicht Leonard Zimmermann. Und wo er war. Er schaute um sich und erkannte am Boden eine Gestalt, von der etwas Vertrautes ausging. Er ging langsam zu dem Alten hinüber und bedeutet diesem, sich zu erheben. Als dieser vor ihm stand, zitternd und verzweifelt, nahm er dessen Haupt in beide Hände, verharrte kurz, während der Alte zusammenzuckte, und legte ihm dann die Hände auf die Schultern. Dann trat er wieder einen Schritt zurück, sprach einige leise Worte, die niemand verstehen konnte und nickte dem Alten zu, während dieser wieder auf die Knie fiel und mit der Stirn den Boden berührte.

Leo stand eine kurze Weile und betrachtete den Alten, während seine Freunde um ihn verwirrt und ratlos standen, wenn sie auch ihre Gefangenen weiter unter guter Bewachung hielten. Diese aber hatten alle Angriffslust verloren und wirkten nur verschreckt und verwirrt. Leo ging zu einem von ihnen, der dem Alten ähnelte. Auch diesen segnete er, wie es schien, und auch einen weiteren, der ihn angstvoll anstarrte – es war der junge Kerl vom Morgen, der ihn in der Gasse so dreist fixiert hatte. Wie der Alte hatten sie sich daraufhin auf den Boden geworfen. Die beiden anderen Männer betrachtete er kurz, aber diese schienen nur Handlanger zu sein, stumpfe Kreaturen, die für niedere Dienste bezahlt wurden.

Er wandte sich um und ging auf Hans zu.

„Was habt ihr mit denen vor?“ fragte er.

„Na, ab aufs Revier und dann ins Kittchen, will ich doch meinen!“ rief der.

Leo schüttelte den Kopf. Dann meinte er:

„Das möchte ich nicht. Bringt die Drei hier auf schnellstem Wege zum Flughafen und sorgt dafür, dass sie sicher zurück in ihre Heimat kommen. Dort werden sie noch gebraucht. In allen Ehren, denn sie sind wichtig. Die anderen schenke ich euch.“ Und er ergänzte: „Und wenn sie kein Geld mehr haben, die Kosten übernehme ich.“

„Und die Steine?“ fragte Hans empört.

„Die gehören ihm, also gib sie ihm wieder zurück“, antwortete Leo und ergänzte lächelnd, „Oder genauer gesagt, er verwaltet sie, und wartet darauf, dass ihre Eigentümer kommen und sie wieder zurückfordern. So wie ich das gerade eben getan habe. Dazu muss er zuhause erreichbar sein!“

Hans schaute ihn zweifelnd an. „Und der Einbruch – und der Angriff auf dich …?“

„… und der Mordversuch?“ ergänzte Leo. „Nein, das hat sich alles erledigt. Die drei da sind von jetzt an ungefährlich“, und er blickte zu dem alten Vater und seinen beiden Söhnen hinüber, die aufgestanden waren und sich nun eng aneinanderhielten. „Wenn von nun an irgendjemand mir etwas antun wollte, wären sie die Ersten, die ihr Leben für mich geben würden, glaub' mir!“

Er hielt einen Moment inne. Dann ergänzte er, und es klang abschließend:

„Bringt sie gut unter, aber nicht im Knast. Und morgen schiebt ihr sie ab.“

Hans zuckte die Schultern und Leo lächelte.

„Wenn du fertig bist, komm wieder her. Es gibt eine Menge zu erzählen heut' Nacht.“

„In Ordnung. Aber ich will ein paar überzeugende Antworten auf einen Berg von Fragen!“ knurrte er. Leo grinste.

♦

Im Wohnzimmer hatte sich eine kleine Menschenmenge versammelt. Die Familie war vollständig anwesend, eng beieinander sitzend. Dana aber thronte wie eine Königin in dem großen Sessel, den sonst der Doktor als Ruhesitz beanspruchte, gerade aufgerichtet und Leo ruhig beobachtend. Bert und die Rettungsmannschaft saßen verteilt auf einigen improvisierten Sitzgelegenheiten und auch einige Nachbarn, die von dem Aufruhr aufgescheucht worden waren und nun neugierig wissen wollten, was der Grund für die nächtliche Ruhestörung war. Nur Hans fehlte noch.

Einzig Leo stand, eine hohe Gestalt, sehr aufrecht, aber nachdenklich in die verlöschende Glut im Kamin schauend. Er hatte sich umgezogen, denn seine Kleider waren von der Rangelei auf dem unebenen Pflaster in Hof zerrissen und schmutzig gewesen. Er trug nun zu einer dunklen Hose ein langes weißes Hemd mit Stehkragen, was ihm etwas Distanziertes, fast Klerikales verlieh.

In einer langsamen Bewegung nahm er drei Holzscheite von dem Stapel neben den Kamin und legte sie auf die Glut. Dann wandte er sich um, denn er hatte die Türe sich öffnen und schließen gehört. Hans war gekommen. Er hatte sich breitbeinig auf einen Küchenstuhl gesetzt und fragte nur:

„Und?"

„Wir haben noch nicht angefangen." meinte Leo lächelnd, „Tatsächlich haben wir auf dich gewartet. Alles erledigt?"

Hans knurrte wieder: „Habe sie im Hotel zum Löwen untergebracht. Auf deine Kosten!"

Leo lachte. „Wie passend – sehr gut!" Dann wurde er wieder ernst. Und begann mit seiner Erzählung:

„Sehr gut. Hier nun eine alte Geschichte. Eine sehr alte Geschichte. Vor genau 5.461 Jahren, 318 Tagen, 9 Stunden, 14 Minuten und 28, 29, 30 … Sekunden wurde ein Mann gezeugt. Sein Name war Domé, Sohn der Lauda und des Bordo. Er unterschied sich von allen anderen Mitmenschen durch eine genetische Besonderheit, eine Laune der Natur mit erstaunlichen Folgen. Wie ihr wisst, haben nur die Frauen zwei vollständige Sätze Chromosomen, bei den Männern fehlt bei einem der Sätze üblicherweise ein Teil, so dass statt des x-förmigen Satzes nur ein y-förmiger vorhanden ist. Bei diesem Mann Domé aber war auch der sozusagen männliche Satz vollständig, aber eben nicht mit den zusätzlichen Erbinformationen, die ihn zur Frau gemacht hätten, sondern mit etwas völlig Anderem. Etwas, was wie ein kleines neuronales Netz, wie ein winziges Gehirn funktionierte. Und das galt für alle Zellen seines Körpers, die dadurch zusammen sein Gehirn ergänzten. Und diesen erweiterten Chromosomensatz vererbte er weiter an seine Söhne, nicht aber an seine Töchter, denn diese waren ja schon vollständige Menschen. Und während normalerweise ein Mensch keine Erinnerungen vererben kann, war es diesem Manne und seinen Nachkommen möglich."

Leo machte eine Pause und schaute ins Feuer. Die frischen Scheite hatten begonnen zu rauchen und einige zaghafte Flämmchen erschienen an den Seiten. Er lächelte und fuhr fort:

„Und eine weitere Besonderheit zeichneten ihn und seine Nachkommen aus. Sie waren Telepathen. Sie konnten sich ohne Worte miteinander verständigen. Jeder wusste genau, wer sein Gegenüber war, denn er konnte in dessen Kopf und den ererbten und erlebten Erinnerungen spazieren gehen wie in einem Haus."

Leo lachte leise. „Tatsächlich ist das wie in einem Haus. Dort gibt es Wände und Türen. Zimmer, die man den Gästen gerne zeigt und andere – nun ja!" Er grinste. „Es gehörte damals zum guten Ton, nicht ohne anzuklopfen ein fremdes Zimmer zu betreten. Und manche betrat man einfach nicht, zum Beispiel das Schlafzimmer!" Er zuckte mit den Schultern und betrachtete amüsiert die ratlosen Mienen der Zuhörer.

„Immerhin gab es unter den Domé keinen Streit oder gar Mord und Totschlag. Wenn einer sein Haus gewissermaßen unzugänglich gemacht hatte, war das ein sicheres Zeichen dafür, dass Gefahr von ihm ausging. Und das konnte sich keiner leisten. Obwohl … auch hinter weit offenen Türen lauert manchmal Gefährliches. Wie dem auch sei, Domé hatte zahlreiche Söhne und Enkelsöhne. Und diese waren aufgrund ihrer besonderen Fähigkeiten bald sehr erfolgreiche Händler, Beamte und Künstler. Und da sie sich unbeobachtet von anderen austauschen konnten und keine Geheimnisse voreinander hatten, konnten sie sehr vorteilhaft ihre Geschäfte abwickeln. Tatsächlich wurden sie mächtig und besiedelten bald ganze Dörfer und Landstriche, schließlich stellten sie die Mehrheit in den Staaten rund um den Golf von Guinea in Mittelafrika. Diese Domé, nach seinem Begründer genannt, entwickelten eine Hochkultur, vergleichbar mit den zeitgleichen Ägyptern oder Nubiern und würden heute breit in den Schulbüchern abgehandelt werden, wenn nicht eine Katastrophe ihr Bestehen jäh beendet hätte."

Er machte eine Pause und schaute gedankenverloren in die Flammen, die nun fröhlich prasselnd nach neuer Nahrung leckten.

„Das Ereignis trat vor genau 2.234 Jahren, sieben Monaten, drei Tagen, neunzehn Stunden, vierunddreißig Minuten und 12, 13, 14 … Sekunden ein. Ich weiß nicht genau, was es war. Aber ich vermute, dass sich durch ein Erdbeben oder ein anderes Naturereignis – ein Vulkanausbruch entlang der Küste vielleicht – die dort vorhandenen Lager an Methaneis über eine Strecke von vielen hundert Kilometern kurzfristig aufbrachen und gigantische Mengen von Gas frei wurden. Das zerstörte mit der Macht vieler Atombomben von der Küste aus alle Länder im Umkreis von vielen Hundert Kilometern. Überlebt hatten diese Katastrophe nur die Völker außerhalb der Druckwelle und des noch unverbrannten Gases, unter anderem auch eine kleine Gruppe um den König von Domé und die Fürsten seiner Länder, die weit entfernt im Norden auf einem Hochplateau versammelt waren. Zu einer Konferenz und zur Jagd, wie jedes Jahr …"

„Das war's eigentlich schon. Tatsächlich hatten die verbliebenen Domé nach einer Bereisung ihrer ehemaligen Herrschaftsbereiche die Reste nur noch begraben und verschütten können und hatten sich danach in alle Winde zerstreut. Das Land lag lange brach und wurde erst später von neuem besiedelt. Das Ende der Herrschaft des Volkes von Domé wurde dadurch besiegelt, dass der Herrscher alle Zeichen seiner Würde ablegte und seinen Ring zerbrach. Die Fürsten taten es ihm gleich und so endete diese Geschichte."

„Aber was hat das mit unseren Meuchelmördern und Dieben im Löwen zu tun?" fragte Hans verblüfft.

„Nun …“, antwortete Leo, „Der König und die Fürsten übergaben damals die Fassungen ihrer zerbrochenen Ringe ihren ältesten Söhnen, die Steine aber dem Hofmeister mit der Weisung, sie in seiner Familie über alle Zeiten hinweg zu hüten und zu bewahren, bis das Volk der Domé wiedererstehen würde. Was sie auch getreulich taten. Allerdings – als vor etwa hundertfünfzig Jahren Afrika langsam aber sicher von den Europäern erobert und aufgeteilt wurde, gab es immer wieder Bestrebungen, diese Vormacht abzuschütteln. Und dabei spielten die Überlieferungen aus alter Zeit und die ehemalige Macht und Größe von Domé und auch anderer Völker eine gewisse Rolle. Und ich nehme an, dass sich dann aus verfälschten Berichten die Meinung herausschälte, dass derjenige, der aller Ringe und Steine besitzen würde, auch der mächtigste Mann der Welt sein würde. Daher die Gier und die Verbrechen.“

„Gut, diese Verrückten suchen also nach Macht!“ meinte Hans, „Meinst du nicht, dass sie das immer noch tun? Und heute Nacht wiederkommen, um das zu vollenden, was sie sich vorgenommen haben? Ich nehme doch an, dass das da an deiner Hand einer dieser sagenhaften Ringe ist?“

„Oh – ja, das ist er. Und er ist mein Eigentum!“ antwortete Leo, „Aber ich glaube, dir fehlen noch einige Informationen. Also gut, weiter im Text.“ Er überlegte. „Du musst wissen, dass während der Geschichte der Domé ein weiterer Entwicklungssprung eintrat.“

Leo hob leicht die Hand, als sein Vater ihn unterbrechen wollte. Dieser nickte.

„Denn es wurde einer geboren, bei dem der ergänzende Teil des Chromosoms deutlich verlängert war. Sein Minigehirn konnte wesentlich mehr Informationen speichern und weitergeben. Dieser Mann wurde dann der Bewahrer der Erinnerungen des Volkes und als Fürst geehrt und beschützt. Seine sechs Söhne aber begründeten die Fürstenhäuser des Volkes von Domé und wurden als Weise und Priester verehrt. Auch konnten sie gewissermaßen hinter geschlossene Türen sehen und wurden bei den seltenen Missetaten als Richter eingesetzt.“

Leo machte eine Pause, während er den Ring an seinem Finger drehte. Er fuhr fort:

„Und schließlich entstand aus ihren Reihen wiederum einer, der einen doppelten Satz männlicher Chromosomen hatte. Das kommt auch bei normalen Menschen manchmal vor. Dessen Speicher konnte nun statt, sagen wir, schwarz-weißen Einzelbildern farbige Videos speichern und bewahren. Und nicht nur hinter geschlossene Türen schauen, sondern auch in die tiefsten Abgründe einer Seele. Dieser eine wurde gewissermaßen als König, als oberste Instanz geehrt. Wobei er weniger der politische Führer war als gewissermaßen eine kollektive Bibliothek und der oberste Richter und Repräsentant des Volkes. Man ging zu ihm, wenn man wissen wollte, was zu einem bestimmten Zeitpunkt an einem bestimmten Ort geschehen war. All dieses Wissen hatte sich über Jahrhunderte in den Königen, nennen wir sie einmal so, angesammelt. Und da jede Zelle seines Körpers daran beteiligt war, war man natürlich über das Wohlergehen des Herrschers besorgt. Ein, sagen wir einmal, im Kampf abgeschlagener Arm hätte zu einem unwiederbringlichen Verlust an wichtigen Informationen geführt.“

Wieder machte er eine Pause.

„Aber es war immer vorgesorgt worden. Der Herrscher hatte neben diesen Fähigkeiten auch eine ungewöhnlich robuste Gesundheit und bei Unfällen erholte und regenerierte er sich rasant.“

„Das kennen wir ja nun von dir!“ warf sein Vater ein. Leo nickte.

„Ja, auch das habe ich von ihnen geerbt. Und zur Sicherheit gab es jederzeit einen Nachfolger mit den gleichen Eigenschaften. Und dieser wurde in Abständen mit allen Informationen des Vaters gefüttert. Es gab also gewissermaßen regelmäßige Updates.“

Leo grinste zu seinem Bruder Achim hinüber. Der meinte trocken:

„Das nötige Kompressionsprogramm würde ich gern einmal kennenlernen. Das schlägt alles auf dem Markt.“

Leo lachte und meinte:

„Und damit wären wir bei dem, was vorhin passiert ist. Es war so: Wie ihr sicher begriffen haben solltet, bin ich ein Domé. Und auch drei der Angreifer sind dies. Die restlichen beiden nicht. Die Unebenheiten meiner Erbinformationen und meine sonstigen Besonderheiten sind übrigens der Medizin bekannt und aktenkundig …", er nickte seinem Vater zu, „… nicht aber ihre Bedeutung. Und da in meiner Familie seit Jahrhunderten keine ‚Updates' mehr gemacht wurden, hatte ich als Ergebnis dieser Vernachlässigung bislang nur vage Erinnerungen wie Träume, die ich nicht verstehen oder zuordnen konnte. Sie begannen klarer zu werden, als mir der Stein des Königs zum ersten Mal näherkam. Tatsächlich ist in seinen Kristallstrukturen alles Wissen seines letzten Trägers gespeichert. Das war in New Yorck, wo die Drei mich gesucht und beinahe gefunden hatten. Im Krankenhaus kamen sie allerdings nicht an mich heran. Jedenfalls, vorhin, als der Stein ganz nahe war, wusste ich plötzlich, was zu tun war: Den Stein in seine Fassung zurückführen. Dadurch wurde das ‚Update' gestartet. Und nicht nur bei mir, sondern bei allen anwesenden Domé!"

„Also dem Alten und den beiden Jungen?" fragte Hans.

Leo nickte. „Du musst das verstehen. Die drei waren ihr Leben lang einem Märchen von Macht und Reichtum hinterhergelaufen. Und plötzlich mussten sie erkennen, wer und was sie wirklich sind. Sie mussten voller Entsetzen begreifen, dass sie ihre Aufgabe als Treuhänder der Steine verraten hatten. Und da jeder andere Domé dies sofort erkennen kann und damit auch ihren Verrat, sind sie und ihre Familie und ihre Nachkommen bis über das Lebensende hinaus gebrandmarkt. Auch Flucht würde ihnen nicht helfen. Auf der Erde gibt es sicher fein verteilt Millionen Domé, die sie schon von weitem erkennen würden. Und es hilft auch kein Selbstmord. Ihre einzige Hoffnung auf ein halbwegs ehrbares Leben besteht darin, ab sofort ihre Aufgabe getreulich zu erfüllen und auf ein mildes Urteil nach ihrem Abschluss zu hoffen."

„Bist du dieser König?" fragte Edith in das Schweigen hinein. Leo schüttelte den Kopf.

„Um der Repräsentant eines Volkes sein zu können, muss man von diesem Volk auch als solcher anerkannt sein. Und dieses Volk gibt es nicht mehr. Es lebt weit verstreut in Diaspora. Aber wenn du nach meinem Chromosomensatz fragst, der ist in der Tat der königliche."

„Er ist vielleicht kein König, aber er ist der Prinz! Ich hab's schon immer gewusst!" rief Bert in die Runde und alle lachten. Das war allerdings früher Leos Spitzname gewesen.

Aber Hans war noch unzufrieden. Er fragte besorgt:

„Könnten die nicht auf die Idee kommen, dich trotzdem zu ermorden. Du wärst dann der einzige anwesende Domé, wenn ich das richtig verstehe."

Leo schüttelte den Kopf.

„Nicht der einzige. Ein weiterer Prinz ist hier im Raum, wenn auch noch gut behütet. Tatsächlich ist mein Sohn auf dem Weg."

Geraune und einzelne Schreie der Überraschung. Leo lächelte seine Frau an, ging auf sie zu und küsste ihre Hand.

„Ich denke, du weißt es schon, aber auch ich kann seine Gegenwart spüren, so wie er die meine spürt. Es ist immer ein Prinz da gewesen."

Seine Frau lächelte ihn an und die Mutter legte glücklich strahlend die Hand auf ihren Arm.

Dann wendete er sich wieder an Hans. „Aber der ist noch nicht geboren. Und doch gibt es einen weiteren Domé hier. Du vergisst, dass sich unser Volk nach der Katastrophe in alle Himmelsrichtungen verteilt hatte. Manche blieben in der Nähe, andere gingen in die Ferne und kamen nach langer Irrfahrt wieder zurück, wieder andere blieben dort und gründeten Familien, vermischten sich so mit den dort Lebenden und wurden ein Teil von deren Volk. Wieder andere wurden verschleppt und beispielsweise nach Amerika gebracht. Und schließlich gab es einen, einen mutigen Krieger, der in das damals noch mächtige Karthago ging, um in Hannibals Legionen zu kämpfen. Er verunglückte beim Zug über die Alpen und wurde für tot dort zurückgelassen."

„Ja", ertönte nun eine bekannte Stimme. „Er wurde von einer Bäuerin gefunden und gepflegt. Sie bekamen Kinder und zogen später weiter nach Norden. Deren Enkel zogen mit den Händlern und Römern weiter und fassten an der Lahn Fuß. Und der Teutoburger Wald ist nicht weit von Wolfburken entfernt."

Bert hatte gesprochen und verstummte nun. Seine Frau Doro starrte ihn verständnislos und beinahe feindselig an. „Du bist auch einer von diesen hergelaufenen Strolchen? Das glaub' ich nicht!" meinte sie empört.

„Oh, doch!" antwortete dieser. „Das ist nun über zweitausend Jahre her, aber für mich ist es wie gestern. Das Update war wirklich sehr effektiv. Und selbst alle meine Vorväter kenne ich nun." Er hielt inne und meinte dann: „Was nicht jeder von sich behaupten kann. Wie ist das mit deinem unehelichen Großvater?"

Seine Frau wandte sich empört ab. „Landstreicher!" murmelte sie.

„Das wohl eher nicht!" erwiderte Leo. „Immerhin war der Krieger Hannibals nicht irgendwer. Er war der zweite Sohn des letzten Königs von Domé und damit ein Mitglied dieser königlichen Familie. So wie ich der Nachkomme des ältesten Sohnes dieses Herrschers bin. Willkommen, Cousin!"

Bert lachte. „Willkommen, mein Prinz. Ich hab's ja gewusst!" rief er triumphierend. Er war aufgestanden und umarmte seinen Freund und Herrscher. Dann trat er zurück und betrachtete ihn mit einer Mischung aus Zuneigung und Ehrfurcht.

„Und was soll nun werden?" fragte Edith, als sich die Unruhe und das Geflüster gelegt hatten. Leo zuckte die Schultern.

„Ich weiß es nicht. Ich kann ja nicht einfach in die Region gehen und von den Präsidenten verlangen, dass sie mich zum König ausrufen. Im Grunde ist es mit den Domé wie mit dem Volk der Juden, das auch in alle Winde zerstreut wurde und von dem sich einige nach dem Zweiten Weltkrieg in Palästina angesiedelt hatten. Mit unkalkulierbaren Folgen für die politische Stabilität dieser Region. Und dann denke ich, dass wir nicht gerade besonders beliebt sein werden. Leute, die besondere Eigenschaften haben, wurden schon immer scheel angesehen. Und was die Gedankenleserei anbelangt, sind da Missverständnisse absehbar …" – „Nein", ergänzte er traurig, „Ich denke, es wird kein zweites Domé geben."

Bert lachte. „Wer weiß!" meinte er vergnügt, „Bei den rasanten Umbrüchen in den letzten Jahrzehnten überall auf der Welt gibt es dort vielleicht auch für uns noch eine Chance, was meinst du?"

Leo schaute ihn verblüfft an und Dana lächelte.

7. Kapitel: New Yorck

Über der Stadt lag eine flache Dunstglocke. Als Leo von der breiten Loggia ihres Appartements auf die Häuser und Straßenschluchten bis zur Südspitze der Insel hinunterschaute, schienen sie ihm wie in Watte verpackt. Die breiten Bänder der Flüsse im Osten und im Westen rahmten dieses weiche Paket ein, aus dem nur die Spitzen der Wolkenkratzer wie überdimensionale, kristalline Spargel herausragten.

Er wandte sich um und ging ins Wohnzimmer zurück, wo Dana auf einem der beiden Sofas saß und Erinnerungsfotos sortierte. Sie waren nach dem denkwürdigen Abend im Hause der Familie Zimmermann nur noch zwei Tage in Wolfburken geblieben und waren dann, auch um Fragen zu entgehen, zu einer Tour durch Deutschland aufgebrochen, die sie vom Holstentor in Lübeck bis zum Schloss Neuschwanstein geführt hatte. Es war trotz des Trubels in den Fremdenverkehrsorten recht erholsam gewesen.

Nun aber wurde es Zeit, den Gang zum Haus der Familie Haynsbury anzutreten. Dana war von ihrer Mutter bereits telefonisch fast jede Stunde aufgescheucht worden, nachdem die Nachricht über ein kommendes Enkelkind sie erreicht hatte. Die weitergehenden Nachrichten über die Abkunft dieses Kindes und seine Bestimmung aber hatte ihr Dana wohlweislich verschwiegen – das wollte sie ihr unter vier Augen und in Ruhe mitteilen.

Nun waren sie kaum einige Stunden in der Stadt und hatten sich ausgeruht, da hieß es, zum Essen anzutreten. Und es sollte ein Festessen werden, zu dem alle greifbaren Familienmitglieder zitiert wurden. Danas drei Brüder jedenfalls waren trotz heftiger Proteste wegen entfallender Termine und privater Vorhaben zum Erscheinen verdonnert worden.

Also hatten Dana und Leo Festtagskleidung angelegt, Dana ein neues Kleid, dass sie bei einem Schaufensterbummel in München entdeckt hatte und das erstaunlicherweise wie angegossen passte, Leo im Smoking. Seinen Ring trug er allerdings nicht offen an der Hand, sondern an einer neuen, stabilen Kette am Hals. Es hatte schon Schwierigkeiten bereitet, den Ring durch den Zoll zu schleusen. Sie hatten ihn tatsächlich als neu erworbenes Schmuckstück der Dame verzollen müssen. Und da Leo nicht wie ein neureicher Musikproduzent wirken wollte, trug er das auffällige Schmuckstück nur verdeckt an einer neuen Kette um den Hals.

Sie hatten ein Taxi genommen und waren erstaunlicherweise sehr zeitig angekommen. Schon als sie die Treppe zu dem alten Brownstone-Haus hinaufgingen, kam ihnen die Mutter entgegen. Sie war den Nachmittag über unruhig zwischen Küche und Eingang hin- und hergependelt, damit sie auf keinen Fall verpasste, wenn die sehnlich Erwarteten eintreffen würden. Und so umarmte und küsste sie die Ankömmlinge schon auf halber Treppe und konnte nicht genug Worte des Willkommens und des Wohlgefallens über das gute Aussehen, die schöne Kleidung und natürlich das kommende Enkelkind finden. Als sie dann aber endlich die Halle erreicht hatten und etwas verschnaufen konnten, sagte Dana leise zu ihrer Mutter:

„Es gibt auch noch einige andere Neuigkeiten zu vermelden. Kann ich dich für ein paar Minuten allein sprechen.“

„Ist es etwas Interessantes. Etwas mit dem Kind?“

„Nun, es betrifft auch das Kind. Ja, das Kind ganz besonders.“

Frau Haynsbury schob prompt ihren Schwiegersohn an die restlichen Anwesenden ab, ihren Bruder mit seiner Frau, eine weitere Verwandte ihres Mannes und ihren Sohn Ernie nebst Freundin und verschwand mit Dana nach oben. Ernie feixte seinen Schwager an und meinte:

„Gute Arbeit. Mutter ist ganz aus dem Häuschen und Vater stolz wie ein Truthahn. Obwohl er das nie zugeben würde. Endlich mal ein Enkel. Wir Söhne sind da echte Versager.“ und ergänzte, mit einem unschuldigen Blick auf seine Begleiterin, „Zumindest offiziell.“

Leo lachte und die Unterhaltung plätscherte weiter, streifte die Hochzeitsreise und andere Kleinigkeiten, um dann auch die Sportergebnisse der letzten Zeit zu behandeln. Der hoch gewachsene Ernie war begeisterter Basketballspieler, im Gegensatz zu seinen eher stämmigeren Brüdern, die handfestere Sportarten liebten und pflegten. Leo wunderte sich. Ernie war eindeutig kein Domé, bei seinem Schwiegervater aber hatte er einen anderen Eindruck gehabt. Was auch kurz darauf bestätigt wurde, als dessen zweiter Sohn Joseph eintraf, den Leo sofort erkannte und der ihn trotz der offensichtlichen Freude irritiert musterte. Dies konnte nur eines bedeuten: Wenig wünschenswerte Komplikationen in der Familie.

Aber er hatte keine Zeit, seinerseits Joseph zu begrüßen und sich eine Strategie zur Umschiffung des Themas uneheliche oder untergeschobene Kinder zu befassen, denn nun kamen der Schwiegervater sowie der älteste Sohn, Aaron, die Treppe herunter. Der Doktor strahlte und schritt mit weit geöffneten Armen auf den Schwiegersohn zu. Einen Schritt vor ihm aber hielt er abrupt an, als wäre er gegen eine unsichtbare Wand geprallt. Leo aber trat seinerseits auf den Doktor zu und vollendete die jäh unterbrochene Umarmung. Dr. Haynsbury stand starr und atmete vernehmlich. Dann schloss er die Augen und verharrte eine Weile, die Arme noch immer weit geöffnet, während seine Söhne verblüfft danebenstanden. Am Fuße der Treppe aber stand Frau Haynsbury, die Hände vor der Brust verkrampft und mit erschrecktem Gesichtsausdruck, hinter ihr Dana.

Dann entspannte sich der Doktor und begann zu lächeln. Er öffnete die Augen und trat zurück. Lange schaute er in Leos Gesicht, um sich dann zeremoniell zu verbeugen.

„Willkommen, Hoheit, in meinem Hause!" sprach er auf Domé.

„Danke für deine Gastfreundschaft und Segen über alle, die hier ein- und ausgehen!" erwiderte Leo mit der uralten Begrüßungsformel auf Domé, sehr zur Irritation der anderen Anwesenden. Der Doktor aber strahlte und fragte:

„Möchtest du nun meine Söhne segnen?"

Leo verneinte: *„Nein, dies ist nun deine Aufgabe. Du hast ihnen mehr zu geben als ich."*

Der Doktor nickte, wandte sich um und musterte stolz seine Söhne. Dann stutzte er und wollte etwas sagen, hielt aber inne und wandte sich verblüfft an seine Frau, die ihn angstvoll und etwas trotzig anschaute. Eine Vielzahl unterschiedlicher Empfindungen huschte über das Gesicht des Doktors, aber dann lachte er aus vollem Halse und klopfte Ernie auf die Schulter. Dann wandte er sich Joseph zu, berührte seine Schläfen und Schultern und murmelte ein paar Worte. Das gleiche wiederholte er, aber sehr viel zeremonieller bei seinem ältesten Sohn, der erst eine abwehrende Geste gemacht, sich dann aber in sein Schicksal ergeben hatte. Dann standen die drei sich gegenüber und musterten einander wortlos. Leo konnte erkennen, dass sein Schwager Aaron Schwierigkeiten hatte, seinen Glauben als strenger Baptist mit den neuen Erkenntnissen über seine Abkunft in Einklang zu bringen. Und auch Joseph reagierte kurz darauf panisch und Leo spürte amüsiert, wie dieser das Haus seiner Erinnerungen verrammelte und verriegelte. Also signalisierte er ihm Entwarnung:

„Wir haben alle unsere kleinen Sünden zu bereuen."

„Verzeihung!" murmelte Joseph und es war nicht erkennbar, für was er sich entschuldigte. Dann verbeugte er sich vor Leo und auch Aaron schloss sich ihm an, zögernd und noch immer tief erstaunt.

Dr. Haynsbury aber ging auf seine Frau zu, betrachtete die Zerknirschte und nahm sie in die Arme. Wieder auf Englisch sprach er:

„Es ist unwichtig, was geschehen ist. Er ist dein Sohn und ich werde ihn immer als den meinen betrachten!" Und mit Blick auf Dana rief er:

„Was bin ich stolz. Großvater eines Prinzen und Königs. Das soll mir einmal einer nachmachen!" Und er lachte.

Ω

Domé

2. Teil
Das Haus Kamal

Domé

1. Kapitel: Ein neuer Anfang

Bert lehnte sich in seinem Bürostuhl zurück und dehnte die Arme, federte dann wieder nach vorn und stützte das Kinn auf seine Fäuste. Er dachte zufrieden und mit nicht geringem Stolz an die vergangenen zwei Jahre zurück. Sie hatten in der Tat enorme Umbrüche gebracht, nicht nur in seiner kleinen privaten Welt. Nach dem denkwürdigen Abend im Haus des Doktors und der Abreise von Dana und Leo hatte er sich nur mit Mühe seiner Arbeit widmen können. Zu oft waren seine Gedanken abgeschweift in vergangene Zeiten und ferne Landschaften. Seine Frau hatte ihn kaum noch beachtet und war eines Tages wortlos aus seinem Leben verschwunden. Ihm war es recht gewesen, denn viele Gemeinsamkeiten hatten sie nicht mehr gehabt – Kinder hatte Doro zum Beispiel erst für später geplant, dann gar nicht mehr gewollt – nicht von einem „Landstreicher". Er dagegen hatte schon gern von zwei, drei kleinen Rackern geträumt. Zwei stramme Buben vielleicht und ein süßes Mädchen …

Aber er fühlte, dass diese vormals mögliche Zukunft Vergangenheit geworden war. Und so hatte er sich von seinen Träumen und Zielen verabschiedet – er hatte allein Streifzüge durch die Umgebung gemacht. War auf die Wolfenburg gestiegen, hoch über der Stadt. Hatte altbekannte Stätten aufgesucht und auf Bänken am Waldrand mit Blick über die Stadt stundenlang über andere Zukünfte nachgedacht. Und irgendwann war ihm dann aufgefallen, dass er diese vertrauten Plätze nicht aufsuchte, um sich dort wohlzufühlen, sondern um sich von ihnen zu verabschieden.

Als ihm dies klargeworden war, hatte er ungerührt die notwendigen Schritte unternommen. Dorothea hatte in eine Scheidung eingewilligt. Und da sie beide nur wenige gemeinsame Anschaffungen getätigt hatten, ließen sich die Eigentumsverhältnisse einfach regeln. Eines Abends fand er sein Haus ausgeräumt vor, und wenn auch das eine oder andere Stück mitgenommen worden war, das ihm gehört und das er geliebt hatte, so ärgerte er sich nicht, sondern freute sich – so konnte er unbelastet fortgehen. Die Werkstatt und das Haus hatte er an einen ehemaligen Gesellen, der zu dieser Zeit auf die Meisterprüfung lernte, verpachten können. Das Mietshaus, das sein Vater als Altersvorsorge gebaut hatte, hatte er einer Gebäudeverwaltung anvertraut. Und den alten Hof seiner Großtante, den er eigentlich als seinen Alterssitz hatte ausbauen wollen, konnte er an die türkischen Mieter zu einem ordentlichen Preis verkaufen. Mit diesem Geld, seinem Anteil an den gemeinsamen Ersparnissen und den sicheren laufenden Einnahmen im Rücken war er aus Wolfburken ohne Abschied, war gewissermaßen bei Nacht und Nebel verschwunden.

Er hatte sich eine Flugkarte erster Klasse nach Mittelafrika gegönnt. In der Reisetasche hatte er neben einigen Toilettenartikeln nur wenig Wäsche und Kleidungsstücke für den Übergang eingepackt. Vor allem aber seine Papiere und Dokumente. Dann Informationsmaterial über die Länder der Region und einige Adressen für den Anfang. Auch die Adresse des „Hüters der Steine" und seiner Söhne. In einer der großen Städte hatte er sich ein Zimmer in einem kleinen, aber zentral gelegenen und angenehmen Hotel genommen. Und hatte begonnen, die Stadt zu erkunden. Vor allem aber suchte er die Autohäuser auf, die deutsche Marken der Luxusklasse verkauften, um hier Kontakte zu knüpfen.

Bei seinen Streifzügen hatte er feststellen müssen, dass in der Stadt mehr Domé lebten, als er angenommen hatte. Immer wieder begegnete er Männern, die er als Verwandte erkannte und die ihn irritiert musterten. Wenn er einem von ihnen aber bei Gelegenheit die Hand zur Begrüßung reichen musste, geschah es regelmäßig, dass dieser zusammenzuckte wie unter einem Stromstoß, um ihn und sich zu erkennen. Von einer begeisterten Aufnahme bis hin zu fassungslosem Entsetzen reichten die Reaktionen.

Woran er aber gar nicht gedacht und was er auch nicht geplant hatte, was er aber mit Vergnügen zur Kenntnis nahm, war die Kettenreaktion, die er damit in Gang gesetzt hatte. Denn die auf diese Weise „erweckten" Domé lösten bei ihren Söhnen, Vätern, Verwandten und Freunden durch eine Berührung die gleichen Ergebnisse aus. Und immer öfter traf nun Bert auf seinesgleichen, wenn er auch äußerlich kaum zu ihnen zu gehören schien.

Durch den Austausch mit diesen neuen Freunden und weitläufig Verwandten erfuhr er viele wichtige Dinge, die es ihm in der Folge erleichterten, sich eine neue Existenz aufzubauen. So hatte er ein Grundstück mit einer Werkstatt günstig erwerben und die Räumlichkeiten modernisieren können. Er hatte den Kundendienst für einen namhaften Hersteller von Luxuslimousinen übernehmen dürfen und bildete schon Mitarbeiter aus. Da die Werkstatt nur von den Chauffeuren, nicht aber von der gediegenen Kundschaft aufgesucht wurde, hatte er zusätzlich einen Ausstellungsraum in zentraler Lage angemietet, in dem er nun nachmittags saß, um die Kundschaft persönlich zu betreuen. Ein junger Verkäufer aus der oberen Mittelschicht mit ausgebreiteten Kenntnissen über die bessere Gesellschaft half ihm dabei, wenn das Schulfranzösisch oder -englisch nicht ausreichte. Da auch dieser ein Domé war, konnte er ihm „ungesagt", gewissermaßen an der Kundschaft vorbei, die notwendigen Kenntnisse vermitteln. Auch erhielt er von ihm wertvolle Informationen zum Lebensstil seiner Kundschaft, zu Kleidung, Hobbys und anderen gesellschaftlichen Gepflogenheiten. In der Folge hatte sich Bert mit bisher völlig unvertrauten Dingen wie dem Binden einer Fliege zum Smoking beschäftigen müssen. Und auch der Smoking und andere standesgemäße Garderobe waren in Auftrag gegeben worden. Den traditionellen und farbenfrohen Habit des Landes aber trug er nur zuhause.

◆

Eines Tages – er war gerade aus Deutschland heimgekehrt, das er zum Abschluss des Trennungsjahres und zum formalen Ende der Ehe mit Doro noch einmal hatte besuchen müssen – war ein besonders gediegener Besuch gemeldet worden. Der Präfekt einer benachbarten Provinz, ein Herr Palland, benötigte eine neue Limousine für den Privatgebrauch. Er erschien mit zwei seiner Söhne und zwei Mitarbeitern, die man richtiger als Leibwächter bezeichnen musste. Als der Präfekt aber Bert die Hand reichte und dieser sie ehrerbietig ergriffen hatte, zuckte der alte Herr zusammen und knickte ein. Die Leibwächter versuchten, Bert von ihrem Schützling wegzureißen, aber dieser klammerte sich fest an Berts Handgelenk und flüsterte etwas. Bert kniete sich zu ihm nieder und sprach leise auf Domé zu dem Alten, der nun in Berts Gedächtnis eindrang und die für ihn wichtigen Informationen abfragte. Als er aber auf Berts Erinnerungen an den Prinzen stieß, öffnete er die Augen weit und rief:

„Der König kommt!"

Die besorgten und erschreckten Söhne hatten den Vater wieder aufgerichtet. Dieser aber hatte eine abwehrende Geste gemacht, als sie ihn zu einem nahestehenden Sessel führen wollten. Er beharrte darauf stehen zu bleiben, hatte Bert stetig angesehen und weiter ausgeforscht. Schließlich zog ein Lächeln über sein Gesicht, er trat auf Bert zu und umarmte den Überraschten, um dann zurück zu treten und sich leicht zu verneigen. Dann wandte er sich zu seinen Söhnen und segnete diese, wie schon viele Väter dies in den letzten zwei Jahren getan hatten. Als sich auch diese vor Bert verbeugten, zuckten die Leibwächter die Schultern über das sonderbare Gebaren ihres Arbeitgebers. Sie waren keine Domé.

An diesen Nachmittag kam es zu keinem Geschäft – aber das entsprach den Gepflogenheiten des Landes, die ein behutsames Vorgehen bei geschäftlichen Dingen voraussetzten. Sie hatten kräftigen, guten Kaffee getrunken und Süßigkeiten geknabbert. Noch vieles war besprochen worden, um sich gegenseitig kennenzulernen und auf die Verlässlichkeit hin abzuklopfen. In diesem Zusammenhang hatte es den alten Herrn allerdings irritiert, dass Bert ohne Frau und Kinder war – eine möglichst umfangreiche Familie galt noch immer als Nachweis von Verlässlichkeit und Integrität. Dann waren die Herrschaften gegangen.

Und sie waren wiedergekommen. Zunächst stellten sich die beiden Söhne ein, deren Interesse unter anderem dem Motorsport galt und die sich über dieses unerschöpfliche Thema stundenlang unterhalten konnten. Und zu einem späteren Zeitpunkt erschien auch der alte Herr wieder, der ein brennendes Interesse an dem Schicksal der Domé entwickelt hatte. Dieses Interesse war verständlich: während der Besuche war auch Bert tiefer in der Geschichte dieser Familie eingetaucht und er hatte erstaunt feststellen müssen, dass sie die Erben des Hauses Kamal waren, jener Träger des roten Steines, denen die Aufsicht über die Staatsverwaltung und der Vorsitz im Rat gebührte. Eine Familie von hohem Rang also. Über Berts Abkunft oder den Prinzen aber wurde nie gesprochen.

♦

In der Folge hatte sich ein sehr herzliches Verhältnis entwickelt; mit den jüngeren Kamal war Bert geradezu befreundet. Er wurde eingeladen. Zu Besuchen und auch zu größeren Feiern, bei denen er gewissermaßen in die Gesellschaft eingeführt wurde. Bei einem dieser abendlichen Empfänge waren auch Damen anwesend, darunter eine junge Frau, bei deren Anblick Berts bislang eher mäßiges Interesse an der Gründung einer neuen Familie in puren Eifer umschlug. Es war Fräulein Claire, eine der Schwestern seiner Freunde und eine Tochter der zweiten Ehefrau des alten Herrn, die seine Begeisterung weckte. Sein Interesse blieb den anwesenden Freunden nicht verborgen. Man scherzte und neckte ihn, aber das war nicht abschätzig gemeint.

Um es kurz zu machen – er hatte der jungen Dame den Hof gemacht, hatte den alten Herrn und ihre Mutter aufgesucht und sein Interesse an einer Verbindung bekundet. Die Werbung war vor allem von dem alten Herrn freundlich aufgenommen worden. Diese traf sich insofern gut, als der junge Mann, dem Fräulein Claire durch eine frühere Verabredung eigentlich versprochen war, sich wegen einiger nicht mehr tolerierbarer Machenschaften ins Ausland abgesetzt hatte und eine Verbindung nicht mehr möglich war. Ja, die junge Dame schien entehrt und sitzengelassen zu sein, eine andere Verbindung mit jemandem, der nicht direkt zur Gesellschaft gehörte, wurde als akzeptabel betrachtet. Und so wurde eine Hochzeit vereinbart.

Bert störte die geplatzte Verlobung nicht – er kam sich nicht wie ein Lückenbüßer vor. Im Gegenteil – die junge Dame war ausgesprochen schön und gebildet. Anders als er selbst, wie er meinte. Aber zumindest seine Bildung hoffte er, im Laufe der kommenden Jahre verbessern zu können. Darüber hinaus hatte er die Mittagspausen für regelmäßige Sonnenbäder auf der nicht einsehbaren Dachterrasse seiner Wohnung genutzt, um sich zu bräunen. Auch hatte er das helle Haar dunkler tönen, dann sehr kurz schneiden lassen, so dass er nun nicht mehr allzu sehr von der einheimischen

Bevölkerung abstach. Er trug nun regelmäßig eine typische Kopfbedeckung, die nicht nur die noch immer empfindliche Kopfhaut vor der sengenden Sonne schützte, sondern ihn auch „einheimischer" wirken ließ wie auch die Kleidung, die er sich nach dem Muster der alten Domé hatte anfertigen lassen.

Es war eine große Hochzeit gewesen, mit einigen hundert Gästen in einem weiten Garten. Im Verlauf der Zeremonien wurden die Brautleute schließlich in eine Kammer geführt, damit sie ihre Verbindung auch körperlich vollzögen. Dies stellte für Bert als gelerntem Ehemann kein Problem dar – er hatte diese Pflicht gern übernommen und seine Braut sanft, aber zielstrebig zu seiner Ehefrau gemacht. Traditionsgemäß wurde dann das befleckte Laken der Hochzeitsgesellschaft gezeigt und bejubelt.

Unter den Hochzeitsgästen aber und vom Schwiegervater mit großem Zeremoniell empfangen worden war der Prinz, Léo Domé, wie er von dem alten Herrn der Gesellschaft vorgestellt wurde. Dana hatte ihn nicht begleiten können, denn sie hatte vor wenigen Tagen ihren zweiten Sohn entbunden und beide waren noch nicht reisebereit.

In den folgenden Tagen hatten Bert und „der hohe Gast" einige Besuche und Empfänge zu absolvieren, die vor allem von den im Umkreis lebenden Domé veranstaltet wurden. Es waren beinahe Geheimtreffen, bei denen nur scheinbar auf Französisch und Englisch Smalltalk gemacht wurde, während „ungesagt" über die Zukunft der Domé debattiert wurde. Léo hatte sich nach einigen wenigen Tagen verabschiedet und es war ein weiterer, baldiger Besuch vereinbart worden.

Gelächelt hatte der Prinz, als er sich von Frau Claire verabschiedet hatte. Und Bert wusste, warum – er selbst hatte am Tage zuvor am Morgen, als er neben Claire aufgewacht war, den ungeborenen Sohn in ihr wahrnehmen können. So stolz war er in seinem ganzen Leben noch nicht gewesen.

2. Kapitel: Bedrohung

Präfekt Jonathan Kamal, wie er sich seit seiner Erweckung inoffiziell nannte, prüfte seinen Terminkalender und verglich ihn mit einer Liste der Tätigkeiten, die er als einer der Repräsentanten der Domé neben seinen Pflichten als Präfekt in der nächsten Zeit in Angriff nehmen wollte. Dies war schwierig, denn sein offizielles Amt war vor allem mit gesellschaftlichen Pflichten angefüllt und ließ nur wenig Spielräume für Neues. Vor allem aber war zu beachten, dass er wichtige Freunde und Verbündete vorrangig beteiligte. Und so verschob er bereits zugesagte Besuche auf spätere, aber günstigere Zeitpunkte, delegierte unwichtigere Aufgaben an seinen Vertreter und strich nicht unbedingt notwendige private Freizeiten. Dabei reduzierte er auch die Verpflichtungen des Ehebettes, wohl wissend, dass das für Ärger sorgen würde ... Er würde seine erste Ehefrau zur Kur schicken müssen (das hatte sie schon seit einiger Zeit gefordert!). Für die beiden anspruchsvolleren Gemahlinnen würde er sich etwas anderes einfallen lassen müssen.

Die dringendste Aufgabe aber war so bald wie möglich zu erfüllen. Sein greiser Vater war bei dem letzten Besuch schon sehr hinfällig gewesen. Aber er sollte noch erweckt werden, damit er als das, was er war, nämlich als Fürst Kamal zu seinen Ahnen würde gehen können. Dann musste auch die Ringfassung gefunden werden. Er vermutete, dass sie im Hause seines Vaters zu finden sein würde. Dann musste der „Hüter der Steine" aufgesucht und der rote Stein zurückgefordert werden. Und schließlich musste eine Besichtigung der alten Domé-Städte organisiert werden, um zu sehen, was noch zu retten war nach 2.000 Jahren ...

Die Tür öffnete sich abrupt und Jérôme, der jüngste Sohn von Maya, seiner zweiten Ehefrau, stürmte herein. Er war zwölf Jahre alt, schlank und hochgewachsen, mit hübschem, schmalem Gesicht und leuchtenden Augen über einer schmalen Nase. Er umarmte seinen Vater und begrüßte ihn auf Französisch. Ungesagt auf Domé aber redete er schnell weiter:

„Weißt du das Neueste, Vater? Eben war gerade jemand von der Polizei bei Mama wegen Bertrand. Er soll ...“

Aber er wurde von seiner Mutter unterbrochen, die mit Claire ebenfalls den Raum betreten hatte.

„Kannst du mir das erklären!" rief Frau Palland sofort, „Bertrand soll in eine Verschwörung verwickelt sein. Die Leute sprachen auch von dir und Jérôme und Jaques. Irgendeinen Unfug von wegen einem Umsturz. Eine Geheimgesellschaft …"

Kamal war entsetzt. Irgendjemand musste gezinkte Gerüchte verbreitet haben, um ihm zu schaden, um der Sache zu schaden. In Gedanken ging er hastig verdächtige Personen durch, die einen solchen Eindruck hätten bekommen können, während seine Frau weiterredete. Wer könnte es wohl sein? Die Verwandten sicher nicht, andere Domé? Die würden sich hüten, denn ein Verrat würde wiederum von allen anderen Domé sofort erkannt werden.

„Vielleicht die Leibwächter?" meldete sich ungesagt sein Sohn.

„Unfug!" dachte Kamal, aber gleich darauf musste er seinem Sohn Recht geben. Sie hatten seine Erweckung beobachtet und auch die seiner Söhne. Er hatte sich nie über ihre Reaktion Gedanken gemacht und ihre Loyalität vorausgesetzt. Bei mindestens einem war dies aber offensichtlich nicht der Fall. Oder sollte ein anderer eine Erweckung beobachtet haben? Aber wie käme er dann dazu, dies mit ihm oder Bertrand in Verbindung zu bringen. Oder mit dem Prinzen …?

„… was seid ihr denn für Monster, dass ihr euren Familien so etwas antut?" endete Frau Palland klagend, während Claire verlegen neben ihr stand und sie zu trösten versuchte.

„Auf jeden Fall werde ich verhindern, dass weitere Schmach auf meine Familie fällt. Ich werde Claire mit nach Hause nehmen. Hoffentlich ist sie von diesem Unhold noch nicht schwanger. Sie wird es schon schwer genug haben, als entjungferte und entehrte Frau. Wir finden sicher keinen geeigneten Mann mehr für sie. Selbst Amiel Portand wird sie verschmähen, wenn er wieder aus dem Ausland zurückkommt. Hätte ich doch nie in diese Verbindung eingewilligt. Und dieser Name. Domherr heißt er angeblich, nicht Domé. Wer weiß, was nun werden soll!" klagte Frau Palland.

Kamal war empört.

„Eine Scheidung kommt überhaupt nicht in Frage. So ein Skandal. Und was gibt es an dem jungen Bertrand auszusetzen? Er ist ein aufstrebender Mann mit einer aussichtsreichen Zukunft. Es bleibt alles so, wie es ist!"

Er wandte sich an seine Tochter:

„Oder hast du deinen Mann denn nicht mehr lieb, Claire, mein Kind?"

Claire war verwirrt. „Ich weiß auch nicht. Er ist so geheimnisvoll. Ich habe ihn nach seinem Namen und seiner Familie gefragt. Und immer dieser Name oder diese Bezeichnung ‚Domé'. Was hat das zu bedeuten?"

„Das hat gar nichts zu bedeuten. Sein Vorfahr, der nach Deutschland gegangen war, hieß so. Die Leute dort haben es eben ihrer Sprache angepasst und Domherr daraus gemacht. Aber hier sollte er wieder so heißen, wie er heißen soll, heißen muss!" und er ergänzte: „Seinen Cousin hast du doch auf der Hochzeitsfeier kennengelernt. Er ist ein sehr feiner Mann und auch reich, so wie es dein Mann auch sein wird. Vertrau mir!"

Claire schüttelte resigniert den Kopf.

◆

Der Präfekt war wieder allein in seinem Arbeitszimmer. Er war bestürzt. Eine solche Komplikation! Eigentlich war so etwas zu erwarten gewesen, da Menschen oft panisch und ablehnend reagieren, wenn ihnen etwas Ungewöhnliches entgegentrat. Und Menschen, die über die Köpfe anderer sich „ungesagt" unterhalten konnten? Eine schreckliche Vision tat sich vor ihm auf: Pogrome und Vertreibung, ein Abschlachten der Unschuldigen, der kleinen Buben. Ein neues Bethlehem, ein neuer Herodes würde kommen!

Herr Kamal rief sich zur Raison. Jetzt war es an der Zeit, zu handeln, Missverständnisse gar nicht erst aufkommen lassen. Seinen Sohn hatte er als Schutz vor seiner aufgebrachten, geradezu hysterischen Mutter eingeschärft, dass er sich ihr auf keinem Fall als Domé zeigen sollte.

Aber wie sollte er der Welt deutlich machen, was es bedeutet, ein Domé zu sein? Welche ein Gewinn sie für alle bedeuten würden, welch ein Fortschritt? Er würde sich beraten müssen, nicht nur mit Bertrand. Der Prinz musste sofort her! Eine dramatische Aufklärungsaktion musste durchgeführt werden! Die Welt sollte staunen!

3. Kapitel: Der flammende Ring

Der Präfekt hatte seine Stellung und Beziehungen genutzt, um die dringend notwendigen Schritte einzuleiten. Als Erstes hatte er private und familiäre Gründe vorgeschützt, um weniger wichtige Termine abzusagen beziehungsweise an seine Vertreter abgeben zu können und in seinen Heimatort zu reisen. Von dort aus nahm er Kontakt mit dem Präfekten des benachbarten Distriktes auf und kündigte den Besuch eines bedeutenden internationalen Investors an, der im östlichen Bereich seines Verwaltungsbezirks Ländereien für den Anbau von landwirtschaftlichen Produkten suchte. Die beiden Herren waren schon länger befreundet und einander wohlgesonnen. Und da beide als politisch konservativ galten, würde es keinen Verdacht erregen, wenn unter ihrer Vermittlung ein Ausländer Land pachtete oder gar kaufte. Ihnen würde man nicht anhängen können, dass sie die Interessen des Landes verkaufen würden. Und so konnte man eventuellen Störfeuern aus anderen politischen Lagern entgegentreten.

Um einer weiteren Schädigung seiner Stellung entgegenzuwirken, erneuerte er wichtige Beziehungen zu Parteifreunden und in die Ministerien. Und auch zu einigen, mit denen er nicht offiziell verkehren durfte, es aber dennoch tat, um sich für den Zweifelsfall ihre Unterstützung zu sichern.

Als nächsten Schritt kontaktierte er den Prinzen über dessen Schwiegervater. Er hütete sich, am Telefon Domé zu sprechen, um möglichen Mithörern (die es ja auf jeden Fall gab, auf welcher Seite auch immer) Anlass zu geben, wegen dieser merkwürdigen, unbekannten Sprache eine Verschwörung anzunehmen. Am Abend kam dann die Bestätigung, dass Mr. Zimmermann in der kommenden Woche für die schon länger ausgemachte geschäftliche Bereisung des Bezirks eintreffen werde.

Den „Hüter der Steine" aber hatte Herr Kamal durch einen seiner Söhne benachrichtigen lassen, dass er sich in den nächsten Tagen in der Stadt Marmé aufzuhalten habe.

♦

Seinen Vater fand Herr Kamal in äußerst schwachem Zustand vor. Der alte Herr nahm seine Umgebung kaum noch wahr und erkannte auch seinen Sohn nicht, sondern murmelte leise vor sich hin, wie wenn er mit jemandem in weiter Ferne spräche. Herr Kamal traute sich fast nicht, den Vater zu berühren, denn er fürchtete, dass dieser durch die Erweckung zu Tode kommen würde. Aber erstaunlicherweise bewirkte die Berührung auch eine Erfrischung des Geistes des Alten, der seinen Sohn sofort fixierte und intensiv zu befragen begann. Dieser beobachtete fasziniert, wie die Erinnerungen im Kopf seines Vaters wieder hervortraten. Und wenn auch manches aus jüngerer Zeit für immer verschwunden oder verwischt war, so ergänzten des Vaters frühe Erinnerungen die des Sohnes um viele weitere Elemente der Familiengeschichte.

Der Alte griff nach Kamals Arm und zog ihn zu sich hinunter.

„Der Ring, in der Kiste rechts!" flüsterte er auf Domé und schaute zu einer Truhe, die neben der Tür zu seinem Zimmer stand. Kamal stand langsam auf und bat die anwesenden Tanten, dem Vater etwas zu trinken zu holen. Als diese fortgegangen waren, schloss er die Tür und öffnete die Truhe.

„Hinten links!" flüsterte der Alte. Er hatte sich etwas aufgestützt und beobachtete seinen Sohn.

Dort fand Kamal ein Schmuckkästchen, das seiner Mutter gehört hatte. Er öffnete es und fand zwischen verschiedenen Ketten und Ringen die alte, verbogene Ringfassung. Er nahm sie an sich und versteckte sie in seiner Wäsche, legte das Kästchen zurück und schloss die Truhe. Dann sprach er „ungesagt" zu seinem Vater:

„Ich habe die Adresse des ‚Hüters der Steine'. Er verwahrt die Steine bis heute. Ich werde den Stein zurückfordern, aber dazu brauche ich den Ring als Beweis für meine Vollmacht!"

Der Vater nickte und ließ sich wieder zurücksinken.

„Bring ihn mir nur einmal, damit ich ihn und seine Pracht bewundern kann. Es ist so lange her, dass ein Kamal ..."

Er seufzte, schloss die Augen und wandte sich ab. Er murmelte:

„Geh jetzt und erledige das bald, denn sonst wirst du nur noch meinen Leichnam vorfinden, wenn du wiederkommst. Ich bin ja so schwach ...“

Als eine der Tanten den Raum wieder betrat und den Bewegungslosen sah, stieß sie einen Schrei aus und ließ das Glas Tee fallen. Kamal aber beruhigte sie und versprach ihr, dass der Vater nur etwas schlafen würde und dass er bald zurück sein würde, wenn er den Auftrag, den ihm sein Vater gegeben habe, ausgeführt habe. Die Tante sah ihn verwundert an, ließ ihn aber nach einer Umarmung ohne weitere Fragen fortgehen.

◆

Die Fahrt nach Marmé verlief ereignislos. Er hatte seine Dienstlimousine und die Leibwächter bei seinem Vater gelassen und stattdessen drei nahe Verwandte als Unterstützung und Sicherheit gebeten, ihn zu begleiten. Zwar meinte er feststellen zu können, dass er verfolgt wurde, aber da der Hofmeister in einer größeren Stadt lebte, in der auch weitere Angehörige lebten, ging Kamal davon aus, dass er sein Treffen würde geheim halten können. Er quartierte sich bei seinem Cousin Jacob ein und schickte einen der Begleiter zusammen mit einem anderen örtlichen Verwandten zum „Hüter der Steine“.

Und dieser kam sofort. Er wurde über ein Nachbargrundstück und durch eine der Hintertüren hereingelassen. Demütig, aber auch stolz näherte er sich Herrn Kamal und präsentierte ihm den rotfunkelnden Stein der Kamal, schön in einem roten Kästchen auf blassgrüner Seide gebettet. Er verneigte sich vor dem Erben des Hauses und sprach:

„Du hast gerufen, Herr, und ich bin gekommen. Schande hatte ich auf meine Familie geladen, als ich um eines unlauteren Gewinnes wegen versuchte, die Herrschaftszeichen der Domé zu benutzen.“

Und er bot Herrn Kamal bereitwillig seine Erinnerungen an jenen unauslöschlichen Abend dar, an dem er seinen Verrat hatte abschließen wollen. Dieser las begierig in den Erinnerungen des Alten. Schließlich nickte er ernst und meinte:

„Nun, dein Erscheinen ist ehrbar und deine Reue ehrlich. Ich denke, dass der Prinz Recht hatte, als er dir deine Aufgabe nicht entzogen, sondern sie dich weiter durchführen ließ. Bis zum guten Ende."

„Bis zum guten Ende." flüsterte der Alte und hielt das Kästchen weiterhin geöffnet vor sich. Herr Kamal zog nun die Fassung aus einer inneren Tasche, wo er sie zur Sicherheit verwahrt hatte. Da der Stein nicht zu passen schien, bog er das Metall so zurecht, bis es den Stein fassen konnte. Dazu musste er mehrmals den Stein, der milde zu glühen begonnen hatte, der Fassung nähern, wobei bei jedem Mal das Glühen des Steines heller wurde. Schließlich bat er die Anwesenden – er und der Hausherr hatten darauf geachtet, dass niemand zugegen war, der nicht zur Familie gehörte – sich in Kreise aufzustellen. Und wie bei einem Ritus nahm er den Stein und ließ ihn in die Fassung einrasten.

Der fensterlose Empfangsraum im Zentrum des Hauses erstrahlte nun in einem brennend roten Licht und die Männer und Knaben der Familie Kamal erblickten erstmals nach ihrer Erweckung die vollständigen Erinnerungen ihres Vorfahren aus einer lang vergangenen Zeit. Stille herrschte in dem Raum, während sich die Anwesenden langsam fassten. Dann verließen sie schweigend und in Abständen das Haus. Damit niemand die Zeremonie erahnen konnte, sprachen sie draußen über Unverfängliches auf Französisch oder in Clansprache. Familienangelegenheiten, Klatsch, Sport …

Beachtet hatte sie niemand außer den beiden Beamten, die vom Innenministerium zur Überwachung des Präfekten abgestellt worden waren. Aber da ihnen nichts Konkretes über den Grund der Überwachung mitgeteilt worden war, achteten sie nicht auf die Gäste des Hauses, sondern warteten auf ihren „Kunden". Die in dessen Jackett versteckte Wanze hatte keine verdächtigen Gespräche außer einigen Begrüßungsformeln, Fragen nach dem Gesundheitszustand des Alten und die Aufforderung, sich auszuruhen, übermittelt können. Was nicht verwunderte, denn sämtliche Anwesenden hatten sich in der Kunst des „ungesagt Unterhaltens" geübt. Im Hintergrund hörte man nur leise Musik, die aus einem Radio zu kommen schien. Und das Licht des Steins hatten sie nicht sehen können, denn es war noch heller Tag. Sie wunderten sich nur, dass ihre Spionageeinrichtung keine Sprache zu übertragen schien und vermuteten einen Defekt.

Herr Kamal verabschiedete sich von seinem Cousin und kündigte eine baldige Rückkehr mit dem Prinzen an. Dann eilte er zu seinem Wagen und ließ sich zu seinem Vater zurück fahren.

Dessen Lebensgeister waren zum großen Erstaunen seiner Verwandten und Bekannten und zur Irritation einiger anderer zurückgekehrt. Und wenn der eine oder andere seiner Söhne oder Töchter darauf spekuliert hatten, dass sie demnächst in den Genuss eines Teils seines Besitzes kommen würden, mussten sie erneut seufzend zur Kenntnis nehmen, dass der Alte doch recht zäh war.

Jedenfalls erwartete der alte Fürst seinen Sohn ungeduldig Ausschau haltend und in einem Korbstuhl sitzend auf der Veranda seines Hauses. Ja, er stand sogar auf, wenn auch gestützt von einem seiner Enkel, einem kräftigen jungen Mann namens Dobar. In Hinsicht auf eventuelle Zeugen führte Herr Kamal seinen Vater wieder ins Haus zurück, in den Innenhof, der nach außen völlig abgeschirmt war. Dort stand nun der alte Fürst, umgeben von seinen echten Söhnen, Enkeln und Urenkeln. Die anderen – und das waren nicht wenige – waren weggeschickt oder gar nicht eingeladen worden. Sein Ältester und Erbe aber ließ sich vor ihm auf einem Knie nieder, küsste ihm die rechte Hand und steckte ihm den Ring an den mittleren Finger. Nun erstrahlte der Ring erneut in seinem feuerroten Licht und überstrahlte die Anwesenden mit seinem Wissen.

Der alte Fürst lächelte selig, doch während er noch in den Erinnerungen seiner Vorfahren suchte, bemerkte er, dass die Zeit gekommen war, dass er sich zu eben diesen Vorfahren zu gesellen hatte. Und während er noch schwankte, nahm er den Ring mit letzter Kraft vom Finger, segnete seinen noch knienden Erben, legte ihm den Ring an und brach dann zusammen. Er wurde vorsichtig auf seinen Ruheplatz zurückgebracht, aber nur kurze Zeit später atmete er zum letzten Mal aus, während das Schimmern des Lebens in seinen Augen verglomm.

4. Kapitel: Vorbereitungen zum Angriff

Die Beerdigung des alten Fürsten wurde gebührend begangen, aber der neue Fürst hatte andere Pläne, was den Ort der Beisetzung anbelangte. Denn als nächstes musste die Burg in der alten Hauptstadt Kamal erworben werden, damit der Verstorbene dort in der Gruft der Fürsten beigesetzt werden konnte – der Erste nach über zweitausend Jahren. Und so wurde der Tote in einem Grab auf dem Friedhof seiner Gemeinde beigesetzt, wie dies in den letzten Jahren üblich war. Mit Respekt und dem erforderlichen Prunk, aber eben nur einem geehrten Mitglied der örtlichen Gemeinschaft angemessen.

♦

Sein Cousin Jacob hatte währenddessen begonnen, Informationen über die sieben ehemaligen Hauptstädte der Domé zusammenzustellen, vor allem die beiden Städte, die in den nächsten Jahren von besonderer Bedeutung sein sollten: zum einen die alte Hauptstadt der Könige und natürlich die alte Stadt der Fürsten Kamal. Auch die anderen fünf Städte mussten diskret erkundet werden. Und wenn sich eine Möglichkeit ergeben sollte, Teile oder möglicherweise auch das ganze Areal zu erwerben, so hatte man ihn beauftragt, diese durch Kauf oder Pacht zu sichern.

♦

Als einige Wochen später – Herr Kamal hatte einen früheren Termin verlegen müssen, da er wegen dringender Anfragen ins Innenministerium zitiert worden war – der Prinz in Begleitung eines gedrückt wirkenden Bertrand und des Fürsten Kamal in Marmé eintraf, hatte Herr Jacob mit Stolz einige Neuigkeiten zu vermelden. Die Ruinen der alten Burg und Stadt Domé lagen vollständig unter einer Kakao-Plantage in der Nähe der kleinen Ansiedlung Dogalé. Die Plantage war aber unrentabel geworden. Sie war schon seit längerem auf dem Markt gewesen und im Laufe der Jahre im Preis immer weiter gesunken, da selbst Düngung den Ertrag nicht hatten verbessern, ja nicht einmal hatten stabilisieren können. Dazu kam der Rückgang des Regens in den vergangenen Jahren, der die Ernte noch kläglicher hatte ausfallen lassen. Der Eigentümer hatte Herrn Jacob eine Option auf den Erwerb ausgestellt. Aber er wirkte bedrückt. Er hatte schon viele Optionen ausgegeben, aber keine war eingelöst worden.

Was die alte Stadt Kamal anbelangte, so lag sie deutlich ungünstiger unter einem kleinen Ort, den vollständig zu kaufen unmöglich war. Die Burg der Fürsten Kamal aber lag unter einem Hügel im Norden und war bei den Einwohnern unbeliebt, da hier alles Wasser zu verschwinden schien und die angepflanzten Bäume und Sträucher nur kümmerten. Er schien verflucht und von bösen Geistern besetzt zu sein. Zwar war der Hügel in Parzellen aufgeteilt, aber kaum bewirtschaftet, viele Grundstücke verwahrlost. Herr Jacob hatte einen Mittelsmann im Ort gebeten, mit den Eigentümern über einen eventuellen Verkauf zu verhandeln. Dies würde aber möglicherweise noch einige Zeit dauern, denn einige der Eigentümer waren alt oder nicht zum Verkauf bereit.

Man beriet, wie man vorgehen sollte und erwog verschiedene Möglichkeiten. Der Prinz hatte sich bei den Diskussionen weitgehend zurückgehalten und nachgedacht. Schließlich meldete er sich zögernd zu Wort:

„Dem Erwerb der Plantage stimme ich zu. Das Beste wird sein, wir gründen eine Gesellschaft, die als Erwerber und Projektentwickler auftritt, damit keine Einzelinteressen vermutet werden können. Vielleicht denkt ihr euch eine geeignete Nutzung aus, die auch von der ‚hohen Politik‘ unterstützt werden kann. Als weiterer Schritt wäre dann eine Baugesellschaft zu gründen, von der die notwendigen Arbeiten begonnen werden können, zum Beispiel zum Bau eines Verwaltungsgebäudes. Und wenn dann beim ‚Bau‘ die baulichen Reste der alten Burg Domé gefunden werden, sollte man sofort eine internationale Expertenkommission, am besten die des Weltkulturerbes durch die Ruinen führen, um ihnen den Reichtum unserer Kultur vor Augen zu führen. Dazu muss allerdings das Gelände hermetisch abgeschirmt werden können, damit keine Grabräuber eindringen. Also brauchen wir eine Art Privatarmee. Das wiederum kann zu Problemen mit der Politik führen, die einen Putschversuch vermuten könnte. Jedenfalls sollte man eine

Stiftung gründen und den Palast als Museum deklarieren. Vielleicht kann man auch einige Nicht-Domé aus der hohen Politik dazu gewinnen, im Vorstand dieser Stiftung zu firmieren. Man muss unbedingt den Palast als Gesamtheit erhalten, damit die Größe unserer Kultur der ganzen Welt vor Augen geführt werden kann."

„Und wo wirst du herrschen, mein Prinz?" fragte einer der Anwesenden.

„Ich werde mir ein neues Haus bauen. Am Rande von Domé gelegen und zeitgemäß gestaltet. Und über Herrschaft werden wir nicht reden. Noch lange nicht!"

Er lächelte, als einzelne protestierende Stimmen sich bemerkbar machten und schüttelte den Kopf.

„Unsere einzige Chance ist nicht die politische Gewalt, sondern die kulturelle Überlegenheit. Und wenn uns später die politische Gewalt angeboten werden sollte, können wir sie immer noch übernehmen. Aber eben nur, wenn sie uns freiwillig übertragen wird. Nur das ist Legitimation."

Schweigen.

„Und was Kamal anbelangt – hier liegen alle Kultstätten und der Palast innerhalb der Burgmauern dicht beieinander. Auch diesen Komplex kann man ausgraben und die erhaltenen Teile sichern. Schwierig wird es in beiden Fällen mit den Kunstschätzen, die ja nach geltendem Recht dem Staat gehören, wenn ich recht informiert bin. Fürst Kamal kann dann immer noch überlegen, ob er den Palast als Familiensitz nutzen möchte oder nur Teile davon. Man könnte die Tempel des Sonnengottes als Museum nutzen, denn sie sind heute nutzlos. Den Kult werde ich nicht mehr vollziehen, da wir es heute besser wissen."

An diesem Tag wurde nur beschlossen, die Vorschläge des Prinzen zum Kauf und zur Entwicklung der Plantage auszuarbeiten und den Kauf vorzubereiten. Den finanztechnischen Teil übernahm der Prinz, der als „Banker" genügend Kenntnisse über Grundstücksverkehr und Firmengründungen mitbrachte. Anderntags folgte ein formeller Termin beim Präfekten des Bezirkes, bei dem auch die

Gründung der notwendigen Gesellschaften besprochen wurde. Der Präfekt unterstützte den wirtschaftlichen Aufschwung dieser vernachlässigten Region gern. Er selbst war kein Domé, wohl aber sein erster Sekretär. Und so wurden die Formalien ungewöhnlich zügig abgewickelt. Schon wenige Wochen später wurden die Gründungsurkunden im Beisein eines Ministerialrates des Wirtschaftsministeriums unterzeichnet. Bei dem folgenden Festakt wurden von den hohen Herren mehrere gehaltvolle Reden gehalten, die eine gedeihliche Zukunft und die internationale Zusammenarbeit zum Inhalt hatten. Während einer Pause nahm der Ministerialrat den Präfekten Palland zur Seite, kondolierte ihm zu dem kürzlich erlittenen Verlust und bedauerte die Spannungen mit dem Innenministerium. Der Angesprochene bedankte sich. Zu den anderen Andeutungen meinte er nur lächelnd:

„Es gibt nichts zu verbergen. Wir haben nur das Wohl der Region im Auge und werden auch weiterhin dem Staate dienen, wo wir auch können. Übermitteln Sie dem Minister meine besten Grüße."

Der Ministerialrat nickte und verabschiedete sich bald.

5. Kapitel: Der Angriff

Einige Zeit war vergangen. Aber obwohl die Zahl der erweckten Domé sich täglich langsam vergrößerte und mittlerweile auch die im politischen Raum und in den Medien Tätigen erreicht hatte, gab es kaum Reaktionen in der Presse. Einzelne Stimmen über eine Verschwörung von Abweichlern wurden zwar gelegentlich geäußert, aber das kam bei allen möglichen Anlässen vor und wurde daher von den meisten nicht beachtet.

Der Prinz hatte die erforderlichen Gelder für den Erwerb der Plantage zur Verfügung gestellt – sehr zur Erleichterung des ehemaligen Eigentümers, der sich prompt zurückzog, um seine Schulden zu bezahlen und sich nur noch seiner Familie zu widmen. Um das private Kapital des Prinzen nicht zu sehr in Anspruch nehmen zu müssen, waren Teile des Kaufpreises durch Kredite von namhaften Banken des Landes erbracht worden. Auch waren mit den Banken Vereinbarungen getroffen worden, damit diese – und damit auch die einflussreichen Personen des Landes – in die weitere Entwicklung des Projekts einbezogen werden konnten.

Man hatte zur Durchführung der erforderlichen Maßnahmen eine Erschließungsgesellschaft gegründet, die in der Region verschiedene Projekte des Straßenbaus, der Gewinnung von Bodenschätzen und anderes durchführen sollte. Dies diente auch dazu, das weitere Umland des Ortes Dogalé zu entwickeln, und zwar unabhängig von der Ausgrabung der alten Stadt Domé. Da aber vorgesehen war, um die alte Stadt herum eine neue Stadt entstehen zu lassen, musste diese geplant, angebunden und organisiert werden. Diese Maßnahmen sicherten vor allem die notwendige Unterstützung im politischen Umfeld und sollten gleichzeitig unmöglich machen, dass widrige politische Einflüsse das Vorhaben torpedieren konnten. Die Ausgrabung würde nur gewissermaßen ein Nebenprodukt der Gesamtentwicklung sein.

Während der Prinz und der von seiner Ehefrau verlassene und um neue Aufgaben bemühte Bertrand sich vorwiegend mit der Organisation der „Plantage" beschäftigten, kümmerten sich die Vertrauten des Fürsten Kamal um den Kauf der Burg Kamal. Dieser gestaltete sich allerdings mühsam, zumindest mit den Eigentümern, die keine Domé waren. Die ansässigen Domé hatten den alten Grundherren als solchen anerkannt und bemühten sich, ihn nach Kräften zu unterstützten, selbst wenn sie nicht zur Familie Kamal gehörten. Allerdings mit dem Hintergedanken, dass die Wiederkunft der Fürsten dem Ort neuen Glanz bringen würde und damit auch deutlich mehr Gewinn im Geschäft zu erwarten war. Manch einer begann eine glorreiche Zukunft zu erträumen und nahm mit dem erhaltenen Kaufpreis für seine Parzelle Verbesserungen an seinen Gebäuden vor. Die noch Zögernden aber wurden von verwandten Domé dazu gebracht, ihren Widerstand aufzugeben und ihre Gärtchen zu verkaufen. Erst kauften die Vermittler selbst, dann – mit einem gewissen Aufschlag wegen des erhöhten Aufwands – verkauften sie die Grundstücke weiter an den Fürsten. Geschäft blieb schließlich Geschäft. Auch gegenüber der hohen Verwandtschaft.

◆

Als schließlich die ersten Arbeiten in Kamal und Domé beginnen konnten, stimmten sich die Bauleiter – Jaques Kamal und Bertrand Domé – über den Zeitplan ab. In Kamal musste ja nur der Hügel abgeräumt werden. Weitere Maßnahmen im Ort wie Straßenbau oder die Ansiedlung ergänzender Nutzungen konnten auf einen späteren Zeitpunkt verlegt werden, zumal dieser im öffentlichen Raum oder auf privaten Grundstücken erfolgen würde.

In Domé waren wesentlich mehr Maßnahmen für eine Erweiterung der Siedlung Dogalé erforderlich. Zum einen mussten die Straßen neu angelegt werden, zum anderen ein Fluss wieder in sein altes Bett am ehemaligen Ortsrand verlegt werden. Dazu sollten zunächst zwei Bereiche gerodet werden, um ein neues Verwaltungsgebäude für die Gesellschaft vor dem westlichen Tor des alten Domé und zum anderen im Bereich des Palastes eine Reihe von Übergangswohnungen für die Bauarbeiter bauen zu können.

Die Arbeiten wurden vorwiegend von örtlichen Bauarbeitern ausgeführt. Auf der Plantage achtete Bertrand darauf, dass im Bereich des Palastes nur Domé arbeiteten. Von ihnen wusste man, dass sie bei der Rodung und dem Bodenabtrag äußerste Vorsicht walten lassen würden – im Gegensatz zu den Arbeitern, die das neue Verwaltungsgebäude errichten sollten. Und während über dem Palast vorwiegend mit der Hand gearbeitet wurde, kamen auf der anderen Baustelle Bagger und schweres Gerät zum Einsatz. Schließlich konnte – während das neue Zentrum über einer weiten Plattform emporwuchs – das weitläufige Gelände des Palastes gerodet und mit einem hohen Zaun gesichert werden. Dies sehr zur Verwunderung der „Nicht-Domé"-Bauarbeiter, die eine Sicherung von Arbeiterhütten kaum als dringend und beinahe als Provokation ansahen.

Und dann kam der Tag, an dem – es sah aus wie Zufall – einer der Arbeiter am Palast beim Planieren einer Fläche, auf der ein erster Container aufgestellt werden sollte, einen sorgfältig gepflasterten Weg freilegte. Es war in der Tat der alte Prozessionsweg, auf dem die Könige am Morgen und am Abend zum Auf- und Untergang der Sonne ihre Dankopfer zu bringen pflegten. Dieser Weg führte in Ost-West-Richtung schnurgerade durch den gesamten Palast. Er diente als innere Straße und wurde an beiden Enden mit einer runden Plattform abgeschlossen, auf der die Altäre zu stehen pflegten.

Der Bauleiter ließ alle Arbeiten einstellen, um mit seiner Bauherrschaft Rücksprache halten zu können. Der Prinz, der im alten Gutshaus der Plantage sein Quartier bezogen hatte, kam mit zwei anwesenden Teilhabern, Nicht-Domé, die für einige Tage zur Entspannung eingeladen worden waren, und begutachtete den Fund. Nach einer Beratung mit den Partnern wurde beschlossen, den Weg in Richtung auf den Hügel weiter freizulegen.

Die Arbeiter folgten dieser Anweisung mit Eifer und schon am nächsten Abend war man nicht an einer Felswand, sondern an einer Außenmauer angelangt, in der ein riesiges, kunstvoll gestaltetes Bronzetor eingelassen war, dessen Gewände mit Reliefs aus eingelegten, schimmernden und glitzernden Steinen in vielen Farben geschmückt war. Die anschließenden Wände aber waren glatt und mit weißem Stein verkleidet, der strahlend zutage trat, nachdem einer der Bauarbeiter mit einem Wasserstrahl die Oberflächen gereinigt hatte.

Die versammelten Menschen standen still vor diesem Wunder. Die anwesenden Domé, weil sie zum ersten Mal wieder einen Teil ihrer Vergangenheit erblickten und der Ehre teilhaftig wurden, einen Weg betreten und eine Tür schauen zu dürfen, die nur dem König vorbehalten war. Die Nicht-Domé aber waren erstaunt, dass in dieser geschichtslosen Gegend etwas sichtbar geworden war, von dem ihre Lehrer ihnen nichts vermittelt hatten.

Der Prinz aber sprach:

„Hier sind wir auf etwas gestoßen, das seit langer Zeit unter der Erde lag. Wir sollten es nur mit sachkundiger Leitung und Unterstützung erkunden, damit wir nicht aus Unkenntnis etwas zerstören, das uns hier hinterlassen wurde."

Und er ordnete an, dass die Baustelle geräumt wurde. Die Zäune wurden mit Stacheldraht bewehrt und eine Wachmannschaft gebildet, die auf der Baustelle umschichtig dafür sorgte, dass niemand dem Eingang zu nahekam oder sonst an einer Stelle zu graben begann, um in das Innere vorzustoßen und die vermuteten Schätze zu rauben. Dann begab er sich in sein Quartier und rief die Aktion „Ausgrabung" ins Leben. Als erstes verpflichte er alle, die von der Ausgrabung erfahren hatten, zu striktem Stillschweigen, wobei ihm bewusst war, dass er seine Nicht-Domé-Partner kaum dazu bewegen konnte. Allerdings war das einkalkuliert – etwas Getuschel würde die Sensation umso größer werden lassen. Dann kontaktierte er einige international anerkannte Koryphäen der Archäologie und Kunstgeschichte, deren Bekanntschaft er schon früher über die Verbindungen seiner Frau gesucht und gepflegt hatte, informierte sie über den interessanten Fund und bat um Teilnahme bei einer Erkundung. Auch das nationale Amt für Kultur und Denkmalpflege wurde benachrichtigt und um die Entsendung von Fachleuten gebeten.

Nach einer etwas hektischen telefonischen Abstimmungsrunde hatte man sich auf einen Termin geeinigt, an dem der feierliche Akt zur Öffnung des Tores stattfinden sollte. Die nationalen Fachleute waren einer kurzfristigen Besichtigung eher abgeneigt, denn es konnte sich ja nur um ein einzelnes Grab oder etwas ähnlich Unbedeutendes handeln. Allerdings zeigten die übersandten Fotos mit dem kunstvoll ausgeführten, zweistöckigen Tor, dass es sich kaum um etwas Triviales handeln konnte, und so bemüßigte man sich doch um einen baldigen Termin, allerdings mit untergeordneten Sachbearbeitern, die für diese Aufgabe kurzfristig abgestellt werden konnten.

◆

Zur gleichen Zeit hatten die Arbeiter in Kamal einen stabilen und hohen Zaun errichtet und begonnen, die Schuttmassen von den Dachterrassen der Burg abgetragen, so dass der obere Kranz der Befestigungsmauer frei lag. Und während die Arbeiten hinter dem hohen Bretterzaun bisher kaum beachtet wurden, erregten die zutage getretenen rot- und goldfarbenen Ziegel der Bekrönung das Interesse der Einwohnerschaft. Zwar wollte sich der eine oder andere hier ein Souvenir sichern, aber die Bauarbeiter, die nun zur Wachmannschaft geworden waren, und die im Ort ansässigen Domé verhinderten eine Plünderung. Und während die Burghöfe und Säulenhallen von Schutt und Erde freigeräumt wurden, begann sich die Bürgerschaft der Nicht-Domé und bald auch die Presse für diesen merkwürdigen Hügel zu interessieren. Gerüchte kursierten über sagenhafte Schätze unter dem Berg. Der Bauleiter aber machte kurzen Prozess mit den Gerüchten und ließ nun grobes Gerät auffahren. Bagger legten die Außenmauern, die nun keinen Druck von innen mehr auszuhalten hatten, innerhalb von wenigen Tagen frei. Immer wieder kamen Lkw und transportierten Schutt ab und deponierten ihn auf einem Brachgelände in der Nähe für den Fall, dass die Archäologen auch diese Reste studieren wollten. Schließlich war die Festungsmauer freigelegt und der Boden planiert, so dass der Bauzaun abgebaut werden konnte. Die großen Tore aus Bronze aber wurden verschlossen und auf den Zinnen patrouillierten nun Wachen, um zu verhindern, dass Diebe über Leitern in die Festung eindrangen.

Als die Bauarbeiten außen fertig waren, wurde ein Löschzug der Feuerwehr um Hilfe gebeten: er wusch die über zwölf Meter hohen Wände mit Wasser aus angeforderten Tankwagen ab. Die Festung zeigte sich nun in ihrer ganzen Pracht: über einem niedrigen, gestuften Sockel aus hellem Sandstein, auf dem man sitzen und ausruhen konnte, waren die Außenmauern bis zu dem Zinnenkranz über und über mit blutroten Kacheln verkleidet, die noch vollständig erhalten waren. Sie zeigten geometrische Muster in Gold, Lichtblau und Hellgrün und glichen stilisierten Bäumen. Die Zinnen aber waren abwechselnd weiß und rot mit goldenen Abdeckungen.

Das Gebäude stand schräg zum Ort, ein riesiges, lang gestrecktes Rechteck von der Größe eines weiten Fußballfeldes, abwehrend und schön zugleich mit seinen farbigen Mauern und den beiden großen Toren, die jeweils in der Mitte der Schmalseiten angeordnet waren. Über den Toren aber ragten halbkreisförmige Bastionen hinaus, von denen man damals ungesehen Angreifer mit siedendem Pech und Pfeilen abwehren konnte.

6. Kapitel: Ehe

Mme Claire Domé war betrübt, auch etwas gelangweilt sicherlich, vor allem aber unschlüssig. Ihr Leben schien seit einiger Zeit einer Achterbahnfahrt zu gleichen, mit steilen Höhen und Tiefen. Aus der aktuellen Tiefe aber schien es keinen Ausweg zu geben. Sie seufzte und sah sich in dem kleinen Zimmer um, das früher ihr und ihrer Schwester Dorée Kinderzimmer gewesen war. Neben dem ihrer beiden weiteren Schwestern, Portia und Aimée.

Erst hatte sich nach einer zugegebenermaßen unbeschwerten Kindheit und Jugend – trotz der dominanten Mutter – ihr Verlobter aus dem Staub gemacht. Sie hatte ihn gemocht, denn er war hübsch und unbeschwert und offensichtlich sehr an ihr interessiert gewesen. Oft und mit Feuer hatte er sich ihr nähern wollen. Sie hatte ihn ungern abgewehrt, aber sie war klug genug zu wissen, dass Unvorsichtigkeiten in dieser Hinsicht nur Probleme bereiten würden. Und auch seine Versicherung, dass man ja sowieso heiraten würde und das Blut der Jungfernschaft auf dem Hochzeitslaken auch anders erzeugt werden könnte, hatte sie nicht erweichen können. Vielleicht hatte sie geahnt, dass diesem Kandidaten nicht ganz zu trauen war. Jedenfalls war er verschwunden.

Und dann die Sache mit Bertrand. Er war deutlich weniger attraktiv als Amiel, und eigentlich auch viel zu hell, um gut auszusehen, aber er war kräftig und liebevoll. Ihre Hochzeit war schöner gewesen, als sie es sich hatte vorstellen können. Und er war oft und gern bei ihr gewesen, nicht nur bei Nacht, sondern auch zur Mittagszeit, die er sich, obwohl viel beschäftigt, immer von Terminen freigehalten hatte. Und wie liebevoll er sie angesehen und gestreichelt hatte. Sie wusste nun, dass sie schwanger mit seinem Kind war, und das machte sie unglücklich und selig zugleich. Der Mutter hatte sie noch vorgespielt, dass sie ihre Regel gehabt hatte und hatte einen Test angelehnt. Und die Mutter hatte ihren Kopf zu voll gehabt, um sich auch noch um die unglücklich verheiratete Tochter Sorgen zu machen. Sie hatte die Scheidung von ihrem unzuverlässigen Gatten eingereicht und war mit ihrem Anwalt mehr als eigentlich notwendig „zur Besprechung" unterwegs. Dieser Herr

Boliak war allerdings sehr charmant und hatte bei einem Abendessen nicht versäumt, die anwesenden Damen mit seinen ziemlich deutlichen Aufmerksamkeiten zu belästigen. Claire hatte ihn unwirsch abgewiesen, als dieser die Hand auf ihren Schenkel gelegt hatte, angeblich, um sie zu trösten.

Dass dieser Rechtsverdreher im Moment die Stelle des jungen Colland eingenommen hatte, den sich die Mutter als treues Hündchen und als Bettwärmer gehalten hatte, war nicht dazu geeignet, ein Beispiel für eine gute Ehe zu geben. Claire überlegte weiter. Und blickte wieder auf das Bild von Bertrand, das sie heimlich mitgenommen hatte, und erinnerte sich an die schöne Zeit, als sie sich ganz als seine Frau hatte fühlen können, und nicht als dummes, verlassenes Gör. Schließlich hatte sie ihn verlassen, musste sie sich gestehen, obwohl sie sich über die Gründe nicht recht im Klaren war. Die Mutter hatte nur nachgeholfen.

Nachdem sie einige Tage ihr Missgeschick beklagt hatte und feststellen musste, dass niemand wirklich Anteil an ihrem Schicksal nahm, vor allem nicht die unverheirateten Cousinen, die sie zwar bemitleideten, aber immer mit einem gewissen kleinen Lächeln, das besagte, dass man es ohne Ehemann doch besser hätte, hatte sich Mme Claire entschieden. Sie hatte zwar noch ihre Wohnung, aber die war nun verwaist, da ihr Mann in Geschäften mit dem Papa unterwegs war und sie nicht hatte erfahren können, für wie lange. Sie hatte noch ihren kleinen Wagen, aber allein und ohne männlichen Schutz konnte sie nur in der Stadt fahren, und da auch nicht überall hin. Also würde sie zu ihrem Mann fahren. Sie verabredete sich mit einer Cousine, dass sie und ihr Bruder mit ihr zum Heimatort ihres Vaters fahren würden. Angeblich, um das Grab ihres Großvaters zu besuchen, den sie als Kind sehr gern gehabt hatte. Seiner Beerdigung hatte die Mutter nicht beigewohnt und damit auch die Töchter. So, als wollte man mit diesem Teil der Familie nichts mehr zu tun haben.

Sie packte also ihre Sachen, hinterließ ihrer Mutter eine kurze Notiz, dass sie nach Cordé fahren müsste, holte ihre Begleiter ab und fuhr nach Norden.

◆

In Cordé allerdings war ihr Vater nicht und auch nicht Bertrand. Eine Rückfrage bei den Tanten ergab, dass der Vater in einem kleinen Ort namens Lossó noch weiter im Norden ein Grundstück erworben habe, dass er nun bebauen lasse. Möglicherweise wäre er auf der Baustelle, vielleicht aber auch zuhause oder in der Präfektur, wo er sicher gebraucht würde. Seine Mitarbeiter wüssten im Moment auch nicht genau, wo er sich aufhielt.

Mme Claire war verwirrt. Ihre wohlgeordnete Welt geriet langsam aus den Fugen, aber nachdem sie sich zum Handeln entschlossen hatte, wollte sie mit ihren Recherchen fortfahren. Nachdem sie einige Tage in Cordé geblieben war, machte sie sich daher wieder auf den Weg, diesmal nach Lossó.

Dort fand sie einen kleinen Ort vor, der am Rande der Welt zu liegen schien, und am Rande dieser Ortschaft einen großen Bretterzaun. Davor standen viele Menschen, aber niemand, den sie kannte. Und da sie im Ort keine Verwandten hatte, wollte sie schon umkehren. Aber ihr Cousin hatte mit einem freundlichen Mann gesprochen, einem der örtlichen Kaufleute, dessen Frau sie gerne aufnehmen würde. Schließlich war der Herr Palland im Ort eine wohlbekannte Persönlichkeit, und der Besuch seiner verheirateten Tochter eine Ehre. Mme Claire entschied sich zu bleiben.

◆

Am nächsten Morgen kam ihre Wirtin aufgeregt auf ihr Zimmer und verkündete, dass der große Tag gekommen sei, man würde das Gebäude enthüllen. Und M. le Préfet wäre auch angekommen, um sich das Schauspiel anzuschauen.

Claire und ihre Verwandten machten sich in Eile ausgehfertig und begleiteten ihre Wirtin und ihren Gatten zur Baustelle, wo über der hohen Bretterwand der Umriss eines ungewöhnlichen Bauwerks zu erkennen war, das im Sonnenlicht glitzerte und blinkte. Claire suchte ihren Vater und erblickte ihn auf einem flachen Podest vor der ersten Reihe, wo er gerade ein Signal zu geben schien. Darauf ertönte ein lauter Trompetenton, die Bretterwände begannen zu wanken und nach außen umzufallen, gestoßen von einer

Reihe von Arbeitern, die in ihrer Festtagskleidung hinter der Wand standen und sie nur noch mit Seilen gehalten hatten.

„Mein Gott, wie schön!" flüsterte ihre Begleiterin, während Claire bezaubert und verwirrt dastand. Ihr Cousin aber lächelte verträumt und wissend, was Claire wiederum ärgerte, denn dies hatte sie auch an Bertrand so irritiert.

„Warum lächelst du so komisch?" fragte sie ihn gereizt. Er lachte und meinte seelenruhig:

„Es ist doch immer schön, wenn etwas Wunderbares zum Vorschein kommt. Das kann ein Kind im Leib seiner Mutter sein oder die alte Burg, wo einst die Fürsten Kamal geherrscht hatten. Ich glaube, du solltest sie dir ansehen, schließlich ist es die Wiege unserer Familie."

Claire nahm an, dass der Arme halluzinierte, aber ihr Cousin nahm sie und seine Schwester am Arm und führte sie zu ihrem Vater, der immer noch still vor der monumentalen Fassade stand und auf das Tor starrte. Erstaunt begrüßte er die Neuankömmlinge. Bevor aber irgendwelche anderen Erläuterungen möglich waren, hatte Claire nach dem Verbleib ihres Ehemannes gefragt. Ihr Vater hatte sie erstaunt angesehen und gefragt:

„Willst du ihn immer noch verlassen?"

Sie hatte den Kopf geschüttelt und er hatte vergnügt gemeint:

„Sieh' da! Eine gute Entscheidung! Und das gerade jetzt. Der gute Bertrand wird sich freuen!"

„Ist er hier?"

„Nein – ich bedaure. Er ist bei seinem Cousin in Domé, ihrem Heimatort. Wir werden bald von ihnen hören. Jedenfalls solltest du so bald wie möglich zu ihm gehen, damit seine verdiente Freude ihre Krönung erreicht!"

„Jetzt redest du auch schon so unverständlich wie Bertrand!" klagte seine Tochter, „Erkläre mir das doch bitte einmal!"

Ihr Vater lächelte und nahm sie bei der Hand.

„Komm, mein Kind, ich werde dir etwas zeigen, was seit tausenden von Jahren niemand mehr gesehen hat!"

Er führte sie zu dem Tor, dessen mächtige Flügel aus Bronze im unteren Bereich zusätzlich geteilt waren. Hier war eine kleinere Pforte eingebaut, die von einem der Arbeiter offengehalten wurde. Und während die Bewohner des Dorfes erstaunt und interessiert auf dem „Bretterweg" des ehemaligen Zaunes um die Festung flanierten, betraten der Fürst mit seiner Tochter und einige andere Domé das Gebäude. Die Tür wurde hinter ihnen geschlossen und verriegelt.

Der erste Eindruck war enttäuschend, denn die über alle Stockwerke reichende, dunkle Eingangshalle war gegenüber dem Eingang mit einer massiven Wand abgeschlossen, die den Blick ins Innere verwehrte. Als sie aber die blendend hellen seitlichen Tore durchquert hatten, schauten sie blinzelnd in eine Folge von Höfen und Säulenhallen, die sich ins Unendliche fortzusetzen schienen. Und obwohl der Boden noch mit Schutt bedeckt war und die Höfe ohne Bäume, Blumen und Wasserspiele waren, konnte man doch erahnen, wie die Festung früher einmal ausgesehen haben musste. Wie ein Abbild des Paradieses.

„Und nun zu deinen Fragen, Tochter. Diese Burg wurde vor etwa viertausend Jahren von meinen Vorfahren erbaut, die hier Fürsten des Landes waren. Durch die Kenntnisse einiger Menschen konnte dieser Ort wieder gefunden und ausgegraben werden. Ich jedenfalls werde hier leben und dafür sorgen, dass dieses Vermächtnis unserer Ahnen bewahrt wird."

Claire schaute ihn erstaunt und verwirrt an.

„Aber woher weiß man das?"

Ihr Vater sah sie ernst an und meinte dann:

„Eigentlich ist es ein Geheimnis. Aber da es bald nicht länger geheim gehalten werden kann, werde ich dir das Nötigste sagen. Du solltest es aber vorerst nicht weitergeben, vor allem nicht deiner Mutter."

Er wandte sich zu dem Cousin:

„Du hast keine Einwände?"

Der schüttelte den Kopf und sagte dann auf Französisch, damit es die Damen verstehen konnten:

„Nein, Fürst. Es wird bald nicht mehr nötig sein.“

Die Damen schauten ihn erstaunt an.

„Fürst?“

Er nickte.

„Oh!“

Fürst Kamal lächelte, zuckte die Schultern und meinte dann:

„Mit uns beiden und auch den Arbeitern hier hat es etwas Besonderes auf sich. Wir entstammen einem Volke, bei dem die Männer – nur die Männer – sich ohne Worte verständigen können und wo jeder weiß, wer der andere ist und welches seine Vorfahren sind. Jeder trägt in sich ein kollektives Gedächtnis, mancher mehr, mancher weniger, aber immer weit in die Vergangenheit reichend. Bei mir und meiner Familie, also auch deinen Brüdern, soweit sie von mir sind, ist dieses Wissen besonders ausgeprägt, denn wir stammen in direkter Linie von den Fürsten Kamal ab, die hier einst lebten. Und da dein Großvater nun leider die Residenz seiner Ahnen nicht mehr schauen kann, bin ich der Oberste meines Volkes. Und da mich jeder Domé als solchen erkennen kann, werde ich von Ihnen als Fürst Kamal benannt!“

„Domé?“

„Ja, Domé! – Es gibt noch andere Fürsten, die mit ihrem Volk einen eigenen Namen tragen, so wie dein Cousin hier auch ein Kamal, jener Arbeiter dort aber ein Doué ist. Domé aber nennen wir uns in der Gesamtheit, denn so heißt das Geschlecht unserer Könige und ihre Hauptstadt im Osten. Dort ist dein Mann und enthüllt mit seinem Cousin, dem Prinzen von Domé, ihre alte Heimstatt.“

„Bertrand ist …?“

„Bertrand ist einer der Nachkommen des letzten Königs hier und ein treuer Freund und Begleiter des Prinzen von Domé. Und da sich unsere Abkunft bald nicht mehr verheimlichen lassen wird, wird er ein Mann von hohen Ehren sein. Ich vermute …“

Er lächelte und blickte versonnen in die Ferne.

„…, dass er schon bald keine Autos mehr verkaufen wird, sondern die Verwaltung dieser wichtigen Stadt übernehmen wird. Für uns ist es jedenfalls der wichtigste Ort auf dieser Erde."

Er wandte sich wieder seiner Tochter zu, umarmte die Verstörte und meinte sanft:

„Geh jetzt zu deinem Mann. Er wird Verständnis haben für dich und das Unverständnis deiner Mutter. Er ist ein guter Mann!"

Und zu dem Cousin:

„Bring sie und meinen Enkel sicher nach Domé. Du kennst ja den Weg!"

„Enkel …?"

„Ich sagte doch, wir erkennen einander, auch wenn ein Sohn unseres Volkes noch nicht geboren ist. Dein Mann wusste früher von deinem Sohn als du selbst."

„Er wusste …?"

„Aber ja!"

„Der arme Bertrand – deshalb war er so …"

Ihr Vater lächelte und wandte sich dann den Arbeitern zu, um die weiteren Aufräum-Arbeiten zu beaufsichtigen. Der Cousin verabschiedete sich und führte die Damen aus der Burg. Sie suchten und fanden ihre Gastwirtsleute und sagten ihnen Lebewohl. Der Wirt lachte und meinte zum Cousin:

„Sie wissen also Bescheid! Das ist gut so. Es hat mir schon die ganze Zeit widerstrebt, mich verstellen zu müssen!"

„Verstellen …?" fragte seine Frau misstrauisch. Claire lächelte und sagte dann:

„Männersachen. Nichts wirklich Wichtiges!"

Sie lachten und machten sich auf den Weg nach Domé.

♦

Die Fahrt dauerte lange, denn die Verbindung war nur teilweise gut ausgebaut. Der Cousin fuhr nicht die Strecke in die Hauptstadt zurück, sondern wählte den direkten Weg über Nebenstraßen. In manchen Gegenden wirkten diese nur provisorisch unterhalten.

Meist kamen sie zügig voran. Aber erst gegen Abend erreichten sie den kleinen Ort Dogalé, an dessen Rand die Plantage lag. Im Verlauf des Nachmittags waren Wolken aufgezogen und es regnete nun gleichmäßig. Im Ort erkundigten sie sich nach dem weiteren Weg, der aber kaum mehr zu verfehlen war, denn zahlreiche Lastwagen-Ladungen waren in den letzten Wochen über die sonst kaum befahrene Straße geleitet worden. Sie war daher gut erkennbar, wenn auch stark ausgefahren und durch den Regen nass und rutschig.

An einem überdachten Tor wurden sie angehalten und von den Wachen im Schein einer Taschenlampe misstrauisch gemustert. Doch einer von ihnen war ein Domé und er erkannte den Cousin und damit auch seine Begleitung. Er verneigte sich vor Claire und wies ihnen freundlich die Richtung. An die Windschutzscheibe klebte er einen silbernen, quadratischen Zettel.

Sie fuhren nun eine breite Allee entlang, die von hohen Bäumen gesäumt war, dahinter in langen Reihen die Sträucher der Plantage. Die Straße führte direkt auf das Gutshaus zu, dass hell erleuchtet war und offensichtlich viele Gäste beherbergte – auf dem weiten Vorplatz standen mehr als ein Dutzend Fahrzeuge, die meisten repräsentative Limousinen, auch einige große Geländewagen, daneben zwei Busse.

An der Terrasse wurden sie von einem Angestellten des Hauses erwartet und freundlich begrüßt – der Wächter am Tor hatte ihre Ankunft durchgegeben. Im Dunkel einer Türfüllung hinter ihm stand eine Gestalt, die nun langsam ins Licht trat. Mme Claire stieß einen Seufzer aus und rang die Hände, als wäre sie immer noch nicht sicher, was sie nun hier wollte, aber dann lief sie los, nahm seine Hände und legte ihr Gesicht hinein. Bertrand küsste ihre nasse Stirn, dann umfasste er sie und sie küssten sich, ohne auf ihre Umgebung zu achten. Cousine und Cousin gingen lächelnd ins Haus, wo Übernachtungsmöglichkeiten für sie bereitgestellt worden waren. Bertrand aber führte seine Frau in das kleine Zimmer, das er übergangsweise und wegen der vielen Gäste bezogen hatte. Und obwohl das Bett schmal war, reichte es für die beiden in dieser Nacht aus.

7. Kapitel: Enthüllungen

Der folgende Morgen war frisch und strahlend; der Regen der vergangenen Nacht hatte den Staub der letzten Tage fortgewaschen und so zeigte sich die „Baustelle" wie frisch erbaut. Der Prinz hatte die Kommission zur Begutachtung der archäologischen Fundstelle und die eingeladenen Fachleute vom Gutshaus zum Palasttor fahren lassen. Und nun standen die Herrschaften staunend vor der Wand, die zu beiden Seiten im hügeligen Gelände zu verschwinden schien und wanderten den Prozessionspfad auf und ab. Sie musterten Details der Türgewände, die Reliefs des Tores aus Bronze oder studierten den Plattenbelag des Prozessionspfades, der regelmäßig gepflastert war und kleine Blütenrosetten in den Ecken jeder Bodenplatte aufwies.

Einige debattierten bereits in Gruppen über die Entstehungsgeschichte und die Epoche, der das Gebäude zuzuordnen wäre. Die deutlichen Einflüsse der ägyptischen und nubischen Baukunst wurden gewürdigt und abgewogen, die besonderen stilistischen Elemente wie die Blumenmuster oder der Steinschnitt aber verwirrten die Fachleute. Der Prinz bat daher einen von ihnen, die vorläufigen Ergebnisse der radiometrischen Altersbestimmung vorzutragen. Dieser Professor McCormac von der Universität von Persipola war mit seinen Gerätschaften schon seit einigen Tagen vor Ort gewesen und hatte die Ergebnisse am Morgen übermittelt bekommen. Diese wiesen darauf hin, dass der verwendete Stein vor etwa 5.500 Jahren bearbeitet und der Bronzeguss etwa zur gleichen Zeit vorgenommen worden war. Ein späterer Nachbau eines historischen Monuments war auszuschließen. Auch wiesen die Erdformationen des bedeckenden Hügels darauf hin, dass dieser künstlich aufgeschüttet worden war, da er aus einem großen Durcheinander verschiedenster Materialien bestand, unter anderem auch aus Baumaterialien und Holzteilen, deren Alter genauer bestimmt werden konnte und auf eine Maßnahme von vor etwa 2.200 Jahren schließen ließ.

Nach einem langen Schweigen forderten die Fachleute den Professor auf, weitere Beweise zu den Materialien und deren Alter vorzulegen. Schließlich wurde unzweifelhaft deutlich, dass es sich um einen authentischen archäologischen Fund handeln musste. Die staatlichen Beamten hatten sich angesichts der großen Namen und der geballten Fachkompetenz bislang nicht an der Debatte beteiligt und nur zugehört. Als aber klar wurde, dass hier eine echte Sensation zu erwarten war, wurden sie unruhig und versuchten, über Mobilfunk ihre Vorgesetzten zu erreichen, um gegebenenfalls Einfluss auf die Ausgrabung beziehungsweise die Ausbeutung nehmen zu können.

Mitten auf dem Pfad aber stand ein einzelner Wissenschaftler, ein Chinese auch Hongkong, der das Tor nur anstarrte, die Augen gegen das Sonnenlicht fast geschlossen, so dass es aussah, als ob er schliefe. Es war Professor Huy, der sich zum nicht geringen Erstaunen der örtlichen Domé als einer der ihren, als dem Hause Doué zugehörig herausgestellt hatte. Und da er wusste, was ihn hinter dem Tor erwartete, stand er nur erwartungsvoll und milde lächelnd da.

Der Prinz bat darum, die Debatte vorläufig zu beenden, damit bei einer weiteren Begehung das Ausmaß des Fundes festgestellt werden konnte. Er hatte ein Stromaggregat herbeischaffen lassen, Kabeltrommeln sowie kräftige Strahler zum Ausleuchten des zu erwartenden Raumes. Und während sich einige Grüppchen immer noch flüsternd unterhielten, schritt er zum Tor.

Dieses hatte etwas über Kopfhöhe an beiden Flügeln kräftige Ringe aus geschmiedetem Metall, durch die nun die Arbeiter Seile zogen. Die Angeln und der Anschlag wiesen darauf hin, dass das Tor nach außen aufging, also nicht zur Verteidigung geeignet war. Als schließlich die Vorbereitungen soweit waren, dass das Tor geöffnet werden konnte, befahl der Prinz, die Tore aufzuziehen.

Die Arbeiter ergriffen die Seile und auf ein Handzeichen des Prinzen zogen sie an. Die schweren Tore bewegten sich zunächst kaum, aber nachdem die Experten zugestimmt hatten, dass die Angeln mit Fett und der Boden mit Wasser getränkt werden durfte, konnten sie ruckweise geöffnet werden, bis sie rechtwinklig zur Wand den Prozessionsweg einfassten.

Und schon hier wurde deutlich, dass es sich kaum um eine einzelne Grabanlage handeln konnte. Die Tore waren innen über und über mit glänzenden und blitzenden Steinen ausgelegt, die auf rosigem Grund dunkle und stark farbig gekleidete Figuren zeigten, die ihre Hände zu einem strahlend goldenen Kreis erhoben hatten. Die Darstellungen ähnelten ägyptischen Anbetungen des Aton, waren aber anders stilisiert.

„Mein Gott!" flüsterte einer der Fachleute, während die Abgeordneten der nationalen Behörde angesichts dieser unbezahlbaren Kostbarkeit noch hektischer versuchten, ihre Vorgesetzten zu erreichen. Die anderen blieben sprachlos.

Der Prinz ließ nun jeweils zwei Wachen an die Türflügel stellen, damit niemand dort etwas herausbräche. Dann wurden die ersten Strahler angeschlossen und in dem Vorraum aufgestellt. Hier wurde aber nicht angehalten. Die kunstvollen Reliefs an den Wänden wurden nur kurz gemustert, denn ein weiteres Tor deutete an, dass es dahinter zusätzliche Räume geben musste.

Nachdem vorsichtig einiger Schutt am Boden zur Seite geschoben worden war, schwangen die Flügel deutlich leichter auf, ließen sich völlig geöffnet in die Nischen zu beiden Seiten einfügen und bildeten nun einen Teil der Wandbilder. Als aber weitere Strahler in den folgenden Raum gestellt, ausgerichtet und angeschlossen waren, betraten die Fachleute und ihre Begleiter stumm den Saal der Abendröte. Und während weitere Strahler vorsichtig hereingefahren wurden, wurde deutlich, was hier auf sie wartete: ein großer Tempel und Palast. Einige der Strahler wurden zur Ausleuchtung des Prozessionsweges aufgestellt und nun zeigte sich die enorme Tiefe der Anlage. Denn obwohl das Licht hier taghell war, verlor sich der Prozessionsweg tief im Dunklen zwischen vor- und zurückspringenden Fassaden.

Mit Handleuchten ging die Gruppe der Forscher schweigend voran. Sie passierten behauene Wände, die Gebäude einfassten, Säulenreihen, zugeschüttete Höfe, engere und weitere Hallen. Nachdem sie etwa dreihundert Meter im Dunkeln zurückgelegt hatten, von hinten durch die kräftigen Lichtbündel angestrahlt, kamen sie an ein weiteres Tor, das ähnlich seinem Gegenstück im Westen gestaltet war, aber ein blasses Blau als Hintergrund aufwies, das Tor des Morgens. Da es ebenfalls nach außen aufging und dieser Ausgang noch verschüttet war, kamen sie hier nicht weiter. Aber es war klar geworden, dass etwas Außergewöhnliches zu erforschen gab.

Auf dem ebenfalls stummen Rückweg wurden kleine Abstecher zu beiden Seiten des Prozessionswegs unternommen, aber eher um abzuschätzen, was es alles zu entdecken gab, als um eine genaue Bestandsaufnahme machen zu können. Dazu würden Jahre benötigt werden.

Vor dem Tor war auf dem Prozessionsweg ein langer Tisch aufgestellt worden. Hier setzten sich die Fachleute in Gruppen und berieten das weitere Vorgehen. Auf jeden Fall musste der Palast wieder verschlossen und versiegelt werden, damit nichts verloren ginge – nicht der Staub der Jahrtausende, nicht die von den ehemaligen Bewohnern zurückgelassenen Möbel und Haushaltsgegenstände, nicht die Kunstschätze, aber auch nicht die Spuren des eingedrungenen Wassers, die Wurzeln der über den Decken gewachsenen Bäume und Sträucher und anderer Einflüsse, die sie schon bei diesem ersten Rundgang hatten feststellen können. Dies alles sollte Raum für Raum, Stück für Stück archiviert und gereinigt werden. Der Vorschlag des Prinzen, aus dem Komplex ein Museum zu machen, als Inhalt einer Stiftung zum Erhalt und zur Pflege, wurde von den Wissenschaftlern kaum zur Kenntnis genommen, da sie andere Probleme beschäftigten als die Organisation der Verwaltung. Einer der Fachleute schlug vor, das Objekt sobald wie möglich der Kommission für das Weltkulturerbe vorzustellen. Die nationalen Fachleute allerdings leiteten diese Anregungen sofort durch Mobilfunk weiter.

Mitten in die Debatte brachte ein Bote eine neue, sensationelle Meldung. Man hatte im Norden, in einer entfernten Provinz, einen großen Palast freigelegt, der von einem hohen Regierungsmitglied gefunden worden war. Offensichtlich war auch diese Fundstätte uralt. Es gab auch schon Fotos von dem Objekt, die per E-Mail zugesandt worden waren.

Die Wissenschaftler starrten verblüfft auf die Abbildungen. Vor allem die großen Tore und ihre Einfassungen wiesen eine deutliche Ähnlichkeit mit den gerade besichtigten auf, allerdings mit einem Unterschied: Die Flügel waren dort innen angeschlagen und gingen somit auch nach innen auf. Die Ähnlichkeit aber war mit Sicherheit kein Zufall.

Professor McCormac hatte längere Zeit stumm dagesessen. Ihm war aufgefallen, dass der Prinz sich in Bezug auf die Funde ungewöhnlich zurückhaltend gegeben hatte. So, als hätte er ihnen keine Fragen zu stellen, sondern nur Antworten zu geben. Und so wandte er sich in einer Gesprächspause an ihn und fragte laut:

„Sie wussten, was wir hier finden würden, als sie uns hierherholten, nicht wahr, Herr Zimmermann?“

Die anderen blickten irritiert und gespannt zugleich und warteten auf eine Antwort. Der Prinz lächelte und sagte diplomatisch:

„Nun ja, ich hatte da so meine Vermutungen, auch was die Burg in Lossó betrifft. Es gibt Erzählungen aus alter Zeit, die von den Leuten hier in der Gegend und anderswo weitergereicht wurden. Und es gibt einige alte Familien hier, die ihre Abstammung von dem damaligen Volk herleiten.“

Professor Huy hatte bis zu diesem Zeitpunkt geschwiegen, nun aber meldete er sich ein einem etwas gebrochenen Englisch zu Wort:

„Sie vergessen zu erwähnen, Prinz, dass sie selbst zu dieser Familie gehören, und dass sie die Heimstatt ihrer Vorfahren ausgegraben haben, so wie Fürst Kamal in Lossó die der seinen.“

Verblüffung. Schweigen. Der Prinz lächelte und meinte:

„Meine Vorfahren haben diesen Ort vor über zweitausend Jahren verschüttet und verlassen. Ich glaube nicht, dass dieser Palast jemals wieder meine Heimstatt oder die meiner Nachkommen sein wird. Aber ich denke, es kann sich lohnen, ihn für die Nachwelt zu erhalten und zu pflegen. Dazu will ich gern beitragen, soweit ich kann. Und was Fürst Kamal anbelangt – er wird die Burg seiner Vorfahren sicher wieder bewohnen wollen, wie er mir sagte. Aber auch hier sollten sie, meine Herren, rechtzeitig zur Stelle sein, um den Bestand zu begutachten. Es wird sich sicher lohnen. Unser Volk hatte einiges Bemerkenswerte geschaffen, müssen sie wissen, bevor es damals unterging."

◆

Bertrand Domé und seine Frau hatten die Exkursion aus einer gewissen Distanz beobachtet. Zu ihnen hatten sich Dana mit ihren beiden kleinen Söhnen und einer Betreuerin gesellt. Er selbst war gelegentlich von einem der Vorarbeiter um Rat gefragt worden, aber er hatte die Ausgrabung so gut organisiert, dass er nur noch zuschauen musste. Und so ging er mit den Damen umher, die leise miteinander sprachen, bewunderte mit ihnen die Tore und den Saal der Abenddämmerung, und achtete mit einem Auge auf die Arbeiter. Diese gingen mit glänzenden Augen in dem Palast umher und kramten in ihren Erinnerungen nach früheren Bildern. Falls aber jemand etwas aufheben oder gar fortbringen wollte – sie würden unbarmherzig aufpassen, dass nichts verändert würde.

Dana und Claire aber tauschten sich über ihr Schicksal aus, das sie sonderbarerweise an die Seite zweier Außenseiter gebracht hatte. Allerdings – als Mme Claire die mit Edelsteinen geschmückten Tore des Palastes von Domé erblickt hatte, vergingen die letzten Zweifel über die Richtigkeit ihres Handelns und das ihres Vaters. Sie fühlte sich an der richtigen Stelle aufgehoben und sicher.

Ω

Domé

- 100 -

3. Teil
Das Haus Doué

1. Kapitel: Handlungsbedarf für einen Präsidenten

Im Besprechungszimmer des Präsidenten der Republik hatten sich etwa zwanzig Personen eingefunden, um ein brennendes und ungewöhnliches Problem zu besprechen. Gemäß den Berichten in der Presse, aus dem eigenen Hause und aus den Ministerien waren vor Kurzem wie aus dem Nichts zwei Kulturdenkmale von ungeheurem nationalem und kulturgeschichtlichem Wert aufgetaucht, die weltweit ein nicht geringes Interesse entfacht und nach zahlreichen Berichten in wichtigen Gazetten und Zeitschriften zu einem Zustrom an Touristen geführt hatten. Diese Kulturstätten mussten geprüft, gesichert und entwickelt werden. Dazu waren Maßnahmen zu ergreifen, da diese Gebäudekomplexe nicht irgendwelchen Provinzfürsten oder gar ausländischen Investoren überlassen werden konnten. Darüber hinaus waren diese Objekte von nicht benennbarem materiellem Wert, der Begehrlichkeiten wecken konnte.

In der engeren Runde herrschte gerade Stille, während die Zuträger am Rande noch leise hin und her eilten und gelegentlich flüsterten. Der Präsident sah um sich. Das Besprechungszimmer lag als Pavillon auf der begrünten Dachterrasse seines Palastes und war von abhörsicheren Glaswänden umgeben, hinter denen sich ein weiter Dachgarten bis zu einer hohen, doppelten Umfassungsmauer ausbreitete. Das Ganze wirkte wie das Abbild des Paradises – mit einer großen Mauer drumherum.

Der Raum hatte keinen Tisch als Zentrum, sondern die Teilnehmer saßen wie in einer Kaminrunde, hier aber ohne Kamin, jeweils in Zweiergruppen auf weißen Barcelona-Sesseln entlang den Seiten eines Quadrates. Dieses wurde von einem nachtblauen Teppich gebildet, der den hellen Marmorboden des Pavillons in seinem Zentrum bedeckte.

Acht Personen. Er selbst. Ihm gegenüber saßen der Ministerpräsident und der Kultusminister, rechts der amerikanische Investor und der vor kurzem pensionierte Präfekt Palland, der sich nun stolz Fürst Kamal nannte, links der Kriegsminister und der Innenminister. Alles Leute also, die aus den unterschiedlichsten Gründen

Interesse an den Schätzen des Landes haben konnten. Und neben ihm saß ein Gesandter der UNO, ein Herr Gordon Boulton, der die Interessen des Weltkulturerbes wahrnehmen sollte. Eine bedeutende und interessante Runde also.

Der Präsident räusperte sich und die Anwesenden schauten in seine Richtung, die gerade noch emsigen Zuträger standen still. Er wandte sich mit einigen gewinnenden Worten an die Gäste und die Vertreter der Ministerien, streifte das kulturelle Erbe Afrikas im Allgemeinen und historische Bauwerke im Besonderen, erwähnte die Anstrengungen der Regierung zur Erhaltung dieses Erbes und insbesondere die Verdienste der einzelnen Anwesenden. Dabei beachtete er genauestens die Rangordnung, wohl wissend, dass Rangordnungen flexibel sind und stark abhängig vom Engagement für einzelne Themen. Diese konnten zwar auch auf sachlichen Gründen, meist aber auf politischem Kalkül basieren.

Während er diese Leerformeln aussprach, beobachtete er die einzelnen Teilnehmer der Runde, teils direkt, teils aus den Augenwinkeln, wie sie auf die Stich- und Reizworte reagierten: Der Gesandte der UNO höflich, gelassen und unbewegt, die Beine elegant übereinandergeschlagen; der Ministerpräsident steif und kalt vom Kopf bis zu den Lackschuhen, ein Bild der Korrektheit; der stämmige Kriegsminister mit seinem quadratischen, kahlen Schädel wie immer störrisch und die Fäuste auf den Knien geballt; der schmale Innenminister verkniffen um sich schauend; der alte Kultusminister nervös und eher abwesend; der ehemalige Präfekt in seinem traditionellen Habit stolz und fordernd, sehr aufrecht und keineswegs angelehnt thronend; der ausländische Investor leicht und unverbindlich lächelnd und wie der Gesandte der UNO gelassen angelehnt.

Schließlich wandte er sich an den Gesandten mit den Worten:

„Bevor wir über weitere Themen sprechen und Maßnahmen vorbereiten, sollten sie uns, Herr Boulton, ihre Eindrücke darlegen. Ich möchte hoffen, ja ich bin überzeugt, dass die Welt an unserem bescheidenen Beitrag zur Entwicklung der Menschheit ein reges Interesse entwickeln wird."

Der Gesandte neigte leicht das lockig frisierte, aber an den Schläfen schon ergraute und gelichtete Haupt und lächelte ähnlich unverbindlich.

„Vielen Dank, Präsident, für den freundlichen Empfang und die ungewöhnlichen Herausforderungen, die dieses kulturelle Erbe an uns alle stellt. In der Tat habe ich mir in den letzten Tagen ein Bild von den Ausgrabungen machen können. Ich hatte mit unserer Kommission nur einen ersten Blick auf ihre Schätze werfen können, aber schon dieser erste Blick zeigte mir, dass nicht nur ihr Land, sondern die gesamte Menschheit Teil haben sollte an diesen faszinierenden Zeugnissen einer Hochkultur, die ihresgleichen sucht, und die den Vergleich mit Ägypten, Hellas und anderen nicht zu scheuen braucht. Die Forscher haben mir bestätigt …"

Und hier lächelte er den Kultusminister an.

„…, dass ihr Fund die Antikenforschung und die Geschichtsschreibung revolutionieren wird, auch wenn sie sich im Einzelnen noch nicht im Klaren über ihren Fund sind."

In die folgende Diskussion griff der Präsident nur gelegentlich ein, wenn er den Eindruck gewann, dass die Interessen zu einseitig vorgetragen wurden: Der Ministerpräsident strebte eine vollständige Einbeziehung der Grabungen in die staatliche Hegemonie an; den Kultusminister beschäftigten die Auswirkungen auf die Geschichtsschreibung, die Stellung der Funde in den Schulbüchern der Welt sowie die museale Aufgabe; den Innenminister plagten die Auswirkungen der Ausgrabungen auf den sozialen Frieden in der Region einerseits, auf die möglicherweise prosperierende Wirtschaft und den Tourismus andererseits; der Kriegsminister forderte den Schutz der Grabungsstätten durch die Armee, was so viel wie deren Ausplünderung bedeutete.

Während die Berufspolitiker darüber zankten, wie der Kuchen am besten (und prestige- und gewinnbringendsten) aufgeteilt werden konnte, saß Altpräfekt Kamal mit starrem Blick auf der Sesselkante und war sichtlich verärgert darüber, wie über sein Eigentum verhandelt wurde. Er hatte sich ein-, zweimal zu Wort gemeldet, war aber von den Streithähnen übergangen worden. Der fremde Investor dagegen saß weiterhin ruhig in seinem Sessel, von dem aus er beobachtete, wie der Präsident gelegentlich mit dem Gesandten leise sprach.

Der Präsident aber griff schließlich nicht mehr ins Geschehen ein, sondern wartete, bis die Pulverschwaden der gegenseitigen Angriffe, die Unterstellungen wegen Bereicherung und die Beschimpfungen verzogen waren. Dann stellte er zusammenfassend fest, dass es eine einvernehmliche abgestimmte Aufgabe in den nächsten Jahren sein würde, die Kulturschätze einem Kuratorium anzuvertrauen, dass zwei Stiftungen für die zu gründenden Museen eingerichtet werden sollten, dass die Erschließung für den Tourismus vor allem im Norden Straßenbau- und Infrastrukturmaßnahmen erforderte und dazu besondere Mittel bereitgestellt werden müssten und dass die bestehenden Entwicklungskonzepte – und hier wandte er sich freundlich lächelnd an den Investor und den Fürsten – als fachlich und sachlich begründet beibehalten und aus der Sicht der Landesentwicklung im Allgemeinen ergänzt werden sollten.

Dies entsprach nicht gerade den Vorstellungen der Berufspolitiker, die teils verärgert waren durch ihre vorherigen Dispute und die gefallenen Worte, teils durch die Ablehnung ihrer Forderungen, aber auch geschmeichelt durch die Einbeziehung ihrer Einflussbereiche in die kommende Entwicklung.

Die freundliche Aufnahme des Investors durch den Präsidenten aber ärgerte den Innenminister und er fiel dem Präsidenten ins Wort mit der Forderung, dass der Einfluss der ausländischen Beteiligten klar beschränkt sein müsste.

Der Präsident ignorierte den Affront und meinte lächelnd:

„Wen meinen Sie in diesem Fall mit Ausländern, Herr Golló? Nach meinen Informationen …“ – Hier blätterte er angelegentlich in einem kleinen Notizbuch – „… ist Mr. Zimmermann nicht nur in unserem Lande geboren und daher sein Staatsbürger, sondern trägt seinen fremden Adoptivnamen nur gewissermaßen provisorisch. Tatsächlich heißt er …“ – und er nickte dem Investor zu – „Ardé Domé und ist der Sohn des Voltá Domé aus Gordó, der seinerzeit den Aufstand der Grauen führte und zu den Helden dieses Landes gezählt werden sollte." – „Er wurde, glaube ich, nach der Schlacht ermordet aufgefunden. Waren sie nicht dabei, Boldá?"

Der Kriegsminister stierte ihn fassungslos an, während der Innenminister verkrampft auf der Sesselkante balancierte und schräg hinüber zu dem Prinzen schielte. Der Ministerpräsident dagegen lächelte kalt, während der Kultusminister verwirrt schien.

„Hatte der denn Kinder? Er war doch noch so jung. Mir ist nicht bekannt ...", stammelte er.

„Aber sicher", erwiderte der Präsident immer noch lächelnd, aber mit einem Hauch von Kühle in der Stimme, die die Anwesenden mehr zu erschrecken schien als jeder direkte Angriff.

„Er hatte nicht nur zwei Ehefrauen, sondern mindestens diesen einen Sohn; dafür gibt es unangreifbare Zeugnisse ...", stellte er noch deutlich kühler fest, „... und die braucht er nicht einmal selbst beizubringen. Dafür können andere bürgen."

Während die anderen Politiker den Prinzen nicht anzuschauen wagten, starrte ihn der Kultusminister wie einen Geist an.

„Voltá ...", flüsterte er.

Der Präsident musterte ihn kalt. Nach einer kurzen Pause wandte er sich an den Gesandten, um ihm für sein Erscheinen und die unschätzbare Hilfe zu danken. Nach einer weiteren, kurzen, aber durchaus huldvollen Ansprache an die beiden anderen Gäste erhob er sich und deutete dadurch an, dass die Sitzung geschlossen wäre. Er geleitete seine Gäste zum Aufzug, wo bereits die Hilfskräfte warteten, und entfernte sich dann. Die Politiker aber standen stumm und unschlüssig auf dem nachtblauen Teppich und wagten keine Äußerung.

◆

„Gut gelaufen!" dachte der Präsident zufrieden, während er den wohlgerundeten Körper seiner jungen Geliebten liebkoste. „Ardé Léo und der alte Kamal haben gut mitgespielt. Und Gordon, nun, er wird die richtigen Fäden schon zu fassen kriegen und sie auch richtig ziehen."

Und obwohl er sich schon ganz in das Liebesspiel vertieft hatte, beschäftigte sich ein Teil seines Bewusstseins doch noch mit der Frage, wie er es schaffen könnte, die vier Streithähne davon abzuhalten, ein Zweckbündnis gegen den Prinzen einzugehen, getrieben von einem alle Zerwürfnisse und Differenzen überwindendem Zwang, die drohende Gefahr einer Enttarnung abzuwenden. Denn dass die Vier bei dem schließlich gescheiterten Aufstand der Grauen und am Tode des Voltá Domé beteiligt waren, stand für ihn außer Frage.

2. Kapitel: Politik und Interessen

Auch Ardé Léo Domé, wie der Prinz nun nach seiner Wieder-Einbürgerung hieß, war nachdenklich. Die Erinnerungen seines Vaters fehlten ihm fast vollständig, denn er war nicht einmal ein Jahr alt gewesen, als dieser ihn verlassen hatte. Warum, war ihm nach dem Gespräch beim Präsidenten klarer geworden, wenn ihm auch die Geschichte des Landes noch weitgehend unbekannt war. Wenn er aber wie geplant in diesem Lande leben wollte, war es unabdingbar, dass er genauestens Bescheid wusste über alles, was dieses Land und seine Geschichte betraf. Vor allem über eventuelle Gefahren, die aus der Vergangenheit wirkten. Dazu war ein Crash-Kurs erforderlich. Und so beeilte er sich zusammen mit Bertrand, jeden der ansässigen Domé zu befragen.

Und er wurde fündig. Herr Abdel Korman, einer der Ingenieure und Koordinator für den Bau des neuen Verwaltungszentrums in Domé und ein Abkömmling der Familie der Doué, zu der übrigens auch der Präsident gehörte, war bei dem „Aufstand der Grauen" beteiligt gewesen. Und er hatte vieles zu berichten. Sehr vieles und auch Dinge, die er lieber verschwiegen hätte, die er aber dem Prinzen nicht vorenthalten konnte:

„Ach, Herr, war das ein Verlust, und eine Schmach, und dieser Verrat, diese Elenden!"

Er hatte die vergrabenen und vergessen geglaubten Erinnerungen wieder neu erleben müssen bei der Befragung durch seinen Herrscher. Fast bereute er schon, dass er sich dazu bereit erklärt hatte. Aber Ardé Léo beruhigte ihn und erläuterte ihm, dass die Aufarbeitung des Verdrängten ihn reinigen würde und dass es Vergebung bedeuten würde, wenn alles ausgebreitet wäre.

Und so erzählte Herr Abdel Korman von den Irrungen seiner Jugend. Als junger Mann hatte er sich einer Gruppe von Guerilla-Kämpfern angeschlossen, die ihn überzeugt hatten, dass der damalige Diktator getötet werden müsste; dass dessen Polizei und Militär ihr Volk zugunsten der ausländischen Konzerne knechteten und ausbeuteten. Und dass dessen Sippe im Luxus lebte, während

Abdels Familie kaum genug zu essen hatte und in einer ärmlichen Hütte leben musste. Und tatsächlich war die allgemeine Lage damals nach der Befreiung von den Kolonialherren nicht besser geworden. Eher schlimmer, denn nun mussten sie nicht mehr in karger, aber berechenbarer Knechtschaft leben, sondern in Unsicherheit zwischen einzelnen Sippen, politischen Gruppen und den wirtschaftlichen Interessen anderer lavieren. Und so hatte er sich, statt wie bisher alles über sich ergehen zu lassen, einer dieser Gruppierungen angeschlossen. Über ihre Interessen wusste er damals noch nicht viel, aber sie schienen ihm gerecht. Sie hatten einen Bereich in der Präfektur Erma kontrolliert. „Die Grauen" wurden sie genannt, weil sie sich in grau gemusterten Drillich kleideten wie Soldaten. Sie hatten Dörfer überfallen, um sie „zu befrieden". Und sie waren durchaus beliebt gewesen. Kaum ein Dorf hatte sich ihrer „Befriedung" entgegengestellt. Und schließlich waren sie zahlreich genug geworden, um sich den Soldaten des Diktators entgegenzustellen. Schließlich war es zu einer Art Schlacht gekommen.

Aber diese Schlacht konnte gar nicht erst richtig begonnen werden, da der Anführer plötzlich verschwunden war. Die Offiziere und Unteroffiziere hatten widersprüchliche Befehle erhalten und das Ganze endete in einem unübersehbaren Chaos. Sie hatten sich zurückgezogen und verteilt. Auf dem Rückweg waren sie an einer Hütte vorbeigekommen, vor der einer der Unteroffiziere, ein gewisser Golló, Wache gestanden hatte. Sie wollten sehen, was darin verborgen war und hatten eine sehr tätliche Auseinandersetzung mit der Wache. Und dort fanden Sie ihn, Voltá, mit durchgeschnittener Kehle …

Ardé Léo graute, als er die Bilder in den Erinnerungen seines Gegenübers zu sehen bekam. Aber er zwang sich, weiter zu forschen und sah schließlich einige noch unbekannte, aber auch einige schon bekannte, wenn auch jüngere Gesichter. Die Verräter kamen offensichtlich aus den Reihen des Militärs und des Geheimdienstes. Andere waren Opportunisten aus den eigenen Reihen. Er sah den Kultusminister als Wachhabenden bei der Leiche, den Kriegsminister als den Mörder, den Innenminister als Anstifter und Geheimdienstler. Der Ministerpräsident fehlte in den Erinnerungen des Abdel Korman, aber Léo war sich sicher, dass auch dieser in den Erinnerungen anderer im Zusammenhang mit dem Mord zu finden sein würde.

Herr Abdel Korman weinte, als ihn die Erinnerungen übermannten, aber der Prinz sprach ihm Mut zu und versicherte ihn seiner Achtung und Wertschätzung, so dass dieser zu weiteren Ausführungen bereit war. Und nicht nur das. Er war sich sicher, dass eine ihm bekannte Familie in der Stadt Ballam im südöstlichen Nachbarland die Nachkommen der Fürsten Doué sein müssten. Einer seiner Cousins sei vor kurzem dort gewesen und hatte im Rahmen eines Erfahrungsaustausches – er war Computerspezialist – die Bekanntschaft eines IT-Unternehmers gemacht. Sie hatten sich über das Internet bei einem Online-Seminar kennengelernt und festgestellt, dass sie wohl verwandt sein müssten. Daraufhin war er eingeladen worden. Und die Stadt würde in der Nähe der alten Hauptstadt der Doué liegen …

Ardé Léo entschied also, dass er sich zu einer Reise aufmachen und Herrn Korman mitnehmen sollte. Da er die Lage der einzelnen ehemaligen Hauptstädte genau kannte, sollte diese Bereisung auch dazu dienen, die Lage der restlichen Fürstenresidenzen zu erkunden.

♦

Unterdessen war auch der Präsident nicht müßig gewesen. So hatte er den Kultusminister trotz dessen fortgeschrittenen Alters auf eine Rundreise geschickt, die eigentlich er selbst für sich geplant hatte. Es ging um eine Art Werbekampagne für Standorte von Kultureinrichtungen, die vor allem die neuen Medien im Verständnis der Bevölkerung verankern sollten. Dies betraf vor allem auch die kulturellen Auswirkungen dieser Techniken, die allen Menschen nähergebracht werden sollten, nicht nur den jungen Technikfreunden. Die seien in der Regel schon bestens informiert. Nicht aber die Älteren. Wie er …

Der Kultusminister wandte ein, dass er aufgrund seines Alters und seiner Vorbildung kaum geeignet wäre, ein so zukunftsträchtiges Thema zu vertreten. Aber ihm wurde gesagt, dass die Reden bereits fertig geschrieben seien – er müsste sie nur ablesen. Die anschließenden Diskussionsrunden sollte er einfach über sich ergehen lassen – aufgrund seiner Erfahrungen in kulturellen Dingen könnte er sicher einige beruhigende Worte beitragen ...

Der so aus dem Wege Geschaffte war reichlich unglücklich über seine Mission – er wagte es aber nicht, sich dem Präsidenten und dessen Herzensprojekt zu verschließen. Und so gab er sich alle Mühe ... und verwendete viel Zeit und Energie darauf.

◆

Der Kriegsminister war ebenfalls ein relativ einfaches Problem – er wurde mit einer Militärübung betraut, die sowieso in den nächsten Wochen stattfinden würde. Hier sollte er vor allem die Tüchtigkeit der Armee prüfen und die Angaben der Verwaltungen dazu. Der Präsident hatte da wegen einiger noch nicht genauer bekannt gewordenen Dinge Bedenken ... Zu diesem Thema gab es zwar Spezialisten, die gewiss beleidigt sein würden, wenn sie übergangen würden, aber das nahm der Präsident in Kauf. Er vertraute einfach darauf, dass der Minister sich in sein Lieblingsthema vertiefen würde und sich dadurch ablenken ließ von einer uralten, zu den Akten gelegten militärischen Mission. Und zu der konnte er nun nicht mehr befragt werden, ohne Verdacht zu erregen.

Stattdessen hatte der Präsident einen Domé-Spion ins Kriegsministerium eingeschleust, der im Archiv nach alten Akten zum Thema „Aufstand der Grauen" suchen sollte. Das könnte aber möglicherweise ebenfalls Verdacht erregen. Und um diesen zu zerstreuen, wurde eine groß angelegte Veröffentlichung zu den Triumpfen des vaterländischen Militärs in Auftrag gegeben. Und mit hochkarätigen Militärwissenschaftlern bestückt, die unbegrenzten Zugriff auch auf delikate Akten bekommen sollten. Dieses Projekt lief also an. Und der Minister wurde um ein Vorwort und einen Betrag gebeten, wohl wissend, dass er sich für solche Aufgaben kaum eignete. Auf diese Weise konnte er aber besser kontrolliert werden ...

◆

Der Ministerpräsident war eine härtere Nuss. Er war kalt und abweisend und führte seine Amtsgeschäfte äußerst effizient. Aber auch er war schon alt und der Präsident überlegte, ob er ihn nicht ersetzen sollte durch einen unbelasteten Parteigänger. Aber andererseits – wahrscheinlich wäre es geschickter, ihn stärker in die Pflicht nehmen; ähnlich wie etwa den Kultusminister. Wenn er genügend zu tun hätte … Der Präsident versuchte es also erst einmal auf diese Art.

◆

Das schwerste Problem stellte der Innenminister dar. Der hatte sofort begriffen, was der Präsident vorhatte. Und dass ihm dies schaden würde. Also musste er sich eine Abwehrstrategie einfallen lassen. Als erstes gab er daher ein möglichst vollständiges Dossier zu dem Herrn Leonard H. Zimmermann in Auftrag. Der Geheimdienst wurde dazu in fieberhafte Tätigkeit versetzt, um von den befreundeten (und auch den nicht befreundeten) Geheimdiensten im Ausland Informationen zu erlangen. Jede Ansprache im Radio oder Fernsehen wurde dokumentiert, jede Erwähnung in der Presse wurde untersucht, ob „unfreundliche" oder gar feindliche Äußerungen oder Tätigkeiten zu vermelden waren. Seine Kindheit, seine Jugend und Berufstätigkeit wurden durchleuchtet, politische Äußerungen und Aktivitäten wurden akribisch untersucht.

Das gleiche wurde für möglichst alle anderen Beteiligten erstellt, allen voran den Fürsten Kamal und den „Deutschen" Bert Domherr. Von den Menschen im Lande existierte in vielen Fällen bereits eine Akte, die man nutzen und gegebenenfalls ergänzen konnte. In etlichen konnte nun auch ein Stempel mit Aufdruck „Domé" in roter Tinte zum Einsatz kommen. Als Warnhinweis für Unzuverlässigkeit – mögliche Gegner der Regierung.

Des Weiteren wurde eine Spezialabteilung eingerichtet unter dem Titel „Strukturstärkung Ost und Nord". Das sollte als Ausgleichsmaßnahme für den Fall dienen, damit er im Zweifelsfall nachweisen konnte, dass er alles Gute und Richtige für das Land getan hatte. Eine Art Rückversicherung gewissermaßen.

3. Kapitel: Computer und Software

Für den Prinzen lag die aktuelle Priorität seiner Tätigkeiten bei der Reise in das im Südosten liegende Nachbarland. Diese aber musste genau geplant werden. Der Prinz hatte mittlerweile in den Medien eine gewisse Bekanntheit erlangt und er wurde oft wie ein Botschafter seines neuen Heimatlandes behandelt. Also bekamen die Besuche in den ehemaligen Hauptstädten der Domé, die fast alle im Ausland lagen, eine deutlich politische Note. Er sprach sich daher mit dem Präsidenten ab, der ihn gewissermaßen als Sonderbotschafter in die Nachbarländer schickte – sehr zum Ärger des Innenministers, der die offiziellen Botschafter sofort darüber benachrichtigte, dass da ein Problemfall auf sie zukäme. Und zu erhöhter Wachsamkeit aufforderte. Außerdem wurde dem Prinzen ein weiterer Mitarbeiter der jeweiligen Botschaft zugesellt. Erfreulicherweise war dies in Doué aber ein Domé (was der Innenminister ausnahmsweise nicht wusste), der sich aber bedeckt hielt. Mit Bertrand stimmte sich dieser aber über die Nachrichten ab, die er an das Innenministerium weitergeben konnte. Dazu wurden auch pikante Details aus dem Privatleben der Prinzen eingefügt, um dessen Saubermann-Image zu kompromittieren. Die sich aber leicht widerlegen ließen, wenn Bedarf sein sollte …

◆

In Dallam quartierte sich der Prinz in einem zentral gelegenen Hotel ein – eine Einladung von Herrn Korman und seinem ebenfalls angereisten Cousin zum Essen hatten sie gern angenommen. Während des Essens berichtete der Cousin Orhan Korman von seinen Aktivitäten für die IT-Firma „Inter-Solutions". Und dass er mit dem Chef der Firma bereits Kontakt gehabt hatte – den könnte er durchaus aktivieren. Natürlich benötigte er dafür einen Grund.

Der Prinz dachte über das Thema Computer im Allgemeinen und über die Ausstattung seiner Büros – die in der Aufbauphase waren – mit entsprechenden Geräten und Programmen nach. Und kam dann auf die Idee, dass er ein Forschungsprojekt ins Leben rufen sollte, mit dem die Hauptstädte und die Residenzen der Domé erforscht, katalogisiert und dokumentiert werden sollten. In Deutschland hatte er als Beispiel die Computerprogramme über die Residenzen des Königs Ludwig II. von Bayern bewundern können, bei denen man in den Schlössern in 3D herumwandern konnte. Ihm schwebte da etwas Ähnliches vor …

Allerdings wollte er zunächst die Residenz der Doué in Augenschein nehmen. Dann könnte man entspannter mit dem (möglichen) Fürsten reden. Anderntags machten sie sich daher auf die Suche nach der Burg Doué. Bert hatte für den ganzen Tag ein Taxi gemietet, das sie zu verschiedenen Stätten bringen sollte: Die Burg, die Altstadt und der ehemalige Sonnentempel. Danach wollte man zur Zentrale der IT-Firma fahren.

Letzteres erübrigte sich allerdings. Das erste Ziel, die Burg, lag hoch über einem Flusslauf am Südostrand der Altstadt und überragte auch diese. Es handelte sich bei diesem Gebäude um einen langgestreckten Komplex aus massiven, sehr dicken, alten Steinmauern, die aber nur noch als Fundament dienten für die moderne Architektur aus Stahl und Glas darüber. Die flachen Dächer des Neubaus waren zum Tal hin terrassiert und wurden als Gärten und damit als aktive Wärmeabsorber genutzt – wie die „Hängenden Gärten der Semiramis". Die Begrünung band dabei das Gebäude in die Landschaft ein und ließ vom Tal aus nur den massiven Streifen Sockelgeschoss und darüber schmale Bänder aus Steinbrüstungen und Glas erkennen. Man konnte vier eng aneinander gebaute Gruppen von Gebäuden mit unterschiedlichen Funktionen unterscheiden. Darüber hinaus ragten aber drei kristalline Baukörper aus Glas: ein silberblau schimmernder Würfel, der am stadtabgewandten Ende leicht schräg gegen die Hauptausrichtung des Gebäudes angeordnet war, eine mächtige, rotgolden blitzende Kugel über dem stadtnahen Teil und ein etwas kleinerer grüner Tetraeder in der Mitte des Gebäudes.

Dieses spektakuläre Ensemble beinhaltete im Wesentlichen den Hauptsitz der Firma „Inter-Solutions". Also ihr eigentliches Ziel. Der Taxifahrer setzte sie bei der rotgoldenen Kugel ab – an dieser Stelle war früher der große Festsaal der Burg angeordnet gewesen.

Und hier waren aktuell der Eingang und der Bereich für die Gäste und Besucher. Sie ließen das Taxi auf den Gästeparkplatz stehen und wiesen den Fahrer an, hier zu warten, bis das weitere Vorgehen geklärt wäre – er sollte sich aber trotzdem für den Rest des Tages bereithalten. Vielleicht gäbe es ja in diesem Gebäude so etwas wie eine Cafeteria – er wäre herzlich eingeladen. Der Taxifahrer willigte gern ein. Auch er war ein Domé und daher hoch erfreut, dass er so eine hochkarätige Kundschaft befördern durfte.

Der Chef der Firma hieß Dr. Rapa Donnèr. Eine Nachfrage bei seiner Verwaltung ergab, dass er nicht im Hause wäre, sondern zu einem Termin in einer Stadt in der Nähe – er würde aber erst im Laufe des Nachmittags wieder zurückkommen …

Der Prinz meinte, dass er gerne warten würde – es ginge um einen größeren Auftrag, den er mit dem Chef gern persönlich besprechen würde. Und er verwies auf seine Funktion als Sonderbotschafter. In der Zwischenzeit könne man ihm ja den Betrieb zeigen, damit er sich ein Bild über die Leistungsfähigkeit machen könnte.

Der beigezogene Assistent zögerte kurz, schaute auf seine Uhr und verkündete dann, dass in wenigen Minuten ein Rundgang für Besucher durchgeführt würde – wenn ihnen das vorerst ausreichen würde …

Es reichte ihnen durchaus. Eine kleine Gruppe Interessenten wartete bereits vor den Türen zum Multimedia-Dom, der rotgoldenen Kugel. Sie wurden hineingeführt und erfuhren in einer atemberaubenden Präsentation alles Wesentliche über die Firma und ihre Produkte. Anschließend wurden sie durch das angegliederte Museum geführt. Das zeigte die wichtigsten Errungenschaften in der Computerwelt – vom einfachen PC mit dem Spiel Tetris bis hin zu aufwendigen Computerspielen und -programmen. Und auch die Entwicklung der Endgeräte von einer zimmergroßen Rechenmaschine bis hin zu winzigen Smartwatches oder 3D-Brillen war dokumentiert. Auf einigen Rechnern wurden auch 3D-Simulationen von Gebäuden gezeigt – darunter auch das Gebäude, in dem sie sich gerade befanden. Nicht gezeigt wurde aber seine sehr viel interessantere Entwicklung. Da gäbe es noch einiges zu ergänzen, meinte der Prinz.

Hier ergab sich aber auch ein zwangloser Anknüpfungspunkt für die geplanten Verhandlungen. Der Prinz fragte den die Vorführung begleitenden Spezialisten nach den Randbedingungen für die Erstellung von ähnlichen Modellen für die bereits ausgegrabenen Kultstätten in Domé und Kamal. Und stellte vier weitere Burgen – also Dokumentationen – zur Diskussion. Insgesamt wären es sieben … Der Techniker war sofort begeistert über diese Aufgaben und bemühte sich darum, die vorgesehene Terminvergabe möglichst zu beschleunigen. Diesmal mit deutlich höherer Priorität als bisher.

Und die Priorität wurde höher gesetzt. Tatsächlich erschien Direktor Donnèr schon eine Viertelstunde später. Er hatte an einem Projekt gearbeitet und wollte eigentlich nicht gestört werden. Also hatte er sich verleugnen lassen. Aber das spielte nun keine Rolle mehr – als der Direktor und die Gäste in der Lounge vor dem Multimedia-Dom aufeinandertrafen, wurde schon bei der Annäherung klar, dass der Direktor der gesuchte Fürst Doué war. Dieser wurde aber immer zögernder und ablehnender, als er sich seinen Gästen näherte. Aber eine Verweigerung wäre nun ein zu großer Affront gewesen. Und so wurde er, sehr gegen seine eigentliche Absicht, bei dem Handschlag von dem Prinzen „erweckt".

Der Fürst war entsetzt. Zu vieles überschüttete seinen so regen Verstand mit Informationen. Die musste er erst einmal sortieren und verarbeiten. Er hatte gewissermaßen sein „Backup" erlebt und musste sich erst einmal setzen, um sich zu fassen. Er lud daher die Gäste in sein Büro zu einem Getränk ein. Seine irritierten Mitarbeiter bemühten sich intensiv um eine Verbesserung seines Zustandes, aber er lehnte alles ab und schickte sie fort. Nur Domé durften ihn nun begleiten.

In seinem „Allerheiligsten" entschuldigte sich der Direktor bei den Anwesenden für seine Ungeschicktheit und sein Zögern. Immerhin hatte er seine Besonderheit noch nicht ahnen können, da er öffentliche Veranstaltungen selten besuchte und Kundgebungen grundsätzlich ablehnte. Er hatte also die Verlautbarungen in der Presse und im Fernsehen nicht mitbekommen. Und sich nicht um eine Erweckung bemüht.

Sie unterhielten sich in der Folge „ungesagt" über alles Mögliche. Sehr zum Ärger eines Mitarbeiters, der sozusagen Werkspionage betrieb für alle möglichen Auftraggeber und daher das Direktorenzimmer routinemäßig abhörte. Das gelegentliche Gemurmel kam ihm aber verdächtig vor, so dass er die ganze Zeit lauschte.

Immerhin schaute der Direktor nun mit gesteigertem Interesse durch den spektakulären Raum, in dem sie sich gerade befanden – es war der grüne Tetraeder, der das Arbeitszimmer des Direktors, seine Bibliothek und Mediathek enthielt. Er hatte erkannt, dass er sich in der ehemaligen Burg Doué befand und schaute nun um sich, weil er in den Erinnerungen seiner Vorfahren das Gebäude zu einem sehr viel früheren Zeitpunkt zu sehen bekam. Der Prinz wies ihn daher darauf hin, dass er sich erst vollständig erinnern würde, wenn er den blauen Stein der Doué anlegen würde. Die Anreise des „Hüters der Steine" müsse also vordringlich gewährleistet werden. Und die Ringfassung gefunden werden. Die Ringfassung? Fürst Rapa konnte sich an nichts ähnliches erinnern. Das Einzige in dieser Richtung war ein antiker Ring, der seiner Mutter gehörte und der mit einem großen Stein aus Glas bestückt war. Und der eher albern wirkte in seiner unsinnigen Größe und daher von ihr selten getragen wurde.

Der Prinz zog seinen Ring aus dem Oberhemd hervor und zeigte ihn:

„So in etwa?"

Fürst Rapa schluckte:

„So in etwa!"

„Das ist ein Herrenring – ein Fürstenring" entgegnete der Prinz lächelnd. Der Fürst nickte. Und ergänzte zögernd:

„Wie luchse ich den der Mutter ab? Das wird schwierig!"

„Vielleicht mit einem kleinen Geschenk? Ein Diadem etwa? Ober einer ganzen Parüre? Mit echten Steinen …"

„Parüre?"

„Nun, ja – ein zusammenpassendes Set mit Diadem, Ohrgehängen, Halskette, Armreifen …"

„Ah – ja, das könnte passen …" meinte der Fürst zögernd.

Dann sprachen sie über weitere Dinge. Der Fürst war ein ansehnlicher, sportlich-kräftiger Mann von 38 Jahren. Aber ohne Ehefrauen.

„Ich habe halt immer viel zu tun gehabt …!" verteidigte er sich etwas verlegen und ungeschickt. Zwar habe er schon einige Frauen zum Bettwärmen, auch in verschiedenen Städten, aber eine – oder gar mehrere – feste Familien … Und dann müsse er Sport treiben, um fit zu bleiben … Und da war noch so vieles …

Der Prinz tröstete ihn und erwähnte, dass auch er erst zwei Ehefrauen habe – er hatte dem Drängen seines zweiten Schwiegervaters nachgegeben und eine der vielen Töchter des Fürsten Kamal geehelicht, um wenigstens einigermaßen überzeugend einen würdigen Herrscher darstellen zu können. Seine erste Frau hatte dies lächelnd toleriert, hatte sie nun doch die Sitten und Gebräuche des Landes verinnerlicht und zu den ihren gemacht. Schließlich war sie endgültig mit nach Domé gezogen, um hier ihre Kinder großzuziehen. Und sie hatte sich darauf eingestellt, noch weitere Kinder zu gebären, damit das kommende Königshaus der Domé angemessen repräsentativ auftreten könnte …

Jedenfalls hatte der Prinz den kommenden Fürsten Doué über einige Pflichten informiert und einen Termin für die Inthronisierung ausgemacht. In der Zwischenzeit könne er sich ja auf die Dokumentation der Domé-Burgen konzentrieren. Oder auf Brautschau gehen …

4. Kapitel: Kabale

Der Innenminister war unterdessen nicht untätig geblieben. Er hatte sich intensiv mit den Berichten über die Domé im Allgemeinen und über den Prinzen im Besonderen informiert. Und war vor allem im Internet auf Berichte gestoßen, die man nur als „Üble Nachrede" bezeichnen konnte, die aber durchaus glaubhaft klangen. Da wurde das internationale Finanzwesen und seine Auswüchse bemüht – schließlich war der Herr Zimmermann ein sehr wohlhabender Banker aus dem Zentrum der Finanzwelt, aus New Yorck. Erinnerungen an bestimmte alte Finanziers-Familien wurden bemüht – der berühmt-berüchtigte Name Rothbarth wurde genannt – und schon wurden uralte Verschwörungstheorien über die „Beherrschung der Welt" wiederbelebt. Diesmal ergänzt um Neulinge aus fremden Ländern. Hatte man sich doch der verhassten Kolonialherren erwehren können. Es war noch gar nicht so lange her, dass sie endgültig unschädlich gemacht worden waren. Und nun kamen sie wieder zurück – in angeblich original-afrikanischer Verkleidung ...

Der Innenminister war sehr zufrieden – er hatte den Prinzen als seinen persönlichen Feind identifiziert und wollte ihn unschädlich machen. Und er erwog, was dann aus ihm und seiner Familie werden würde. Sein einziger Sohn als der nächste Präsident ... er selbst war noch nicht zu alt, aber ... die beiden Töchter ... eine standesgemäße Residenz im Balde-Park gegenüber dem Regierungspalast ...

In den regierungsnahen Medien wurden in der Folge verschleiert giftige Berichte eingebaut. Manchmal süffisant herablassend über Parvenüs, mal harmlos tuend mit Andeutungen über den Verfall der alten Familien (dabei auch Fürst Kamal meinend), mal mit pikanten Details über die Ausschweifungen gewisser öffentlicher Persönlichkeiten. Das Ganze in homöopathischen Dosen – man wollte ja keinen Aufstand befördern.

Und die Rechnung ging auf. Vor allem im Internet formierten sich Verschwörungstheoretiker, die darauf hinwiesen, dass die Domé Gedanken lesen könnten ... Jeder anständige Bürger könne ohne sein Wissen ausspioniert werden ... Es seien überhaupt keine Menschen, sondern maskierte Wesen ... möglicherweise Außerirdische ... die die Welt übernehmen wollten ... sie alle versklaven würden wie früher die Europäer ...

Plötzlich bildeten sich Internetforen, die allen Ernstes zur Vernichtung der Fremden, der Unmenschen, aufforderten. Und fanden viele interessierte Leser. Manche wollten sich einfach nur informieren, andere fanden die Anschuldigungen zum Schreien lustig, wieder andere wollten alte Vorurteile bestätigt wissen. Und dann gab es solche, die ein Ventil für ihre privaten Frustrationen suchten, die Feinde suchten, um sich nicht selbst hassen zu müssen. Es fanden sich plötzlich viele Gründe, die Domé nicht zu mögen.

Der Präsident hatte diese Kampagne mit wachsender Besorgnis verfolgt. Er war ja selbst betroffen, denn auch er war ein Doué, ursprünglich beheimatet im Nachbarland. Zwar war die Familie seit Jahrhunderten im Lande ansässig, aber wenn man das Ziel der Kampagne ernst nahm (und das tat er), würde es bedeuten, dass auch er ein fremder Nicht-Mensch wäre – auch noch aus Feindesland. Insofern verstand er den Innenminister besser als dieser sich selbst – was das zu bedeuten hatte: den Sturz des Präsidenten und die Übernahme der Macht ...

Der Präsident griff daher zu härteren Maßnahmen. Er setzte den alten Kultusminister unter Druck, um über den genauen Hergang der Ermordung des Voltá Domé Informationen zu gewinnen. Das wurde eine ausgesprochene Geheimoperation; der Kultusminister wurde quasi gefangen genommen und „ausgequetscht". Der brach aber ohne weiteren Druck zusammen – zu lange hatten die damaligen Geschehnisse an ihm genagt. Und er war froh, seinem Gewissen Erleichterung zu verschaffen. Der Präsident versprach ihm eine Lösung seines Problems durch Gnade.

Auch der sonst so rabiate Kriegsminister erwies sich als unerwartet kooperativ – er hatte absolut kein Schuldbewusstsein, sondern berief sich auf die Befehle, die er ausgeführt hatte. Von der Obrigkeit gegeben, hatte er keinerlei Zweifel an der Rechtmäßigkeit seines Handelns. Er brüstete sich sogar damit und verwies darauf, dass die durchgeschnittene Kehle für den Getöteten kaum Schmerzen bedeutet hätten. Und dass alles ganz schnell gegangen war …

Ergänzt werden konnten diese Aussagen durch Herrn Abdel Korman, gewissermaßen aus unbeteiligter Sicht. Und der war als angesehener und in den Medien präsenter Techniker durchaus glaubhaft.

Mit den Aussagen dieser Drei wurde eine Sondersendung für das Fernsehen produziert und zu einem dramatisch günstigen Zeitpunkt ausgestrahlt – eine allseits beliebte Spielshow wurde um eine halbe Stunde nach hinten verschoben und die aktuelle Informationssendung eingeschoben. Und von nahezu der gesamten Nation gesehen. Die Einführung hielt der Präsident höchstpersönlich, in der er über die Helden der Nation berichtete. Und deren Schicksal. Dann folgten die Aussagen des Ingenieurs und zur Bestätigung die Aussagen der Politiker – erst die des Kultusministers, der dabei seinen Rücktritt erklärte und sein Bedauern aussprach, dann die des Kriegsministers, der keinerlei Konsequenzen zog.

Der Ministerpräsident und der Innenminister blieben außen vor. Der Innenminister aber wurde während der Sendung von seinen ehemaligen Komplizen so stark belastet, dass er in dem folgenden Mediengewitter keine Chance mehr hatte. Er wurde daher von dem Präsidenten prompt seines Amtes enthoben – für seine Verfehlungen wurden Konsequenzen angedroht. Der so Bedrohte konterte mit Enthüllungen zu allen möglichen Themen. Aber das war ungeschickt – er kollidierte mit den Gesetzen zur Sicherung der Interessen des Staates einerseits und dem offensichtlichen Amtsmissbrauch andererseits. Er war sozusagen „erledigt" und räumte zähneknirschend seinen Amtssitz. Nicht ohne seine „Beweise" vorher in Sicherheit gebracht zu haben.

Allerdings – seine ehemaligen Mitarbeiter, vor allem die Domé, hatten vorgesorgt und ihrerseits Sicherungskopien von allen zurückgehaltenen Materialien gemacht. Und auch die Manipulationen dokumentiert. Die folgende „Schlammschlacht" lief über mehrere Jahre. Und endete erst mit dem unerwarteten Tod des ehemaligen Innenministers.

Alle anderen Betroffenen der Affäre wurden einfach übergangen. Sie wurden in der folgenden Dokumentation zwar erwähnt, aber diskret entlastet.

5. Kapitel: Entwicklungen

Der „Hüter der Steine" war als Mitreisender in einem Wagen des diplomatischen Corps in das Land geschmuggelt worden – und wurde daher nicht kontrolliert. Der blaue Stein der Doué näherte sich also stetig seinem Ursprungsort und begann sanft zu leuchten. Als er aber in den Multimedia-Dom, die ehemalige Festhalle, gebracht wurde, strahlte er schon hell in einem klaren, milden Licht.

Der neue Fürst Rapa Doué hatte zu einer Feier geladen – umgeben von Domé-Freunden und -Mitarbeitern empfing er also den Prinzen und seine Entourage mit der gebotenen Pracht. Dann wurde der „Hüter der Steine" zeremoniell in den Dom geleitet und waltete seines Amtes.

Fürst Doué hatte die Ringfassung nur mit Mühe seiner Mutter entreißen können. Sie konnte absolut nicht verstehen, was der liebe Sohn mit diesem alten, wertlosen Kram wollte. Aber sie hing doch so an ihm … Rapa hatte geseufzt – er kannte die Spielchen seiner Mutter und ihren Bedarf an Aufmerksamkeiten. Also ließ er sich auf das Spielchen ein, schmeichelte ihr, blieb zum Essen (was er sonst eher vermied) und hörte sich ihre Klagen an. Vor allem vermisste sie Enkel und mahnte ihn zum wievielten (?) Mal zu einer Ehe mit wenigstens einer angemessenen Gattin. Sie habe da kürzlich eine ganz entzückende junge Frau kennengelernt … die Tochter einer lieben Freundin …

Rapa stimmte ihr zu. Allerdings erwähnte er nebenbei, dass er bei einer seiner Reisen ins benachbarte Ausland bereits eine passende Kandidatin gefunden habe – die Tochter eines hohen Politikers … Die Mutter war skeptisch – eine solche würde sie wahrscheinlich nicht nach ihrer Laune herumdirigieren und formen können … aber sei's drum. Hauptsache Enkel …

Jedenfalls hatte sie den Ring herausgerückt – sogar ohne Gegengabe. Rapa revanchierte sich bei der nächsten Gelegenheit durch ein besonders schönes Schmuckstück.

Die Ringfassung hatte er von einem Juwelier an seine Hand anpassen lassen – er war für Damenhände verkleinert worden und musste nun geweitet werden. Und dieses Schmuckstück sollte nun mit dem blauen Stein gefüllt werden. Dazu wurde im Hintergrund diskret der Juwelier mit seinen Werkzeugen bereitgehalten.

Aber dieser kam gar nicht zum Einsatz – als der „Hüter der Steine" das nun strahlend helle Juwel überreicht hatte, Fürst Rapa ihn zeremoniell übernommen und in die Fassung eingeklinkt hatte, strahlte dieser als Beweis seiner Funktionsfähigkeit blitzartig auf und überstrahlte die Anwesenden mit seinem Wissen. Das „Backup" war also gestartet und abgeschlossen worden. Ganz gemäß seinem Standort in einem Multimedia-Tempel. An seinem Heimatort.

◆

Fürst Rapa Doué (statt Donnèr), wie er sich nun nennen konnte, hielt in der Folge standesgemäß Hof. Er konnte es sich leisten. Und sehr zur Irritation seiner Mutter, die von der Inthronisierung und Bedeutung ihres Sohnes nichts wusste und sich daher lauthals über ihre Benachteiligung beschwerte, wurde er in der Öffentlichkeit verstärkt wahrgenommen.

Und er hatte die Zeichen der Zeit erkannt: Er startete eine intensive Aufklärungs- und Informationskampagne zum Thema „Domé – Vergangenheit und Zukunft". Professionell gemacht und von vielen Institutionen unterstützt und getragen. Unter anderem von der Staatsregierung und der betroffenen Landesregierung (der Landtagspräsident war auch ein Domé) sowie zahlreichen Sponsoren. Eine Umfrage hatte außerdem ergeben, dass die Meinungen in der Bevölkerung zum Thema „Verschwörungstheorien" eher zurückhaltend waren. „Spinner" und „Idioten" waren die harmlosesten Bezeichnungen für diese Leute. Die Domé – soweit sie zu erkennen waren – aber wurden neugierig bestaunt.

Ω

4. Teil
Das Haus Ebandó

Domé

1. Kapitel: Verstecke

Gabor blinzelte, schniefte. Grimm überrannte ihn, dann schniefte er wieder. „Nur nicht heulen!" befahl er sich. Doch dann heulte er doch, rollte sich zusammen. Und ließ es strömen.

Dieser verdammte Hund hatte seinen kleinen Freund Fips gefressen. Gefangen, dann verschlungen. Mit einem Happs. Vor seinen Augen. Statt **ihn** zu fressen. Hatte ihn dann noch einmal kurz angebellt. Dann hatte er sich getrollt. Verdammter Köter! Gut, Fips war nur eine kleine Ratte gewesen. Aber ganz zutraulich. Und immer auf eine kleine Brotkrume aus. Er wartete immer, wenn er abends zurückkam … und begrüßte ihn … sonst niemand.

Gabor verkroch sich in seine „sichere Ecke". Das war eine hohe Nische in einer der vielen brüchigen Mauern in der alten Zitadelle. So nannten die Städter diese Ruine am Rande der ehemaligen Altstadt und über dem alten und versandeten Hafen von Ebandó. Eine Gegend, einst übervölkert, nun eine verlassene Geisterstadt. Dorthin, wo nur die Heimatlosen, Vertriebenen und Bettler hingingen. Wo sich kein anständiger Mensch hin traute. Dort war er einigermaßen sicher. Sicher vor seinem rabaukigen, meist besoffenen Vater. Und vor seinen älteren Brüdern, die ihn zum Stehlen abrichten wollten. Nicht, dass er das ablehnte. Aber sie wollten, dass er ihnen bedingungslos gehorchte. Und das konnte er nicht zulassen. Nicht mit ihm! Immerhin war er schon elf Jahre alt. Er wollte lieber noch etwas anderes lernen! Etwas mit Zukunft …

Grimmig schluchzte er noch einmal. Dann entschied er, dass er noch eine kurze Zeit ruhen sollte. Der Tag würde lang genug werden!

◆

Noch bevor die Sonne aufging, war Gabor wieder unterwegs. Er hatte sich kurz das Gesicht und die Hände in der flachen Steinmulde nebenan mit Regenwasser gewaschen und seine Kleidung ausgeklopft. Nun schlich er behutsam durch die unübersichtlichen Gänge der riesigen alten Anlage. Mied die Ecken, wo sich die Penner aufhielten und die Besoffenen ihren Rausch ausschliefen. Trat schließlich vorsichtig aus dem kleinen Seiteneingang hinter den Büschen auf den schmalen Pfad über der Steilküste hinaus und machte sich auf, sein Tagwerk zu erledigen. Er hatte einen kleinen Job ergattert, der ihn über Wasser hielt – er musste in einer Druckerei die in der Nacht gedruckten Prospekte zusammenfalten und in die Briefkästen verteilen. Sie waren zu fünft, seine Kumpels und er. Sie hatten sich die Stadt aufgeteilt. Und er hatte die Vororte im Norden zugeteilt bekommen. Weit genug weg von seinem Vater und den Brüdern. Hier gab es viele tausende Briefkästen, die er mit seinen Broschüren zu füllen hatte. Und es war ein riesiger Berg Papier, den er jeden Tag herumschleppen musste. Bis alles verteilt war! Oft hatte er diese Arbeit verflucht. Aber er hatte ja nichts lernen dürfen. In der Schule war er nie gewesen. Lesen und Schreiben hatte er nebenbei erlernt. Und er las doch so gern. Die Prospekte studierte er jeden Morgen von vorn bis hinten. Auf dem Weg nach Norden mit dem Bus. Langsam und sorgfältig. Bis er sie auswendig konnte! Auch den größten Mist las er, nur um zu wissen, was er da verteilte.

♦

Als er am Abend zurück zur Zitadelle wollte, wurde er von einem seiner Kumpels aufgehalten. Der hatte ein altes Transistorradio bei sich und hörte die Nachrichten. Der Reporter erzählte etwas von einer Veranstaltung auf dem großen Paradeplatz, wo der Präsident der Republik aufgetreten war. Mit großem Gefolge und einer Blaskapelle. Und Militär. Dann hatte der eine Ansprache gehalten. Und diese Ansprache wurde nun noch einmal übertragen.

Gabor hörte nur mit mäßigem Interesse zu. Er hatte sich ein kleines Brot mit Käse und Braten gegönnt und wollte es möglichst bald in Ruhe verzehren. Seine Gedanken waren schon bei dem ersten Bissen, sodass er kaum mitbekam, dass der Präsident geendet hatte und das Wort an einen anderen Politiker gegeben hatte. Und was der zu sagen hatte …! Gabors Gehirn schien zu platzen – er schnaufte und keuchte, als in seinem Kopf die Gedanken und Erinnerungen einen wilden Tanz vollführten. Sodass er sich die Ohren zuhalten musste. Und weglaufen! Weit, weit weg! In Sicherheit!

Und zur Verblüffung seines Kumpels rannte er fort. Rannte durch die heruntergekommene Altstadt, achtete nicht mehr auf die Passanten, die ihm nur verblüfft oder misstrauisch nachschauten. Als wenn er ein Taschendieb wäre! Rannte durch das große Tor der Zitadelle, statt durch den sicheren Seiteneingang. Rannte durch die verfallenen Gänge und über Schutthaufen. Bis zu seinem Versteck.

Hier kauerte er sich nieder und rollte sich zusammen. Und hoffte, dass das Unheimliche in seinem Kopf verschwinden würde.

♦

Am nächsten Morgen wachte er hungrig und schrecklich durstig auf. Sein leckeres Brot war nicht mehr da – er hatte es wohl verloren am Abend zuvor. Und die Wasserflasche hatte er auch nicht gefüllt. Er seufzte. Er würde wohl wieder Regenwasser trinken müssen. Dann bemerkte er, dass in seinem Kopf mittlerweile Ruhe eingekehrt war. Die neuen „Erinnerungen" waren zwar immer noch da, störten ihn aber nun nicht mehr. Stattdessen war er neugierig geworden und hatte begonnen, sie anzuschauen wie einen Film. Und er musste erkennen, dass diese „Erinnerungen" schon zu ihm gehörten. Dass da Personen auftraten, von denen er schon gehört hatte … Große Fürsten in der glorreichen Vergangenheit von Ebandó. Als diese noch eine mächtige Hafenstadt war mit Schiffen aus aller Welt. Und in der Zitadelle residierte ein Fürst und steuerte das Geschäft. Und dieser Fürst … Gabor erschrak. Der schaute ihn an und Gabor erkannte, dass dieser … sein Vorfahr war! Nicht der rabaukige „Vater", der ihn so gern triezte. Sondern: dass da jemand anders bei seiner Mutter gewesen war, der ihn gezeugt hatte. Dessen Erinnerungen waren stark verwischt, aber er hatte seine Spur in ihm hinterlassen. Die Mama war also mit einem anderen …! Und der „Vater" hatte seine Wut darüber an ihm, an dem Sohn des Fremden ausgelassen! Kein Wunder!

Gabor dachte grimmig an sein bisheriges Leben. So konnte es nicht weitergehen! Immerhin gab es schon etliche wichtige Männer in seiner Familie … Er erschrak.

„Wenn das so ist, bin ich wohl auch wichtig …?" fragte er sich. „Und wenn ich der letzte bin – dann bin ich wohl auch ein Fürst der Ebandó …?"

Die Fürsten in seinem Kopf stimmten ihm zu. Etwas wie Glück summte nun in seinem Kopf und versetzte ihn in eine freudige Stimmung. Er musste nur andere Leute finden, die ihn erkennen würden. „Ob das möglich ist?" fragte er sich und zweifelte. Aber die Stimmen in seinem Kopf behaupteten, dass jeder andere Domé dies erkennen könnte.

♦

Fröhlich und mittlerweile sehr hungrig machte er sich auf in die Stadt. Er gab zwei Cent mehr aus als sonst – zwar würde er jetzt sparen müssen für seine Zukunft. Aber zur Feier des Tages wollte er nicht knausern. Und er musste schließlich den gröbsten Hunger stillen! Im Gehen. Und das billige Süßgetränk machte ja auch noch munter!

Als er in der Druckerei ankam und seine Prospekte abholen wollte, meldete der Leiter, dass es heute nichts zu verteilen gab – die Drucker hatten kein Material gehabt und waren in Streik getreten. Wie so oft. Gabor war enttäuscht. Er fragte also, ob er nicht stattdessen eine andere Tätigkeit haben könnte. Der Leiter schaute ihn zweifelnd an. „Ich kann schon etwas heben!" behauptete Gabor und hob einen großen Stapel Papier hoch. Der Leiter lachte, vertröstete ihn aber auf den kommenden Tag.

Enttäuscht ging Gabor zurück in die Zitadelle. Hier würde er ungestört nachdenken können …

Als er die Seitenpforte passiert hatte und langsam zu seinem sicheren Platz schlich, musste er an einem der Bettler vorbei, die abends die Zitadelle als Rückzugsort liebten – hier würde sie niemand verjagen. Aber am Tage waren sie eigentlich alle in der Stadt. Er sei denn, einer war krank – oder tot. Auch das kam vor. Aber an diesem Morgen war noch einer von ihnen da und bewegte sich nun unruhig brummend auf der Stelle. Er war sehr alt und blind und konnte sich nicht ohne fremde Hilfe fortbewegen. Dazu hatte er auch einen großen Hund, der ruhig neben ihm lag und ihn bewachte. Man hatte ihn wohl vergessen. Gabor hatte ihn im Vorbeilaufen am Morgen ohne Absicht gestreift und ein wütendes Zischen und ein Knurren des Hundes hervorgerufen. Und nun saß der Alte da, bewegte den Kopf auf und nieder, fuchtelte, brabbelte und zischte. Gabor fürchtete sich ein wenig vor ihm und hielt Abstand, auch wegen des Hundes, der ihn aufmerksam beobachtete. Er murmelte eine leichte Entschuldigung. Und wollte weitergehen. Der Alte aber rief ihn beim Namen und Gabor ging zögernd und verwundert zurück.

„Woher kennst du mich?" fragte er. Und der Alte murmelte mit rauer Stimme:

„Du bist doch auch von hier, stimmt's?"

Gabor nickte. Aber dann fiel ihm ein, dass der Alte ja nicht sehen konnte und er antwortete ihm.

Dann sah er sich den Alten zum ersten Mal genauer an. Und obwohl das Gesicht ausgezehrt und von Alter und Entbehrungen verzerrt war, hatte er das Gefühl, dass er ihn schon einmal gesehen haben musste – wesentlich jünger und … mächtiger …

Er erschrak. Und wie unter Zwang führte er seine Hand zum Gesicht des Alten, tastete nach seiner Wange und seiner Stirn. Der Alte schnappte diese Hand und hielt sie fest an seine Wange gepresst …

Und wieder schien sein Gehirn zu platzen … diesmal füllten nicht die Gedanken eines Unbekannten seinen Kopf, sondern die des Alten kamen in ihn. Er wollte schreien, aber der Alte hielt ihm den Mund zu – er war erstaunlicherweise stärker, als es sich Gabor hatte vorstellen können. Und dann spürte er, dass der Alte gleichzeitig lachte und weinte.

Verblüfft setzte er sich neben ihn. Und sie begannen, ihre Erinnerungen auszutauschen.

Sie mussten feststellen, dass sie nicht nur verwandt waren, sondern dass sie sehr nahe verwandt waren. Gabor musste erkennen, dass der alte Mann mit Namen Abel der Vater seines unbekannten Erzeugers war. Und er lernte die traurige Geschichte seiner Familie kennen.

Meister Abel, einst ein geachteter Kaufmann, war durch die Machenschaften seines einzigen, zu sehr geliebten und maßlos verwöhnten Sohnes in allerlei „krumme Geschäfte" verwickelt worden. Als diese offenkundig wurden, hatte er die Schuld – und damit auch die Schulden – auf sich genommen. Und der Sohn war verschwunden, ohne Nachricht zu geben. Seine Mutter war dann gestorben. Aus tiefer Verzweiflung. Das letzte, was Meister Abel von seinem Nachwuchs zu hören bekommen hatte, war die Meldung, dass er bei einer Messerstecherei wegen einer Dirne getötet worden wäre …

Meister Abel weinte bei diesen beschämenden Erinnerungen, die er gerne vergessen hätte, die aber unzerstörbar in seinem Kopf verankert waren. Und immerhin hatten die unverschämten Ausschweifungen seines Sohnes ja mindestens einen guten Zweck erfüllt – einen Enkel, auf den er nie hatte hoffen können.

Gabor weinte auch. Er hatte sich nun dicht an seinen Großvater geschmiegt und hielt seine Hand. So saßen sie den halben Tag beieinander und tauschten ihre Erinnerungen aus. Der Hund war in der Zwischenzeit aufgestanden und hatte sich auf Nahrungssuche gemacht – in der Zitadelle gab es genügend unvorsichtige Ratten, Kaninchen und andere leckere Happen.

Plötzlich stieß Meister Abel einen leisen Schrei aus. Er war wieder mit Gabor in der glorreichen Vergangenheit der Familie Ebandó unterwegs gewesen. Und hatte endlich begriffen, wer er selbst nun tatsächlich war – der aktuelle Fürst Ebandó. Das Oberhaupt einer einstmals großen und mächtigen Familie, die über ein weites Land und über das Meer geherrscht hatte. Und jetzt gab es nur noch ihn – und einen eher zufällig entstandenen Enkel, der ohne Ehren gezeugt und geboren worden war – allen Traditionen zum Trotz. Er war verzweifelt über sein Versagen.

Aber Gabor tröstete ihn. Er wäre zwar ohne Ehren gezeugt und geboren worden, aber das bedeutete nicht, dass er nicht in der Lage sein würde, der Familie wieder zu Bedeutung und Ruhm zu verhelfen. Und ihm, dem Großvater, zu Ehren …

Grimmig bekräftigte der Junge seinen Schwur. Der Alte holte tief Luft. Dann nickte er langsam:

„Ja – du kannst das vermutlich … Viel Glück dabei … ich mach' es sicher nicht mehr lang …"

„Oh, nein! Lang genug, bis wir den Schatz der Ebandó gehoben haben!" rief der Junge und strahlte. Auch er hatte endlich begriffen, dass sie sich in der Zitadelle, in der Burg Ebandó, befanden und dass diese **Ihnen** zu Eigen war. Zugegeben, es war nur eine Ruine. Aber ihr Zuhause! Und das Zuhause kommender Generationen! Und das bedeutete, dass sie auch die Vergangenheit der Burg sehen konnten. Und als Gabor nun mit neu gewecktem Interesse um sich schaute, erkannte er an einigen baulichen Eigenheiten, dass sie sich in einer Ecke des großen Empfangssaals befanden. Dort, wo einst die Großen der damaligen Welt umhergingen.

Und Gabor schaute sich genauer um – und entdeckte in einer Ecke die Reste eines Mosaiks, das früher die ganzen Wände überzogen hatte. Aufgeregt erzählte er seinen Großvater von diesem Fund. Und dieser kramte in seinen Erinnerungen und entdeckte die ganze frühere Pracht. Die Säulenhallen und die schattigen Höfe. Die schönen Gemächer und Rückzugsorte. Die eindrucksvollen Säle für die Fremden und Freunde. Aber auch die Geheimnisse des Gebäudes, die nur sie beide, die Geheimnisträger der Ebandó, kennen konnten: Denn als die Burg nach dem Ende der Domé geschleift werden musste, waren die Kostbarkeiten in den tiefen Brunnen im hinteren Innenhof geworfen worden. Und mit Bauschutt überdeckt worden, bis nichts mehr zu sehen gewesen war. Zwar hatten die späteren Bewohner einen Teil des Schuttes wieder abgetragen, aber den sehr tiefen Brunnen nicht wieder hergestellt. Sondern den Boden eingeebnet und gepflastert. Und so den Schatz verdeckt und unwissend gesichert.

An diesem Abend führte Gabor seinen Großvater in die Eingeweide der Zitadelle. Aber er konnte ihn nicht in die kleine Nische oben in der Wand hieven. Also verbrachten sie die Nacht zu ebener Erde – nur wenige Meter von dem Schacht in die Tiefe entfernt. Und gingen in Gedanken spazieren in ihrer einstmals großartigen Heimstatt.

Bevor sie sich zur Ruhe legten, holte der Alte noch aus den Tiefen seiner schmutzigen und zerrissenen Hose einen verknäulten, unförmigen Gegenstand. Er gab ihn Gabor mit den Worten:

„Dies ist unser Beweis, dass wir die echten Fürsten von Ebandó sind. Hole den gelben Stein, der zu diesem Ring gehört! Die Nachkommen der Hofmeister gibt es sicher noch – ich habe neulich in der Stadt gehört, dass wieder zwei Domé erschienen sind. Und ihr Geburtsrecht eingefordert hatten. Das musst du nun auch tun …!“

Gabor versprach es und versteckte das unscheinbare, formlose Gebilde in seiner kleinen Brusttasche.

Ihre Ruhe aber bewachte der nun gesättigte Hund – der alte Fürst hatte ihn Rex genannt.

2. Kapitel: Entdeckungen

Am nächsten Morgen sorgte Gabor dafür, dass es seinem Großvater in den nächsten Stunden – den Umständen gemäß – gut ging. Wusch sich und ihn. Gab ihm einen Rest Kekse zu essen, die er als „eiserne Reserve" vor Regen und Ratten versteckt hielt. Dazu einen Becher Regenwasser als Getränk. Und machte sich auf den Weg zur Arbeit. Er musste Geld verdienen! Essen und Kleidung kaufen! Ein Fürst Ebandó konnte schließlich nicht in Lumpen erscheinen – und in Lumpen war sein Großvater ja gehüllt. Er selbst war kaum besser dran …

Als er in der Druckerei ankam, waren schon alle seine Kumpels fort – sie hatten die aktuellen Prospekte – kleine, schmale „Flyer", die sich leicht und schnell verteilen ließen – eingepackt und waren schon weit fort. Ihm hatten sie nichts zurückgelassen.

Der Leiter bedauerte. Er hatte Gabor halb mitleidig, halb interessiert angeschaut und ihn dann gebeten, im Büro Platz zu nehmen. Er hätte noch etwas zu erledigen – sein junger Assistent wäre schon seit einigen Tagen nicht erschienen. Und so musste er dessen Arbeit – Post sortieren und beantworten – selbst erledigen. Gabor bot an, mitzuhelfen. Lesen könnte er ja.

Aber der Leiter schickte ihn in sein Büro. Gabor ging also in das kleine Kabuff mit dem großen Glasfenster zur Halle und setzte sich auf eine große Kiste, die in der Ecke stand. Im Büro roch es merkwürdig streng und Gabor wunderte sich, dass der Leiter in seinem kleinen Büro Fleisch aufbewahrte – und vergammeln ließ. Diesen Geruch kannte Gabor nämlich. Dann merkte er, dass der Geruch aus der Kiste kam. Er schaute um sich, aber sah sonst niemanden. Also versuchte er, die Kiste zu öffnen. Sie klemmte. Aber mit einem kräftigen Ruck ließ sie sich schließlich doch öffnen. Der Geruch nahm Gabor den Atem. Als er jedoch sah, was da vor sich hingammelte, ließ er vor Schreck den Deckel wieder fallen. Er hatte erkannt, was – oder besser, wer – in der Truhe lag.

Er wollte fliehen. Aber es war zu spät – der Leiter war zurückgekehrt und stand nun mit einem schrägen Lächeln in der Tür.

„Mal wieder einer, der zu neugierig ist, hallo?" fragte der Mörder leise. Dann verschloss er die Tür und steckte den Schlüssel ein. Entkommen konnte Gabor nicht.

„Der schlaue Assistent hatte es auch immer zu genau gewusst – was hat mir sein kleiner, strammer Arsch für eine Freude gemacht, nachdem ich ihn …" – „Jetzt also auch du … zwei in einer Woche, das ist ja fast Rekord, stimmt's?"

Und er kam bedrohlich näher. Gabor hatte aber bemerkt, dass der Mann ein Domé sein musste. Er ließ sich also – scheinbar starr vor Angst – von ihm anfassen. Und fasste ihn an. Und die Gedankenwelt schlug zu: Der Mann schrie auf und taumelte zurück. Und Gabor bohrte sich in sein Gehirn. Grimmig kämpfte er sich durch die fremde Welt aus Gier und Wollust, Hass und Missgunst, die sich ihm darbot. Als aber der Mann begann, sich zu wehren, klammerte Gabor seine rechte Hand um den Brustbeutel mit der Ringfassung. Und wurde stärker – bis sein Gegner sich schreiend von ihm abwandte und zusammenkauerte.

„Der Teufel, der Teufel!" schrie er. „Lass mich, lass mich! – Aaahiiih!" heulte er und wand sich vor Entsetzen über das Unbekannte, dass ihn im Griff hielt.

Er wirkte auf Gabor wie ein ekliger kleiner Wurm. Und verstand, dass er seinem Gegner vorkommen musste wie ein übermächtiger, gnadenloser Rächer all der geschundenen und vergewaltigten Opfer. Und er verstärkte seinen Angriff …

Der Leiter hatte sich schließlich mit stierem Blick unter seinem Schreibtisch verkrochen. Dort zuckte er heulend und greinend – ein Opfer seines eigenen Wahnsinns. Er schob ruckartig eine der Schubladen von unten aus ihrer Halterung, so dass sie krachend zu Boden stürzte. Mit dem Inhalt fiel auch eine großkalibrige Pistole herunter und dem Leiter fast in die Hand.

„Ein Zeichen …!" schrie der, steckte sich den Lauf in den Mund und drückte ab. Es klackte, aber nichts geschah – er hatte vergessen, die Waffe zu entsichern. Das holte er sofort nach und drückte erneut ab.

Das fette Geschoss schlug durch das Gehirn, sprengte die Schädeldecke in unzählige Splitter und verspritzte die weiche Gehirnmasse über die Wand hinter ihm zu einem riesigen, roten und grauen Fleck. Das gequälte Ich des Leiters verblasste und verschwand aus Gabors Kopf.

Gabor stand still und verkrampft vor dem Schreibtisch und schaute auf das, was er angerichtet hatte … Aus der angrenzenden Halle hörte er Rufe – der Schuss war nebenan gehört worden und einige der Drucker, die im Nachbargebäude ihre Vesperpause gehalten hatten, kamen herbeigelaufen, sahen die Bescherung durch die große Scheibe des Büros und schlugen die widerspenstige Tür ein. Gabor stand weiterhin still und ließ die Aufregung um ihn herum über sich ergehen.

◆

Die Polizei war gekommen und hatten sich den Tatort angeschaut. Den starren Jungen hatten sie nicht befragt, sondern sich erst mit der Leiche, der Pistole und der Schublade beschäftigt. Schließlich fragte einer der Polizisten, was er denn hier suche – die Tür sei schließlich verschlossen gewesen, also musste er bei dem Leiter gewesen sein. Gabor zeigte stumm auf die Truhe. Und der Polizist öffnete sie – und schrak fassungslos zurück.

„Das hatte ich entdeckt" meinte Gabor leise, „und ich sollte eigentlich dazugelegt werden – dann hat er sich's aber anders überlegt …"

Der Polizist schaute ihn entsetzt und mitleidig zugleich an.

„Ich verstehe …" meinte er, „jetzt geh besser …"

Gabor nickte. Aber dann sah er im Hintergrund einen weiteren Polizisten, der ihn mit gerunzelter Stirn betrachtete. Gabor trat auf ihn zu und berührte sein Handgelenk. Noch ein Domé! Der Mann erschrak, fasste sich aber sofort und begann, Gabor zu examinieren. Und erschrak wieder, als er erkannte, wer ihm gegenüberstand. Er überlegte kurz und gab dann Befehl, den Jungen umgehend zum Präsidenten zu bringen. Der allerhöchste Befehl von gestern betraf genau diesen hier – der unbekannte Mann sei gefunden …

„Ein kleiner Junge …?" fragte spöttisch einer der Offiziere, der hinzugetreten war.

„Er weiß etwas – das weiß ich!" behauptete der Polizist.

„Wir wollen doch den Präsidenten nicht mit irgendwelchen Schmutzfinken belästigen – willst du deine Streifen riskieren?"

„Du riskierst deine Streifen, wenn du den Befehl des Präsidenten verweigerst!" rief der Polizist hitzig.

Ein weiterer Offizier war hinzugetreten und meinte:

„Arm oder reich, jung oder alt, hieß es. Also haben wir hier einen armen Jungen. Das passt also."

Und zu Gabor sagte er:

„Also hopp, Junge – und benimm dich! – sonst gibt's Probleme …!"

Die anderen lachten. Gabor aber nickte ernst und ging mit den Offizieren zu dem Streifenwagen. Mit Blaulicht ging's nun zum Präsidentenpalast. Der Präsident verabschiedete dort gerade Ardé Léo Domé und war nicht zu sprechen. Als die beiden jedoch die Neuigkeit hörten, beendeten sie die Verabschiedung und verlängerten den Aufenthalt des Prinzen um mindestens einen Tag. Dann eilten sie zur Empfangshalle.

Hierhin war Gabor geführt worden. Der etwas aufsässige Offizier hielt ihn fest und war darauf gefasst, dass man den „Angeber" sofort fortjagen würde … Aber der Präsident hatte schon gespürt, dass Gabor zu ihnen gehörte und trat näher. Er herrschte den Offizier an, den Jungen freizugeben. Was dieser nur sehr ungern tat. Als er sich unter dem grimmigen Blick des Präsidenten etwas zurückgezogen hatte, trat dieser zu Gabor und legte seine Hände auf dessen Haupt. Erspürte dessen Abkunft und nickte dann. Zu Ardé sagte er:

„Hier ist er nun … endlich! – Und er weiß, wo der alte Fürst zu finden ist …"

Der Prinz tat es ihm gleich und bestätigte seine Meinung.

Der Offizier hatte unterdessen verärgert feststellen müssen, dass sein „Gefangener" sich keinesfalls untertänig gegenüber den hohen Herren verhielt. Und sich nur gegenüber dem fremden „Fürsten" leicht verbeugt hatte, nicht aber vor seinem Herrn. Er ergriff also wieder Gabors Arm und wollte ihn anherrschen, dass er zu knien habe. Aber er wurde gestoppt durch einen mächtigen Fausthieb des Präsidenten – der hatte in seinen Jugendjahren dem edlen Faustkampf gehuldigt und hatte noch immer nicht seinen „Punch" verloren. Der Polizist ging zu Boden und wurde von der Wache festgehalten, die dem Befehl des Präsidenten Folge leistete:

„Was erlaubt sich dieser Kerl? Was wagt er es, den edlen Prinzen von Ebandó anzurühren? Fort mit ihm und in den Kerker! Und fort mit seinen Streifen!"

Gabor hatte den Tumult um den Übereifrigen kaum mitbekommen – er stand nun neben dem Prinzen von Domé. Sie unterhielten sich „ungesagt" über seinen Großvater und die Zitadelle. Der Prinz beruhigte ihn wegen seines zugeschütteten Erbes – die Regierungen der Länder, in denen einst die Domé geherrscht hatten, hatten einmütig beschlossen, dass diejenigen Immobilien und auch Mobilien und Kunstschätze, die den „Großen Familien" gehört hatten, uneingeschränkt auch weiterhin diesen gehören würden. Auch wenn, wie in ihrem Falle, die „Große Familie" nur noch aus zwei Personen bestände. Gabor war erleichtert und lud den Präsidenten und den Prinzen im Namen seines Großvaters zu sich ein.

♦

In der Zitadelle hatten sich im Laufe des Nachmittags wieder die Bettler und Landstreicher eingefunden. Einige hatten am gestrigen Tag ebenfalls ihre „Erweckung" gehabt und prüften nun, ob noch weitere Domé in ihren Reihen zu finden wären. Das sorgte für Unruhe – etwa ein Viertel der Anwesenden stellte sich als Domé aus den unterschiedlichsten Familien heraus. Und da sie alle nicht besonders gesetzestreu gewesen waren, gab es einige „Hallos", wenn mal wieder ein besonders frecher Kerl entdeckt worden war. Und seine Vergehen (oder auch Meriten, je nach Sichtweise) öffentlich geworden waren.

Plötzlich ertönte ein schriller Pfiff – das Zeichen, dass Unheil drohte: „Die Bullen!" hieß das. Alle versuchten, sich zu verstecken oder zumindest harmlos zu tun. Normalerweise zog das immer …

Diesmal war es aber anders. Zwar kamen mehrere Polizeifahrzeuge, aus denen mit Maschinenpistolen stark bewaffnete, mit Helmen und Schutzkleidung gesicherte Männer sprangen und das Umfeld sicherten. Sie ließen aber eine Lücke frei, in die nun eine große Limousine fuhr. Daraus entstiegen nach einer Meldung des diensthabenden Offiziers nun der Präsident, sein Gast und ein weiterer hoher Militär. Und schließlich ein Knabe. Der stellte sich an die Spitze der Expedition und lief langsam die „Große Halle" hoch, gefolgt von der Prominenz.

Die Bettler und Landstreicher hatten begriffen, dass der Einsatz, so bedrohlich er auch wirkte, nicht ihnen galt und kamen langsam aus den Seitenkammern und Gängen, um sich die Veranstaltung neugierig anzuschauen. Der Präsident wurde sofort erkannt, auch der hohe Militär. Einer hatte auch – sein Standplatz war neben einem Elektronik-Fachmarkt und er konnte fast den ganzen Tag während seiner anstrengenden Tätigkeit fernsehen – den Prinzen erkannt. Und da er auch ein Domé war, wusste er genau, wer die Fremden waren und verbreitete flüsternd die Neuigkeit. Das Flüstern folgte der kleinen Prozession durch die Zitadelle und wurde lauter – man hatte nun auch Gabor erkannt und rätselte daher über den Sinn der Aktion.

Klar wurde diese aber sofort, als am Ende des Prozessionsweges durch die Anlage eine schmale, hohe Gestalt mit einem langen Stock auftauchte und stehenblieb: Der alte Fürst hatte den ganzen Tag auf ein Zeichen gewartet und hatte sich nach dem Pfiff aufgemacht, die Gäste zu begrüßen. Und da er die Zitadelle aus den Erinnerungen seiner Vorfahren genau kannte, hatte er den Weg zu dem dramatisch effektvollsten Punkt finden können: Die Kanzel des Fürsten über dem großen Speisesaal.

Hier trafen nun die drei Herrscher zusammen: der aktuelle Präsident, ein Abkömmling der edlen Familie Dannau; der kommende König, Prinz Ardé; und der ehemalige Herrscher, der Fürst Abel Ebandó. Die Herren begrüßten sich gemessen. Fürst Abel bedauerte, dass er seinen Gästen nichts anbieten könne – solch hoher Besuch sei seit Jahrhunderten nicht mehr in seinem Reich empfangen worden. Und er müsse sich erst einmal passend einrichten. Aber er könne den Gästen eine Zigarette anbieten …

Die Gäste dankten ihm für die Gastfreundschaft und nahmen das Angebot an. Also rauchten die vier Herren einmütig je eine von des Gastgebers Zigaretten.

Gabor stand währenddessen neben seinem Großvater. Auf ein Zeichen eines der Bettler – auch ein Domé – ging er zu diesem und sie tauschten die Neuigkeiten aus. Woraufhin der Bettler, ein ehemaliger Straßenräuber namens Hubras, die Nachricht unter den anderen Domé verbreitete. Und diese die Neuigkeit bezüglich des Eigentümers der Burg an den Rest der „Belegschaft" weiterreichten.

Als die hohen Herren sich auf den Weg zum Präsidentenpalast machten – man hatte die verwahrlosten Erben eines großen Hauses zu einem kleinen Abendessen eingeladen – trat nun eine Abordnung der Bettler zu ihnen und fragte bescheiden an, was nun aus ihnen werden sollte …

Fürst Abel überlegte kurz und verkündete dann, dass die Belegschaft der Zitadelle weiterhin Wohnrecht genießen sollte. Soweit sie willens wären, die Zitadelle zu beschützen und zu verteidigen. Dazu müsste sie abgegrenzt und gesichert werden. Die Bettler waren zufrieden und ließen den Hausherren hochleben.

3. Kapitel: Präsentation

Im Präsidentenpalast hatten unterdessen die Vorbereitungen für das Abendessen begonnen. Auch hatte man für die Gäste passende Kleidung herausgelegt. Und genügend Zeit eingeplant, damit sich alle präsentabel machen konnten.

Also wurden Fürst Abel und sein Enkel in ein geräumiges Schlafzimmer geführt, damit sie sich auskleiden konnten. In Bademänteln wurden sie dann in den Wellness-Bereich des Palastes geführt, wo sie ausführlich gereinigt, massiert, frisiert, pedikürt und manikürt werden sollten. Die Sauna, die der Präsident vorschlug, wurde abgelehnt. Aber das restliche Programm wurde komplett von dem freundlichen und unaufdringlichen Personal durchgeführt. Eine sehr ungewohnte Prozedur für beide.

Sehr erfrischt bekamen die beiden angemessene Kleidung angelegt. Zur obligaten Unterwäsche bekamen sie eine leichte Hose – einen westlichen Smoking hatte der alte Fürst empört abgelehnt. Stattdessen bevorzugten er und sein Enkel einfache Kaftane mit traditionellem Muster – die neueste Mode bot mittlerweile Domé-Muster aus vergangenen Zeiten an. (Die echten Muster wurden zwar erst in späteren Jahren wieder entdeckt – sie waren auf Vasen- oder Wandmalereien, aber auch in den Erinnerungen der Fürsten festgehalten. Fürst Abel konnte dabei seine umfangreichere „Datensammlung" an Gabor weiterreichen und so komplettieren. Das bildete die solide Basis für eine florierende Textil-Industrie.)

Das Essen verlief für die Gäste wegen der ungewohnten Ordnung der Teller und Bestecke etwas schwierig – Gabor musste seinen Großvater die Bissen mit einem Löffel vorlegen – Messer und Gabel hatten sich als unbrauchbar erwiesen. Die Küche aber hatte sich auf die Blindheit des Ehrengastes eingestellt und nur solche Speisen zubereitet, die problemlos mit dem Löffel essbar waren. Auch die restlichen Gäste – etwa ein Dutzend Domé-Männer aus der Staatsverwaltung und dem Umfeld des Präsidenten – übernahmen diese Speisenfolge.

Nach dem Essen wurde ein kleines „Foto-Shooting" eingeschoben und der neu entdeckte Fürst der Familie Ebandó der Presse vorgeführt. Und zwar zur besten Fernsehzeit zwischen dem Spielfilm des Abends und dem Nachtprogramm. Die Sensation war also perfekt.

◆

In den nächsten Tagen wurden die Rahmenbedingungen für die Präsentation des Fürsten in der Öffentlichkeit ausgearbeitet – schließlich musste eine solch wichtige Person angemessen eingeführt werden. Zwar konnte der alte Fürst – bedingt durch seine früheren beruflichen Erfahrungen – gut und flüssig reden und sich „verkaufen". Er musste aber immer von seinem Enkel unterstützt werden. Und das musste trainiert werden. Für die notwendigen öffentlichen Auftritte wurde ihnen daher von der Regierung ein Assistent beigestellt, der die anfallende Korrespondenz und andere Dinge erledigen konnte.

◆

Ein besonders dringendes Problem aber war der Zustand der Zitadelle. Um eine möglichst zügige Abwicklung der erforderlichen Sicherungs- und Bauarbeiten durchführen zu können, musste eine Baufirma benannt werden. Zur Sicherung der Kunstschätze im Brunnen aber war eine Spezialfirma erforderlich, die zudem nur aus Domé-Männern bestehen durfte: diese würden nämlich keine Unterschlagungen oder Diebstähle durchführen können, ohne aufzufallen. Und insgesamt musste die ganze Maßnahme unter strengstem Schutz stattfinden.

Ein weiteres Problem stellte die Finanzierung der Maßnahmen dar. Fürst Abel erklärte sich aber bereit, die Zitadelle im Anschluss an die Restaurierung als Kulturdenkmal der Öffentlichkeit zur Verfügung zu stellen – bis auf einen kleinen Bereich für ihn und seine Familie. Der Präsident wies ihn darauf hin, dass zumindest sein Enkel durchaus noch fruchtbar sein würde, ja sogar sein müsse. Und dafür gegebenenfalls Platz brauchen würde. Der Fürst aber entgegnete lachend, dass dessen Frauen mit ihren Familien in der nahegelegenen Altstadt angesiedelt werden könnten. Dort sei

genug Platz – nach der Restaurierung. Er selbst habe zwar nicht vor, sich um weiteren Nachwuchs zu bemühen, aber eine nette Pflegerin würde er nicht ablehnen. Und wenn sich diese dann …
Die Herren lachten.

In diesen Zusammenhang hatte sich der Präsident zwischendrin an Gabor gewandt und ihn gefragt, ob er schon eine Freundin oder gar eine Frau habe … Gabor hatte verneint und erwähnt, dass er erst elf Jahre alt sei und noch keine Kinder zeugen könne. Der Präsident lächelte und meinte, dass elf nicht zu jung wäre. Und dass er demnächst sicher soweit sein würde …

Am nächsten Tag, nach dem Mittagessen, fragte der Präsident ganz unverblümt den alten Fürsten, wie er sich die Zukunft seiner Familie vorstelle – schließlich müsse man ja auch im politischen Raum Vorsorge treffen, damit möglichst gute und schöne Geschichten um die Familie Ebandó verbreitet würden … Und erwähnte nebenbei, dass seine zweite Ehefrau (eine Tochter des aktuellen Kultusministers) eine entzückende Tochter im heiratsfähigen Alter habe, die für den Prinzen Gabor doch eine gute Ehefrau darstellen könnte …

Der alte Fürst war etwas erstaunt – hatte er sich doch mittlerweile an seine Rolle als Oberhaupt einer bedeutenden Familie gewöhnt. Und angenommen, dass für seinen Enkel ausschließlich Ehefrauen aus den „Großen Familien" in Frage kommen würden. Also mindestens sechs Ehefrauen. Allerdings – der Präsident war zwar nicht direkt aus einer Fürstenfamilie, aber doch aus einer geachteten Zweiglinie der Familie Dannau. Er nickte daher langsam und meinte dann:

„Ja, es kann nicht schaden, wenn der Prinz schon einmal seine Fähigkeiten entwickeln kann. Er wird einiges zu leisten haben … was ich nicht habe leisten können …"

Und so wurde der Junge auf seine Pflicht als Beschäler einer möglichst großen Familie vorbereitet.

Er erfüllte diese Pflicht ein halbes Jahr später. Und fand Gefallen daran, so dass er sich in den folgenden Jahren emsig um möglichst zahlreichen Nachwuchs bemühte. Die organisatorischen Rahmenbedingungen dafür hatten sich bald ergeben: die verschütteten Kunstschätze (und große Mengen Edelmetall) konnten aus dem Brunnen geborgen werden und stellten ein sehr solides Fundament für die Entwicklung einer Familie dar. Auch konnten aus den bisher entdeckten „Großen Familien" durchaus geeignete Ehefrauen gefunden werden. Die Familie wuchs also und wurde im Laufe der Zeit wieder in den Medien und in der Öffentlichkeit präsent. Selbst der alte Fürst zeugte noch zwei Kinder – zwei Mädchen, die später gut verheiratet werden konnten. Er selbst lebte noch fast zehn Jahre. Bestattet wurde er in der Gruft seiner Vorfahren in der Zitadelle, die zu diesem Zeitpunkt wieder zu einer glanzvollen Festhalle entwickelt worden war – zum Ruhme der Familie Ebandó.

4. Kapitel: Die Anderen

Der übereifrige Polizei-Offizier war also seine Streifen losgeworden und war unehrenhaft entlassen worden. Er tobte vor Wut und Enttäuschung. Wie hätte er wissen können, dass so ein verlauster kleiner Schmutzfink zum oberen Ende der Gesellschaft gehören würde? Sein Kollege hatte zwar bedauernd „Siehste?" gesagt. Aber das hatte ihn noch wütender gemacht. Und nachdem er begriffen hatte, was es mit den Domé im Allgemeinen und den Zeugen seiner Schande im Besonderen auf sich hatte, nagten Rachegedanken an ihm. Das konnte man nicht mit ihm machen! Das waren alles Verbrecher!! Die musste er stellen!!! Und unschädlich machen!!!!

Er sah sich in seiner nun reichlichen Freizeit im Internet um. Und entdeckte Webseiten, auf denen behauptet wurde, dass die Lebewesen, die sich „Domé" nannten, keine Menschen wären, sondern Außerirdische in Menschengestalt. Die den echten Menschen das Leben aussaugen und sie verdorren ließen wie Stroh … Und die, wenn man sie nicht stoppen würde, demnächst die Erde übernehmen und die echten Menschen versklaven würden. Wie es die Kolonialherren aus Europa schon früher getan hätten. Die seien auch solche Unholde gewesen, bevor man sich ihrer entledigt hätte!

Der ehemalige Offizier namens Kanto Begele hatte Gleichgesinnte gefunden. Und einen Job als Personenschützer in einer Detektei angenommen. So konnte er ausgiebig nach dem Bösen Ausschau halten und Maßnahmen zur Ausrottung vorbereiten. Man würde ihn als Erlöser von der Pein feiern – hinterher … Wenn er sie alle, alle erledigt hätte … Vor allem den Präsidenten, diesen Hurensohn, der ihn …

Er observierte daher in Absprache mit seinen Gesinnungsgenossen gezielt mehrere ausgewählte Standorte. Besonders konzentrierte er sich nach einer Weile auf die Bettler und Diebe in der Zitadelle. Dort gab es etliche Domé, wie diese stolz ausposaunt hatten … Die Bettler hatten eine Wachmannschaft gebildet, die beinahe militärische Züge angenommen hatte. Es gab einen Chef und Offiziere, die vor allem von den Domé besetzt wurden. Selbst das Fußvolk war dazu übergegangen, in geregelten Gruppen aufzutreten. Waren die Bettler früher eine lockere Organisation gewesen, die vor allem die Standplätze im Ort nach Alter und Rang vergab, war die neue Bettlergilde klar organisiert. Und aufgenommen wurde man erst nach einer strengen Prüfung.

Als ehemaliger „Bulle" hatte Kanto Begele durchaus Sympathisanten in diesem Milieu. Allerdings war man ihm gegenüber auch vorsichtig – wusste man doch, dass es Leute gab, die „Undercover" arbeiteten. Und nur zum Schein ausgestoßen worden waren. Man musste gerade bei solchen vorsichtig sein. Also hielten sich die meisten von ihm fern.

In Laufe der Wochen und Monate änderte er seine Lebensgewohnheiten. Seine einzige Ehefrau und die kleine Tochter hatte er kaum mehr besucht, dann verlassen. Essen wurde nur „auf die Hand" gekauft, nicht mehr selbst zubereitet. Manchmal auch geklaut. Geschlafen nur bei Gelegenheit; oft nur im Freien. Er glich sich immer mehr den Bettlern an – er hatte wie sie kein Ziel mehr im Leben – er lebte nur noch in den Tag hinein. Und glich auch immer mehr einem Landstreicher – die Kleidung wurde immer zerlumpter, meist lief er barfuß oder in zerrissenen Sandalen herum.

Und so streunte er eines Morgens durch die Zitadelle – ohne Ziel, nur zum Spaß, wie er sagte. In der Zitadelle wurde aber mittlerweile intensiv gearbeitet, vor allem in dem hinteren, dem offiziellen Teil, so dass er die Arbeiter störte und diese ihn wegscheuchten. Was wiederum seine Stimmung verdarb. Er schimpfte und verfluchte die undankbare Welt.

Zu den Baufahrzeugen gesellte sich kurz vor Mittag ein kleines Geländefahrzeug – der Architekt kam mit zwei Mitarbeitern zur Kontrolle der Arbeiten. Und mit ihm kam ein Junge, der Kanto bekannt vorkam. Prinz Gabor Ebandó hatte sich aus Neugier an diesem Tag freigemacht und wollte die Fortschritte begutachten. Allerdings war er längst kein „kleiner, verlauster Schmutzfink" mehr, sondern nicht nur um einiges gewachsen, sondern auch standesgemäß gut gekleidet. Und freundlich, wenn auch bestimmend zu seinen deutlich älteren Begleitern, die ihn hochachtungsvoll behandelten. Vertrat er doch den Bauherren … und würde selbst der Bauherr sein – in absehbarer Zeit …

So viel Erfolg und Wohlsein ergrimmte Kanto Begele – er stieß einen Schrei aus und stürmte auf den Jungen zu. Er hatte sein Messer herausgerissen und machte Anstalten, den jungen Prinzen zu erdolchen. Wurde aber dabei von dem Hund Rex und einem der Bettler, die zwischen den Baufahrzeugen versteckt für Sicherheit gesorgt hatten, von beiden Seiten überrannt und zu Boden geworfen. Der Hund wollte dem Angreifer an die Kehle gehen, der Bettler hielt die Beine fest. Kanto Begele schrie weiter und versuchte vehement, beide abzuwehren, wobei er mit dem Messer um sich stach und den Bettler schwer verletzte. Noch weitere Sicherheitsleute sprangen hinzu, um den jungen Prinzen in Sicherheit zu bringen. Als Kanto erkannte, dass es keinen Ausweg mehr für ihn gab, schrie er nochmals laut auf und stieß sich dann das Messer mit aller Wucht quer durch die Kehle. Er verblutete innerhalb weniger Sekunden, die erloschenen Augen weiterhin auf seinen Feind, den „kleinen, verlausten Schmutzfinken" gerichtet.

Prinz Gabor aber stand wie schon einmal starr und schaute an, was er – diesmal ungewollt – veranlasst hatte. Aber so viel hatte er verstanden: Als Regent würde er nicht von allen Menschen geliebt und verehrt werden. Also würde er sich in Zukunft bemühen müssen, zu vermitteln. Und zu befrieden.

Unter den Anwesenden befand sich ein junger Handwerker namens Elias Dupont, ein Automechaniker. Er war vor einigen Jahren, nach dem Tod der Eltern, aus dem Nachbarland zu Verwandten in die große Hafenstadt gekommen, um hier Arbeit zu suchen. Und zu finden. Aber die Suche war schwierig verlaufen. Seine Verwandten hatten ihm kaum helfen können. Zwar hatten sie ihn eine Weile bei sich wohnen lassen. Aber ihn nirgends unterbringen können. Also hatte er sich mit Gelegenheitsarbeiten durchgeschmuggelt. Um wenigstens die Miete für das Bett und die Mahlzeiten aufbringen zu können. An jenem Tag war er mit einer Gipserkolonne unterwegs gewesen, denen er die schweren Kalk- und Gipssäcke trug und sonstige Hilfsarbeiten erledigte: Brotzeit holen, Wasserflaschen besorgen und verteilen, den Boden fegen, Schalbretter reinigen. Und vieles mehr.

Zufällig stand er in der Nähe, als der „Terrorist" den jungen Prinzen angreifen wollte und überwältigt wurde. Und er erlebte die Selbsttötung des verrohten Menschen. Er war entsetzt und hilflos. Er hatte dann dem Prinzen die Flasche mit Tee, die er eigentlich seinem Polier hätte bringen sollen, zur Ablenkung von dem Elend gereicht und ein freundliches, wenn auch erschüttertes Lächeln erhalten.

An dem Abend, nach der Arbeit, ging Elias nicht mehr zu seinen Verwandten zurück, sondern suchte die Imbissbude auf, wo er sich – in letzter Zeit ziemlich häufig – belegte Brote gekauft hatte. Grund war aber nicht die Qualität der Brote – die auch nicht schlecht war – sondern das junge Mädchen, das die Brote verkaufte. Sie hieß Eladé. Sie kam ihm wie ein Engel vor, schön und zart und lieblich. Kurzum – er hatte sich in sie verliebt. Und da er entschieden hatte, diese grausame Stadt, in der er keine Zukunft für sich sah, zu verlassen, wollte er sie fragen, ob sie mit ihm kommen würde. In seine Heimat. Er hatte sich überlegt, ob er nicht doch die Schlosserei seines Onkels übernehmen sollte – der hatte sie ihm schon früher angetragen, aber sie war so schlecht geführt, dass sie kaum Ertrag brachte. Er hatte damals keine echte Chance für sich und seine (noch zu gründende) Familie gesehen. Aber nun – nach einem solchen Leben, im Elend – und mit Mord und Wahnsinn in seiner Nähe – wollte er nur noch fort. Und die Schlosserei erschien ihm nun als durchaus akzeptable Alternative.

Die junge Frau war über seinen Heiratsantrag erstaunt. Aber auch durchaus geschmeichelt. Hatte sie bisher noch keinen guten Ehemann finden können. Zwar konnte sie sich einigermaßen selbst versorgen. Aber es gab so viel Konkurrenz. Und der Herr Elias war ja so nett …

Am nächsten Tag – Eladé hatte ihre Imbissbude an eine Freundin verkaufen können – saßen sie im Bus nach Norden. Und hofften auf eine gute Zukunft.

Ω

5. Teil
Das Haus Bradé

Domé

- 154 -

1. Kapitel: Familienleben

Mamoud Borval hatte Stress. So ein Ärger! Da lebte er sein gemütliches Leben als geachteter Bürger, alles lief glatt, man hatte standesgemäß drei Ehefrauen und etliche Kinder – und immerhin schon fünf Söhne, also eine richtige, ordentliche Familie; wie es sich gehörte! Und ein ordentlich laufendes Geschäft ... Und nun **das**!

Er hatte zufällig im Fernsehen – ja, sowas hatte er! – dem Präsidenten bei einer Ansprache zugehört – als treuer und staatstragender Bürger musste man das schließlich. Und dann hatte der nächste Redner ihn „erweckt". Mamoud Borval war empört. Er gehörte nun – ohne es zu wollen – zu einer Gruppe von Separatisten! Leute, die eine andere politische Ordnung anstrebten und die womöglich scheel angesehen würden. Gift für das Geschäft! Dass der Präsident **das** zuließ! In der Presse hatte man ja schon davon gehört, dass in den Nachbarländern, weit im Norden und Westen alte Burgen entdeckt worden waren. Mit ungeheuren Schätzen an Gold und Edelsteinen! Und nun sollte auch **er** dazugehören!!! Wo waren bei ihm das Gold und die Edelsteine? Wie gesagt, Mamoud Borval hatte Stress.

Leise vor sich hin schimpfend ging Mamoud hinüber in den Empfangsraum seines Geschäfts – er handelte mit allem Möglichen, was gerade gefragt war. Darin war er gut. Hatte gute Beziehungen zu vielen Geschäftspartnern. Und seine Kunden waren sehr zufrieden – jedenfalls meistens. Zum Glück war das Internet noch nicht so richtig in Bradel angekommen. Sodass die Kunden keine Preisvergleiche anstellen konnten. Aber Mamoud hatte sich gewappnet. Immerhin konnte er im schlimmsten Falle darauf hinweisen, dass die Transportkosten so hoch wären ... und die Verpackungen ... und die Zwischenhändler ... und die Versicherungen!

Er ging also zu seinem Kunden, der im Empfangsraum auf ihn wartete. Wie üblich mit etlichen sachkundigen Freunden und Verwandten zur Unterstützung. Es galt also, jede Menge Tee und Knabberzeug bereitzustellen. Aber das hatte sein Sekretär schon sachgemäß erledigt. Er würde ihn später ein wenig loben müssen.

Während der Verhandlungen – es ging um eine Lieferung von 1.500 Metern Maschendrahtzaun für die Weide eines Landwirts nebst Pfosten und Material – stellte Mamoud fest, dass einige der Anwesenden ebenfalls „Domé" waren. Er war alarmiert! Würden die etwa in seinen Kopf schauen können? Er hatte allen die Hand zur Begrüßung geschüttelt und bei einigen Irritationen ausgelöst. Also waren die wohl auch, nun von ihm, „erweckt" worden. Ohne dass er das gewollt hätte …

Und tatsächlich – drei der „zusätzlich Anwesenden" waren ebenfalls Domé. Und waren dabei, fröhlich in seinem Kopf spazieren zu gehen. Panisch versuchte er, den Zugang zu verschließen. Aber es war zu spät. Den grinsenden Gesichtern nach zu urteilen, waren sie schon genau über seine Geschäftsmethoden informiert. Also hieß es „gute Miene zum bösen Spiel" zu machen. Immerhin konnte er auch seinerseits die Absichten der anderen erkennen – und einen Stillhaltepakt aushandeln. Schließlich waren mit dem eigentlichen Kunden noch weitere vier Männer anwesend, die keine Domé waren und nun etwas irritiert über den sonderbaren und sprunghaften Verlauf der Verhandlungen waren. Immerhin hielten die anderen Domé in der Folge den Mund. Mamoud ließ sie zwar nicht aus den Augen (und aus dem Sinn), konzentrierte sich aber auf die Argumente der restlichen Gruppe. Schließlich einigte man sich – zwar nicht ganz so, wie sich Mamoud das gewünscht hätte. Aber man einigte sich!

◆

Anschließend ging er mit seinen Gästen in die Moschee, denn es war Zeit für das Abendgebet. Auch hier entdeckte Mamoud etliche Domé, die wie er am Nachmittag vom Fernsehen erweckt worden waren – oder von den anderen Gläubigen durch Berührungen. Das war zwar einerseits beruhigend, aber andererseits bedeutete dies, dass er sich in Zukunft wappnen musste im Geschäft. Und im Privaten.

Anschließend ging er zu Saphira, seiner ältesten Ehefrau, zum Abendessen. Er war etwas schlapp mittlerweile und würde seine ehelichen Pflichten ausnahmsweise aussetzen müssen – Saphira war da mittlerweile (zum Glück) nicht mehr so anspruchsvoll wie seine jüngste Frau. Er wurde wie üblich rücksichtsvoll empfangen und versorgt. Das war Balsam für seine Seele. Seine beiden Söhne aus dieser Ehe waren nicht anwesend – sie hatten bereits eigene Familien gegründet. So wie er schon mit 18 Jahren. Und hatten ihm schon Enkel gezeugt. Mamoud war diesbezüglich zufrieden. Die drei Töchter von Saphira waren noch im Hause und halfen ihrer Mutter. Immerhin sollte Alba, die älteste, möglichst bald verheiratet werden. Mit 17 Jahren war sie voll erblüht und zog schon Interessenten an – sie würde eine gute Auswahl haben! Und eine gute Partie darstellen mit dem Haushaltsgeräteladen ihrer Mutter, den sie bald übernehmen würde. Ihre Mutter hatte ihm schon einige Heirats-Kandidaten genannt und ihn beauftragt, entsprechende Kontakte zu knüpfen. Zwei der Kandidaten sagten auch ihm zu – sie würden die geschäftlichen Beziehungen erfreulich ergänzen und somit stärken …

◆

Am nächsten Morgen machte er zunächst einmal – in Abweichung von seinen üblichen Gepflogenheiten, die eine weitere Tasse Tee und die Morgenzeitung beinhalteten – eine Runde zu seinen Söhnen. Er wollte kontrollieren, ob sie auch ihre Erweckung gehabt hatten. In der Nacht hatte er nämlich Zeit gehabt, seine Erinnerungen an eine glorreiche Zeit zu betrachten. Da gab es jede Menge Empörungspotential: Zum Beispiel hatten die Leute damals dubiose Sonnengötter angebetet statt Allah. Es war unglaublich – da hatten seine Vorfahren merkwürdigen Gebräuchen gehuldigt. Statt der Wahrheit, die sein Namenspatron Mohammed verkündet hatte … Er tröstete sich damit, dass die Leute damals, vor viertausend Jahren, die Wahrheit noch nicht wissen konnten. Empörend war es aber schon!

Immerhin hatte er aber festgestellt, dass er wohl aus einer Fürstenfamilie stammte. Also in der Welt der Domé eine besondere Rolle spielen müsste. Er begann daher den Morgen mit einem Rundgang zu den anderen Domé im Ort. Zu allererst aber zu den Söhnen.

Der älteste, Ali, lebte bei seiner bisher einzigen Ehefrau über seiner Sattlerei – ein Beruf, den Mamoud als ein wenig deklassierend empfand. Aber natürlich schon wichtig. Immerhin war Ali in seiner Werkstatt anwesend und begrüßte ihn angenehm ehrerbietig. Mamoud segnete ihn daraufhin und Ali strahlte. Verneigte sich vor ihm und bot ihm eine weitere Tasse Tee und Gebäck an. Zeigte sich sehr zufrieden mit seiner Abkunft und dankte seinem Erzeuger für sein Leben und seine Vergangenheit. So eine bedeutende Familie! Mamoud war zufrieden.

Bei seinem zweiten Sohn, Benga, war der Widerhall weniger euphorisch. Benga war Verkäufer bei einem Autohändler und konzentriert auf möglichst gute Geschäfte. Und das oft ein wenig zu sehr am Rande des eigentlich Zulässigen … Wie sein Vater musste er sich nun damit beschäftigen zu verhindern, dass die Kunden den Inhalt seines Kopfes allzu genau untersuchen konnten. Aber immerhin – die Abkunft war zukunfts- und werbeträchtig. Und dann konnte man sich ja auch auf die Nicht-Domé als Kunden konzentrieren … Da gab es genügend Potential …

Nach dem Besuch bei einigen Kollegen war es beinahe Mittag geworden und er meldete sich bei Joana an, seiner zweiten Ehefrau. Ihr bisher einziger, 11-jähriger Sohn war gerade aus der Schule zurück und konnte gesegnet werden. Mamoud war zufrieden mit dem Resultat – der Junge war höflich, aber etwas schüchtern. Außerdem bemerkte er, dass der Junge etwas zu verbergen versuchte. Aber Mamoud war guter Laune. Er examinierte ihn daher nicht allzu streng. Dafür herzte und küsste er das kleine, siebenjährige Töchterlein – eine entzückende kleine Maus, die ihm immer wieder Freude bereitete.

Nach dem Mittagessen zog sich Mamoud mit Joana in deren Schlafzimmer zurück, denn es war Donnerstag.

Am Nachmittag widmete er sich wieder seinen Geschäften. Sein Assistent hatte bereits alles Wichtige wegen des Zaunes vorbereitet. Er musste den Vertrag also nur noch durchgehen und unterzeichnen. Zum Glück war der Assistent kein Domé – er hatte die gestrigen Turbulenzen also nicht mitbekommen. Mamoud lobte ihn also „ein wenig".

TOA
TOMA

Zum Abendessen hatte er sich – ganz gegen seine Gewohnheit – bei seiner jüngsten Ehefrau angekündigt. Die war zwar etwas verärgert wegen der Programmänderung, hatte dann aber eingewilligt. Eigentlich hätte sie sich mit einer Freundin bei der Friseurin ihres Vertrauens angemeldet … Ihre Zöpfchen mussten neu gerichtet werden – schließlich wollte sie für ihn so schön wie möglich aussehen … Das brachte ihn zum Schnurren.

Also tauchte Mamoud mit einem kleinen Präsent auf – einem Schächtelchen Süßigkeiten, denn Amma war eine Süße – und wurde gnädig empfangen. Seine schmusige Gattin tändelte mit ihm herum, schnäbelte mit ihm und bestätigte, dass er ihr großer Bär sei, der einzige …

Seine zwei Buben waren derweil auf ihrem Zimmer und spielten. Der eine war fünf Jahre alt, der jüngere zwei Jahre. Als Amma sich zusammen mit Erga, ihrer Cousine, dem Abendessen widmen wollte, ging Mamoud also in das Kinderzimmer, um seine Söhne zu segnen. Die beiden spielen ernsthaft und ruhig mit Bauklötzchen an einem kleinen Tisch. Mamoud betrachtete sie stolz und setzte sich neben sie. Aber schon als er sich näherte, merkten die beiden auf und wirkten erschrocken. Mamoud fasste den Älteren an und legte seine Hände segnend auf den kleinen Kopf – und spürte seine Gegenwart. So wie der Kleine die seine spürte und erschrocken den Kopf drehte. Mamoud wurde zornig, erfasste dann aber den Grund: der Kleine war nicht sein Sohn! Ein Domé ja, aber nicht aus seinem Samen, nicht mal aus seiner Familie! Ein Kamal war das, aus einer Seitenlinie. Weit aus dem Norden, fast aus der Wüste! Von den Hungerleidern!! Eine Schande!!!

Und dann sah er im Kopf des Buben auch dessen Vater. Wie er mit dem Kleinen spielte und ihn stolz auf dem Arm hielt! Der junge Mann von nebenan. Ephraim mit Namen.

Zitternd vor Wut wandte sich Mamoud dem Jüngsten zu. Das Ergebnis dieser „Segnung" war das Gleiche. Noch ein Ephraimssohn! Er sprang auf, während die Buben lauthals angefangen hatten zu weinen. Die Mutter kam erschrocken und verärgert in das Zimmer gelaufen und stellte sich schützend vor ihre Söhne. Sie wollte wissen, warum er die Kinder so erschreckte – was wäre er doch für ein Rabenvater …

„Was Vater?" schrie Mamoud erbost, „die sind ja von dem Nachbarssohn, der angeblich so freundlich ist! Hat dir wohl beim Bettenmachen geholfen, der Hurensohn!"

Es folgte das übliche Eheduett – hohes Kreischen folgte auf heiseres Brüllen, extempore begleitet von zwei hohen Kinderheulern. Dann knallten die Türen.

Mamoud hämmerte an die Haustüre nebenan und verlangte von der alten Frau, die öffnete, dass sie ihn sofort zum Sohn des Hauses führte. Die wusste nicht, was sie tun sollte, also drängte er sich aufs unhöflichste an ihr vorbei in den Korridor. Dann in das zum Abendessen bereitete Esszimmer. Hier fand er schon den Hausherren und dessen Sohn vor. Angesichts des erbosten „Gehörnten" wollte sich der Jüngere verdrücken, sein Vater hinderte ihn aber daran. Dann standen sich die Drei gegenüber und tauschten ihre Gedanken aus.

Das Ergebnis des Austausches war durchaus angemessen: Der junge Liebhaber war zerknirscht und bereit, die Konsequenzen zu tragen. Das bedeutete, dass er die Mutter seiner Kinder heiraten musste, nachdem diese sobald wie möglich geschieden worden war. Mamoud verstieß also die Untreue und verzichtete auf die Vaterschaft. Der Großvater der beiden Kleinen war halb verärgert (er hatte mit seinem Sohn ganz andere Zukunftspläne gehabt), halb stolz auf seinen unverhofften Nachwuchs. Bisher hatte sich der Junior wenig als Familienmensch gezeigt und der Senior hatte Bedenken, was seine Eignung als Erzeuger einer vorzeigbaren Linie von Enkeln und Urenkeln anbelangte. Und nun gleich zwei Enkel auf einmal! Und so hübsche und artige!

Auch Mamoud war einigermaßen beruhigt darüber, dass er wenigstens dieses Problem vom Hals hatte. Es bedeutete zwar einen herben Imageverlust – schließlich ist ein gehörnter Ehemann immer eine lächerliche Gestalt. Aber der Schaden war begrenzt. Er hatte ja immer noch drei echte Söhne. Er ging also einigermaßen beruhigt nach Hause. Am nächsten Tag würde er seinen Rechtsanwalt bemühen müssen wegen der Formalien. Und er würde den Vater seiner untreuen Gattin aufsuchen müssen, um eine angemessene Entschädigung auszuhandeln. Schließlich hatte er für die Kuckuckskinder Unterhalt zahlen müssen!

Er überlegte, bei welcher seiner verbliebenen zwei Frauen er die Nacht verbringen sollte. Schlussendlich ging er zu seiner ersten Frau Joana. Diese konnte sich allerdings einige bissige Kommentare über ihre unzuverlässige „Freundin" nicht verkneifen.

2. Kapitel: Geschäfte

Mamoud Borval hatte sich beruhigt. Einige Unterhaltungen in der Moschee mit Glaubensgenossen einerseits und verwandter Domé andererseits hatten ihn zu der Erkenntnis geführt, dass es doch nicht so schlimm um ihn stand – er würde nicht nach seinem Tode in der Hölle schmoren, gebrandmarkt als Ungläubiger und Sonnenanbeter, in ewiger Verdammnis. Außerdem musste man als Domé notgedrungen tugendhaft sein, denn man war ja jederzeit von den anderen kontrollierbar! Er jedenfalls hatte sich nichts vorzuwerfen. Er hatte sein Sündenregister geprüft und nicht viel darin gefunden. Ein wenig Völlerei gelegentlich, wenn es hochkam … Mit der Wollust war seit einiger Zeit sowieso nicht mehr viel los … Gemordet hatte er noch nie … ein Dieb war er nicht … Auch die sonstigen Todsünden trafen auf ihn nicht zu … Er hatte sich immer an Allahs Gebote gehalten … Vielleicht sollte er etwas großzügiger sein gegenüber den Armen und Bedürftigen … Mamoud Borval war in sich gegangen. Und hatte durchaus etwas Potential zur Verbesserung gefunden. Er war also ein wenig zerknirscht.

Daneben hatte er aber feststellen müssen, dass seine Abkunft Besonderes von ihm verlangte. Nachdem ihm sein Kumpan Helmo – ein Freund aus frühen Kindertagen und ebenfalls ein Domé, wenn auch ein Ebandó – darauf hingewiesen hatte, dass er bestimmt aus der fürstlichen Familie der Bradé stammte, war er doch ein wenig neugierig geworden. Und hatte nachgefragt bei allen greifbaren Domé. Und hatte feststellen müssen, dass er wohl das Oberhaupt der Bradé sein musste. Sein Vater war vor zwei Jahren bei einem Unfall gestorben. Einen Traktor hatte er der Kundschaft vorführen wollen. Und der hatte ihn überrollt … (Er selbst hatte dann den Traktor noch sehr günstig verkaufen können …) Onkel oder Großonkel hatte er seines Wissens keine. Also musste es wohl so sein. Und nachdem er sich mit neuem Interesse in dieses Thema vertieft hatte, stellte er fest, dass mehrere Fürstenhäuser der Domé gefunden worden waren. Und dass es sich um äußerst honorige Menschen handelte. Und dass sie zusammen nur sieben sein würden.

Also ein sehr exklusiver Verein … In einigen Nachrichtenmagazinen wurde sogar spekuliert, ob nicht – in nicht allzu ferner Zukunft – die Fürstenhäuser wieder ihre historische Funktion in Mittelafrika übernehmen könnten. Nicht als Politiker, sondern als Repräsentanten ihrer Völker. Und als Berater. Mamoud schwindelte es bei dem Gedanken, dass er möglicherweise irgendwann einmal gezwungen sein würde, vor einer Menschenmenge reden zu müssen. Dass sein Bild überall auf der Welt gezeigt werden würde, als Vorbild für die Menschheit … Er würde also seine Familie etwas repräsentativer gestalten müssen. Seine Söhne vor allem … Der Ali als der nächste Fürst nach ihm – ein Sattler? Der andere ein Autohändler? Gut, er hatte gelesen, dass auch einer der höchsten Mitglieder der Königsfamilie ein Autohändler sein sollte. Aber es sollte schon etwas Besseres sein …

Mamoud schwindelte es. Diese Aussichten waren wahrlich erschreckend. Und er würde sich noch mehr zusammennehmen müssen. Privat und im Geschäft. Alles würde dem Licht der Öffentlichkeit ausgesetzt sein! Mamoud schwindelte es noch mehr.

Andererseits – Fürst Mamoud Bradé wäre schon ein prachtvoller Name. Und fürs Geschäft optimal … Er würde seine Söhne ins Geschäft integrieren müssen, das wäre sicherer … bessere Kontrolle … weniger Aufsehen …

Jedenfalls würde er als nächsten Schritt mit dem Prinzen von Domé Kontakt aufnehmen müssen, um zweifelsfrei feststellen zu können, ob die Vermutungen zuträfen. Er beauftragte daher seinen Sekretär, im Internet die Verbindungen zu prüfen. Und wenn er erfolgreich wäre, die Reisemöglichkeiten zu prüfen und passende Fahrkarten zu besorgen – mit dem Auto wäre die Reise wahrscheinlich zu lang. Über 700 Kilometer.

♦

Am nächsten Tag legte ihm sein Sekretär, Bolba Mandu mit Namen, einen Stapel mit ausgedruckten Informationen auf seinen Schreibtisch – etwa fünfzig Seiten. Mamoud seufzte angesichts dieses Haufens an Informationen und erläuterte dem Mitarbeiter nun den tatsächlichen Grund für die geplante Reise. Der war angemessen erstaunt und verneigte sich ehrfürchtig vor seinem Arbeitgeber. Er suchte sofort die relevanten Informationen aus dem Stapel. Da gab es eine offizielle Webseite der Baugesellschaft, die in Domé das neue Stadtzentrum erstellte, die Museumsgesellschaft, die den Palast dort restaurierte. Und viele weitere Seiten. In allen Fällen war der Prinz erwähnt. Aber nur in einem Fall gab es einen Verweis auf die persönliche Webseite des Prinzen. Und dort konnte man einen Zugangscode für die Fürsten des ehemaligen Königreichs anfordern. Mamoud entschied, dass er dazu berechtigt wäre und beauftragte den Sekretär, das Erforderliche zu veranlassen.

Was dieser umgehend tat. Und umgehend Antwort erhielt: einen Fragebogen zu verschiedenen Kriterien und Bitte um Nachweise. Mamoud schnaubte – er würde sich nur persönlich dem „Großen Domé" präsentieren, der würde dann alles wissen!

Die Antwort ließ etwas auf sich warten – offensichtlich musste auch in Domé ein Sekretär seinen Arbeitgeber um Rat fragen.

Eine sehr höfliche Antwort bat um Vergebung – man würde umgehend einen Privattermin ermöglichen – wann er denn disponibel sei …

Mamoud tat so, als ob er seinen Terminkalender prüfen müsste – dabei war sein Leben äußerst geregelt und verplant. Und er kannte alle Verpflichtungen genau. Aber er tat so, als ob er einen ungewohnten Termin herausbrechen müsste aus seinem täglichen Allerlei. Unter Berücksichtigung aller Familienverbindlichkeiten (und dazu gehörten nicht nur seine Verpflichtungen des Ehebettes) entschied er sich für den Mittwoch der kommenden Woche.

Der Sekretär protestierte. In so kurzer Zeit würde man unmöglich einen Flug buchen können. Und die Verbindungen vom Hauptstadtflughafen zur neuen Stadt Domé seien sicher nicht gut …

Mamoud aber würdigte dem Protest keine Aufmerksamkeit, sondern rief persönlich im örtlichen Fliegerklub seinen Kumpel Helmo an. Der hatte einen Flugschein, eine Lizenz für den Postdienst und Zugriff auf ein Kleinflugzeug mit Platz für drei Mitreisende. Mamoud bat ihn um einen Flug für zwei Personen an dem besagten Mittwoch. Und erhielt eine Zusage – das laufende Geschäft mit dem Transport von Express-Paketen und Post war für die kommende Woche eher flau – da könne man einen Tag einschieben – also eigentlich zwei Tage mit Übernachtung. Anflug am Tag zuvor, Audienz um zehn Uhr beim Prinzen und Rückflug am Abend. Mit einer Option für den nächsten Tag, falls Einladungen oder ähnliche Unwägbarkeiten auftreten sollten.

Mamoud beauftragte also den Sekretär damit, für den Dienstag drei Zimmer in einem Hotel zu buchen. Sowas müsse man mittlerweile ja haben in einem aufstrebenden Ort wie Domé … Und er, der Sekretär, solle sich zum Mitreisen bereitmachen. Der Sekretär protestierte – an diesem Tag lägen wichtige persönliche Verpflichtungen vor. Der Geburtstag seiner kleinen Tochter …

„Papperlapapp!" rief Mamoud, „dafür gibts auch eine Gratifikation!" und ergänzte dann: „Davon können sie ihrer Kleinen was Nettes kaufen. Und ihrer Gnädigsten auch!"

Der Sekretär schwieg. Und bereitete die Reise vor. Mamoud kümmerte sich vor allem um seine Garderobe – sein „großer Auftritt" sollte beeindruckend sein. Wenn er denn stattfand … Alles andere würden der Prinz und die anderen Fürsten schon herausfinden.

Der angehende Fürst Bradé hatte sich mittlerweile intensiv mit der Geschichte seiner Vorfahren beschäftigt. So hatte er erfahren, dass die Fürsten Edelsteine getragen hatten. Und dass die Nachkommen die Ringe dazu in ihrem Besitz haben sollten. Mamoud grübelte. Er konnte sich nicht erinnern, jemals so etwas gesehen zu haben. Obwohl die Familie schon sehr lange im Ort ansässig war und selten etwas weggegeben worden war. Immerhin hatte er vor vielen Jahren dem ältesten Sohn, als der noch ein Kind war, eine Kiste mit wertlosem „Kruscht zum Basteln" gegeben. Es würde sich sicher lohnen, danach zu fahnden.

Er begab sich also zu Ali und fragte nach dem „Kruscht". Der hatte ebenfalls seine Erinnerungen durchgekramt und war nicht fündig geworden. Allerdings hatte er einiges Material zur Seite gelegt, das er vielleicht einmal anderweitig verwenden konnte. Sie machten sich also auf die Suche nach einem ringähnlichen Objekt. Mamoud hatte es mittlerweile genau in den Erinnerungen gesehen: ein schmaler Ring mit ebenso schmalen Krallen … wie ein Krake.

Zwischen verschiedenen Metallresten, Drahtbündeln und Verschlüssen entdeckte Ali nach langer Suche einen Gegenstand, der dem gewünschten Ring entsprach. Er musste allerdings zurechtgebogen werden, bis er einigermaßen der Fassung des amethystenen Rings entsprach. Ali gab seinem Vater daraufhin eine Zange mit, mit der man gegebenenfalls die Fassung bearbeiten könnte. Dieser war gerührt und lud ihn daraufhin als weiteren Mitreisenden nach Domé ein. Dankbar willigte der Sohn ein. Er machte aber gleichzeitig seinen Vater darauf aufmerksam, dass bei den anderen Fürsten vor allem der jeweilige Stammsitz eine Rolle gespielt hatte. Und er fragte ihn nach der Burg der Bradé.

Mamoud hatte diese zwar in seinen Erinnerungen schon gesehen, aber bisher nicht verorten können. Sie lag damals mitten im Ort. Nicht besonders erhöht, sondern nur mit einer sehr hohen Mauer umgeben. Hinter die sich die Bewohner des Ortes im Kriegsfalle zurückziehen konnten. Drumherum lag damals ein weiter Platz ohne Bäume, damit Angreifer nicht von den umgebenden Hausdächern die Burg beschießen konnten. Oder sich verstecken konnten.

Ali holte daraufhin eine Stadtkarte und sie versuchten, einen möglichen Standort zu bestimmen. Sie fanden aber keinen Platz oder eine Gebäudegruppe, die diesen Bedingungen entsprach. Einzig ein alter Wachturm am Rande des Ortes konnte als Anhaltspunkt dienen. Das bedeutete aber, dass sich die Burg in einem Bereich befinden musste, der nun eng bebaut war. Wie etwa die Gegend, in der sie selbst gerade wohnten. Die Rückwand von Alis Werkstatt zum Beispiel hatte eine extrem dicke Mauer aus verwitterten Lehmziegeln, die möglicherweise aus der Zeit der Pharaonen …

Mamoud schwindelte es wieder … Das würde bedeuten, dass sie, ohne es zu wissen, schon seit langem in ihrer eigenen Burg wohnten … seit tausenden von Jahren … nun aber als normale Bürger und nicht als Fürsten … sicher, sehr geachtete und mittlerweile auch wieder erfolgreiche Bürger … nach den Europäern … Die

Burg aber war nicht mehr zu retten. Möglicherweise konnten kleine Teile wieder sichtbar gemacht werden. Aber man konnte ja nicht den ganzen Ort umgraben auf der Suche nach den Resten der Vorfahren. Und das Gold und die Edelsteine würden für immer verschollen bleiben …

◆

Am Dienstagmittag fanden sich die Teilnehmer der Expedition auf dem Flugfeld ein. Dieses war nur eine rappelige Piste. Die reichte aber für das kleine Flugzeug aus. Durch das deutliche Mehrgewicht der insgesamt vier Personen rappelte die Piper noch stärker als sonst. Aber der Pilot war das gewöhnt. Und für die Mitreisenden war es nur eine kurze Marter, dann waren sie in der Luft.

Die Reise wurde durch Turbulenzen kaum getrübt. „Nicht mehr als sonst!" war der fröhliche Kommentar des Piloten. Trotzdem – nach fast vier Stunden waren sie froh, dass sie die Marter hinter sich hatten.

Am Flughafen von Domé wurden sie ein wenig kritisch beobachtet – Einreisende aus dem Nachbarstaat wurden trotz der in den vergangenen Jahren vereinfachten Bestimmungen für Visa und Aufenthaltsgenehmigungen noch immer überprüft. Immerhin hatte die Verwaltung des Prinzen einen Vertreter zum Flughafen geschickt, der die Formalitäten zügiger gestalten sollte.

Auf der Fahrt in die neue Stadt Domé wurden die Reisenden etwas enttäuscht – sie hatten eine eindrucksvollere Kulisse erwartet – überall wurde noch gebaut. Die neuen, repräsentativen öffentlichen Gebäude waren zwar weitgehend fertiggestellt, aber noch umgeben von Baugerüsten, Kränen und Baubaracken, Materiallagern und provisorischen Unterkünften. Alles wirkte noch etwas unfertig.

Immerhin – das Hotel war schon seit zwei Jahren in Betrieb und daher gut geführt. Der Chef war ebenfalls ein Domé und erkannte daher den Fürsten von Bradé mit Gefolge auf Anhieb. Und bedauerte außerordentlich. Das Hotel war eigentlich ausgebucht. Deshalb standen keine standesgemäßen Einzelzimmer oder gar eine Suite zur Verfügung. Sondern nur zwei Doppelzimmer, in der

Fürst Mamoud und sein Sohn sowie der Sekretär und der Pilot Platz und Ruhe finden würden. Das Abendessen war aber durchaus standesgemäß – da hatte sich das Hotel, auf seinen guten Ruf bedacht, nicht lumpen lassen. Angenehm gesättigt gingen die Reisenden wieder auf ihre Zimmer. Es regnete draußen und reizte nicht zu einer nächtlichen Exkursion.

◆

Am nächsten Morgen machte man sich ausgehfertig. Das Wetter war strahlend, der Boden nur noch leicht feucht vom Nachtregen. Fürst Mamoud hatte einen neuen Kaftan angelegt, der in den Farben der Bradé gehalten war, wenn auch das Muster nicht ganz historisch korrekt war. Auch sein Sohn war entsprechend gekleidet. Der Sekretär trug seinen besten Anzug, der Pilot ebenfalls die Farben seiner Familie.

Das vereinbarte Ziel war die alte Burg von Domé, die mittlerweile freigelegt und in ihren zentralen Bereichen restauriert worden war. So wurde der große Empfangssaal wieder funktionsgemäß genutzt. Allerdings nur von den „Großen Familien" – für alle anderen Funktionen der Repräsentation des Staates und der Gemeinschaft der Domé war die „Große Halle" im neuen Stadtzentrum geeigneter.

Mamoud war erleichtert, dass die Entscheidung, seine Begleiter zu dem Termin mitzunehmen, richtig gewesen war. So konnte er – mit drei seiner Leute hinter sich – deutlich repräsentativer auftreten.

Der Hofstaat von Domé war breit vertreten: Die Fürsten von Kamal, Doué und Ebandó waren mit Gefolge vertreten, dazu etliche Mitarbeiter. Zeitgleich trafen der Prinz und der Bürgermeister, Bertrand Domé, ein. Statt einer offiziellen Begrüßung trat der Prinz auf Mamoud zu und segnete ihn. Sie erkannten einander … und Mamoud verneigte sich vor seinem Herrscher.

Der Prinz bestätigte die hohe Abkunft des Fürsten und sprach – ungesagt und auf Domé:

„Seht, hier ist wieder einer entdeckt worden, der sich unseren Reihen anschließen kann – der hohe Fürst von Bradé ist hier und möchte aufgenommen werden!"

Und er winkte in Richtung auf den Hintergrund. Hier löste sich der „Hüter der Steine" aus dem Schatten und trat ins Licht, in den Händen ein Kästchen, das mit amethystfarbenem Samt verkleidet war. Stolz präsentierte er den Stein der Bradé, der auf der blassgelben Seide schon hell leuchtete. Mamoud winkte seinen Sohn zu sich, der ihm mit einer Verbeugung die Ringfassung überreichte. Ohne weiteren Kommentar oder eine Bitte um Entschuldigung hielt Mamoud das Objekt noch oben und griff nach dem Stein … hielt ihn an die Fassung … prüfte die Maße und fand, dass noch etwas nachgearbeitet werden müsste. Ali war mit seiner Zange zur Stelle und drehte zwei der fünf Klammern noch etwas nach innen. Dann reichte er ihn wieder seinem Vater, der den Stein in die Fassung schob.

Auch in diesem Fall erfolgte das „Wunder der Steine" und überstrahlte die Anwesenden. Hier leider nicht alle Männer der Bradé, wie es sonst in den „großen Familien" Gepflogenheit geworden war. Aber alle anderen konnten sehen, dass er der echte Fürst von Bradé war.

Fürst Mamoud war stolz und erleichtert. Und er segnete umgehend seinen Erben – seine anderen beiden Söhne würden in Kürze gesegnet werden können. Und vielleicht würden in Zukunft noch weitere dazukommen – ein Fürst Bradé musste schließlich wie alle Fürsten mindestens sechs Ehefrauen haben – aus jedem Fürstenhaus eine … Fürst Mamoud schwindelte es wieder … das würde eine Arbeit werden! Söhne zeugen und großziehen war ein hartes Geschäft! Er seufzte still.

Nach der Einsegnung gab es einen weiteren „offiziellen Teil", in dem er von dem Prinzen durch die Burg und die Stadt geführt wurde. Hier wurde ihm auch ein Bauplatz gezeigt, auf dem die „Große Familie Bradé" eine angemessene, repräsentative Botschaft würde errichten können. Der Prinz deutete auf die zwei bereits im Bau befindlichen Gebäudekomplexe der Fürsten Doué und Kamal und erläuterte das Konzept: Die Botschaften der sechs

Fürstenhäuser sollten sternförmig um die „Große Halle der Domé" angeordnet werden – in einer Gruppierung, die die Wirklichkeit abbilden sollte. Erst in der nächsten Reihe würden die Botschaften anderer Länder kommen ... Ein Projekt mit hoher Symbolkraft also. Nebenbei fragte der Prinz diskret an, ob man möglicherweise helfen könne – bei der Planung, der Gestaltung, der Finanzierung ...

Fürst Mamoud schwindelte es erneut ... das bedeutete unvorhergesehene Ausgaben in ... möglicherweise mehrfacher Millionenhöhe? Er war zwar immer sparsam gewesen und hatte für schlechte Zeiten vorgesorgt ... Er hatte da auch ein Konto bei einer Bank im neutralen Ausland ... für alle Fälle ... Aber nun so etwas?

Fürst Mamoud riss sich zusammen. Alles war nun anders. Er würde sich arrangieren müssen. Schließlich war er ein guter Staatsbürger ... Und er würde seinem Herrscher gehorsam sein ...

3. Kapitel: Repräsentation

Zurück in der Heimat wurde Fürst Mamoud von der Bürgerschaft gefeiert. Immerhin hatten die regionalen Zeitungen und das Fernsehen über die Einsetzung des Fürsten von Bradé im historischen Domé berichtet. Und das bedeutete internationales Aufsehen, das der Stadt Bradel zugutekommen würde. Mit einem Anstieg des Tourismus war zu rechnen wie in Domé oder selbst im entfernten Kamal. Schon trafen die ersten Reporter ein.

Weniger begeistert von der Reise des Fürsten Bradé in das Nachbarland und der Kontakt zu den Vertretern dieses Landes waren die Staats- und die Regionalregierungen des Heimatlandes. Dass ein Mensch ohne Abstimmung mit den Vertretern der Regierung im Ausland für sich und die Domé-Familie Werbung machte, erschien schon dreist. Zwar hatte man in den letzten Jahren mit den umliegenden Staaten Kontakt aufgenommen und stand auch der Idee einer größeren Mittelafrikanischen Union ohne Zollgrenzen grundsätzlich positiv gegenüber. Aber da waren zahlreiche Interessen zu berücksichtigen und gegeneinander abzuwägen. Und dann waren auch die Interessen der in- und ausländischen Geldgeber, Investoren und Firmen zu berücksichtigen. Die konnte man nicht einfach so übergehen.

Der Fürst wurde also in das Staatsministerium zitiert und bezüglich seiner „Absichten" befragt. Das Gespräch war wenig ergiebig. Fürst Mamoud verstand einfach nicht, dass er verdächtigt wurde, einen Staatsstreich oder etwas Ähnliches vorzubereiten, durch den die tatsächlichen, gewählten Vertreter entmachtet und durch eine „mittelalterliche Feudalherrschaft" ersetzt werden sollten … Er hatte den Vertretern der Regierung treuherzig versichert, dass er ein klarer Befürworter, ja, ein Unterstützer des aktuellen politischen Systems sei und den Präsidenten rückhaltlos unterstützen würde. Ja, dass er ihn verehre …

◆

Immerhin war Fürst Mamoud zu einer regionalen Berühmtheit aufgestiegen. Eine Woche lang hielt die Begeisterung an. Dann wurde sie wieder vom Alltag verdrängt. Auch Fürst Mamoud und Prinz Ali gingen wieder zur Tagesordnung über. Und die gestaltete sich eher unbefriedigend. Zwar wurden sie wie bisher zu Rate gezogen. Aber zu Aufträgen kam es weniger. Fürst Mamoud war jetzt so etwas wie ein gütiger Onkel geworden, den man in Streitfragen zu Rate zog. Aber Geschäfte machte man doch lieber mit seinesgleichen …

Selbst Ali als Kronprinz bekam diese Zurückhaltung zu spüren. Ihn betraf es insofern, als er nie besonders viel verdient hatte. Eher war er „gerade so" über die Runden gekommen. Aber nun fing es an, knapp zu werden. Er musste sich also etwas Neues ausdenken.

Der zweite Sohn dagegen war vergrätzt – er war der Meinung, dass auch er in Domé hätte vorgestellt werden sollen. Das hätte seiner Karriere den erforderlichen, ja standesgemäßen Schub gegeben. Er nannte sich nun Prinz Benga Bradé und ließ sich neue, eindrucksvoll gestaltete Visitenkarten drucken. Seine Kunden waren amüsiert, sein Arbeitgeber weniger und zurückhaltend gegenüber dem gockelhaften Betragen seines Angestellten.

Die Ehefrauen nahmen das zusätzliche Interesse mit Genugtuung entgegen. Ihren Geschäften – eine Bäckerei, eine Schneiderei – tat die Aufregung keinen Abbruch. Die Geschäfte ihres Gatten waren noch nie ausschlaggebend für ihren Geschäftserfolg gewesen. Für die noch unverheirateten Töchter aber war die Messlatte für Ehemänner hochgelegt worden – hier kam nur „ihresgleichen" in Frage. Was wiederum für einige Tränen sorgte, weil geschätzte Jugendfreunde nun keine Ehemänner mehr werden konnten.

Ärger aber gab es mit der ehemaligen dritten Ehefrau. Die stellte sich streitig und beanspruchte den Titel einer „Fürstin Bradé" und eine angemessene Apanage für sich und die beiden „Prinzen". Mindestens aber eine üppige, standesgemäße Abfindung. Von zehn Millionen Dollar war die Rede …

♦

Die durch die „Segnung des Steins" erfolgten Ergänzungen seiner Erinnerungen hatten für Fürst Mamoud zur Folge, dass er erstmals wieder Zugriff auf die vollständige Bilder- und Filmgalerie seiner Vorfahren bekommen hatte. Und so konnte er die Gebäude, die Landschaft und die Stadt genau bestimmen. Sein Verdacht bestätigte sich – er lebte mitten in der Burg seiner Vorfahren, umgeben von unzähligen Mitbewohnern, die im Laufe der letzten zweitausend Jahren die Burg und das Umfeld zu ihrer Heimat gemacht hatten. Hinausschmeißen konnte er diese nicht – also erklärte er in einer Proklamation die Burg als Gemeineigentum und verzichtete auf seine Rechte als Grundbesitzer, wie sie bei den anderen bekannten Burgen und Palästen der Domé im Ausland anerkannt worden waren. Das Echo war zwiespältig – die einen hielten es für eine unverschämte, arrogante Anmaßung – schließlich lebten die Familien seit über zweitausend Jahren hier – die anderen hielten es einfach nur für eine Taktlosigkeit. Zustimmung äußerte keiner. Eher entwickelte sich unterschwellig eine Aversion gegen den neuen Fürsten. Auch die sonst obrigkeitstreuen Bürger hielten Distanz – Fürst Mamoud war nicht der Mann, unter dessen Fahne sich ein begeistertes Heer stolzer Kämpfer versammeln würde. Eher ein Verein genau rechnender Krämer …

Während in anderen Domé-Städten durchaus Aufbruchstimmung und Begeisterung für die Vergangenheit herrschte, war in Bradel davon kaum etwas zu spüren. Fürst Mamoud bekam dies durchaus mit und begann sich Sorgen zu machen. Eine Werbeaktion sollte gestartet werden. Das würde auch den Tourismus beflügeln und damit die Zufriedenheit mindestens der Hotelbesitzer und Souvenir-Verkäufer. Dummerweise hatte man keine eindrucksvolle Burg wie in Kamal oder Ähnliches aufzuweisen … Man musste sich also etwas einfallen lassen …

4. Kapitel: Absturz und Aufstieg

Seine Aktivitäten wurden seit einiger Zeit genau und argwöhnisch verfolgt. Und wurden als Geheimsache behandelt – immerhin hatte er den Präsidenten bisher nicht einmal informiert! Und sich nicht um seine Meinung geschert. Als aber ohne Abstimmung mit dem Staatsministerium eine Broschüre verteilt wurde, in der der Fürst zu einer Ehrung der Vergangenheit aufgerufen hatte, war das Maß voll: Fürst Mamoud bekam eines schönen Tages Besuch von drei neutral gekleideten Beamten, die ihn aufforderten, ihnen ins Auto zu folgen. Als der Fürst nach dem Ziel und dem Auftraggeber fragte, erhielt er keine Antwort. Also hielt er zunächst Abstand, folgte den Beamten jedoch. Während der Fahrt erhielt er weiterhin keine Antworten auf seine Fragen, sodass er verärgert wurde und seinerseits Abstand von den Beamten hielt – ein solch wichtiger Mensch wie er konnte nicht auf diese Weise behandelt werden!

Bang aber wurde ihm, als das Auto in das Untergeschoss eines großen, aber unauffälligen Verwaltungsgebäudes im Stadtzentrum einfuhr, erst eine, dann eine zweite Schrankenanlage ohne Kontrolle passierte, um schließlich in einer breiten Garage anzuhalten. Hinter ihnen schloss sich ein Rolltor. Er wurde mit Handzeichen dazu aufgefordert, auszusteigen. Als er aber das Auto verlassen hatte, wurden ihm ruckartig die Arme auf den Rücken gedreht und gefesselt. Er versuchte zu protestieren, aber er bekam einen Knebel in den Mund gesteckt und eine Haube über den Kopf gestülpt, die um den Mund so zusammengebunden wurde, dass er nicht mehr sprechen konnte. Er versuchte, seine Peiniger abzuschütteln, aber er wurde vorangestoßen. Als er sich als letzten Protest zu Boden sinken ließ, wurde er an den Füßen und Armen hochgehoben und so weiter transportiert. Da er selbst nicht ganz leicht zu nennen war, hatten die vier Beamten schwer zu tun mit ihrer Last, die sie über, wie es ihm erschien, unendliche Gänge zu seinem Ziel schleiften. Schließlich wurde er auf einen Betonboden geworfen, wobei er sich einige Abschürfungen und Prellungen einfing. Die

Haube und der Knebel wurden abgenommen, nicht aber die Handschellen. Dann verließen die Beamten den Raum.

Oder besser, seine Zelle. Nicht einmal zwei Meter in Breite, Tiefe und Höhe, gerade Platz, um sich auszustrecken. Sie war aus purem Beton ohne weitere Einbauten bis auf die massiv gesicherte Tür und ein Loch im Boden in der Mitte der einen, der Tür gegenüberliegenden Seite. Die Decke war selbstleuchtend, aber nur matt, ohne Schatten zu werfen. Und leuchtete die ganze Zeit – es gab keinen Tag und keine Nacht. Immer nur Dämmerung. Keine Pritsche, kein Wasserhahn, kein Essen. Nichts.

Fürst Mamoud war verwirrt. Da musste doch irgendwo ein Missverständnis vorliegen. Er hatte doch nichts getan. Er wollte doch nur dem Volk der Bradé etwas Gutes tun. Ach, der ganzen Menschheit wollte er etwas Gutes tun. Irgendjemand wollte ihm aber wohl etwas Übles. Wenn er doch nur den Präsidenten sprechen könnte! Vielleicht hätte er ihn schon früher kontaktieren sollen? Aber er war doch so unbedeutend! Der Präsident hätte bestimmt Verständnis für ihn und seine Pläne. Wie auch der Präsident des Nachbarlandes und der Prinz, die ihn so freundlich willkommen geheißen hatten …

An dieser Stelle seiner Überlegungen angelangt, beschlich ihn zum ersten Mal ein Gefühl des Zweifels. Das Gebäude, in das sie eingefahren waren, war (so dachte er) das Innenministerium. Und in dessen Kellern … Da gab es Gerüchte über verschwundene „Regimegegner", die er natürlich empört abgelehnt und als infame Lügen abgetan hatte, aber jetzt …

Nun graute ihm. Denn wenn daran doch etwas wahr sein sollte … Tapfer versuchte er, seine Panik zu unterdrücken. Sprach sich Mut zu. Aber er war noch nie sonderlich mutig oder gar tapfer gewesen. Und so brach seine „Verteidigung" schnell zusammen.

◆

Die Zeit verging. Eine Uhr hatte er nicht bei sich – seine Jacke, den Tascheninhalt und die Schuhe hatten die Beamten mitgenommen. Also wusste er nicht mehr, welche Tageszeit es war. Er bekam Hunger. Und Durst. Aber es kam niemand, der sich um ihn kümmerte. Irgendwann musste er auf ein Klosett. Aber es gab nur das kleine Loch im Boden, kein Wasser zum Spülen. Nichts. Schließlich entleerte er sich in das Loch. Später spülte er mit seinem Urin nach. Abwischen konnte er sich nicht. Also blieb er verschmutzt.

Seine Erniedrigung wurde konsequent fortgesetzt. Auch in der kommenden Zeit, den Stunden, den Tagen, den Wochen, wie ihm schien, kam niemand. Keine Erklärungen folgten. Keine Begründungen.

Schließlich begriff Fürst Mamoud, dass er sich in seiner Grabkammer befand und hier sterben sollte. Als er dies erfasst hatte, kehrte Ruhe in sein verwirrtes Gemüt ein. Er besann sich wieder der Worte des Imams in der Moschee, dessen Predigten er immer mit einem gewissen Wohlwollen gefolgt war, denn er fühlte sich von den Ermahnungen nicht betroffen. Er war doch so rechtschaffen! Nun aber spürte er, dass ihn diese Ermahnungen durchaus betrafen. Vor allem seinen Stolz … Ja, davon hatte er in den letzten Monaten reichlich angesammelt. Und nun bereute er. Da er nicht wusste, wo Mekka lag, hatte er sich auf dem Boden zum Gebet niedergelegt. Und Allah um Vergebung gebeten. Viele Male um Vergebung gebeten. Dann, an einem Punkt, an dem er nicht mehr weiterkonnte, hatte er sich in Gebetshaltung zum Sterben gebettet. Und war eingeschlafen …

♦

Krachen! Helles Licht!! Laute Stimmen!!!

Fürst Mamoud schreckte auf und hoch. War verwirrt. Konnte man ihn nicht einmal in Ruhe sterben lassen?

Er wurde an den Armen gepackt und auf die Füße gestellt. Vor Hunger und Durst war er aber so geschwächt, dass er nicht stehen konnte. Also wurde er wieder durch die Gänge geschleift. Bis zu einer blendend hellen Öffnung, ins Freie. Ruhig ließ er alles mit sich geschehen. Denn er hatte abgeschlossen mit seinem Leben und seine Seele Allah anvertraut. Und was nun geschehen sollte, betraf ihn nicht mehr – nicht wirklich.

Er wurde weitergeschleift. Er hörte nun Stimmen, bis zur Verzerrung verstärkt durch Lautsprecher. Nein, es war nur eine Stimme. Und die kam ihm bekannt vor. Er grübelte, bis er eine Floskel erkannte, die der Präsident so gerne verwendete. Der Präsident! Endlich konnte er sich erklären …

Aber dazu blieb ihm keine Zeit. Er wurde auf einen Hocker gehievt. Ihm wurde eine Schlinge um den Hals gelegt. Und nach einigen kreischenden Flüchen von der bekannten Stimme ließen die Hände, die ihn bisher gestützt hatten, los und der Hocker wurde weggeschlagen. Und er stürzte …

◆

„So geht es allen, die der glorreichen Revolution und der Zukunft im Wege stehen wollen! Allen Verrätern des Volkes und seiner Regierung geht es so! All den so genannten Domé, die sich als etwas Besseres als das Volk fühlen! Und über allen stehen wollen! Die auf uns herabsehen wollen wie auf Würmer, Aas und Geschmeiß!"

Der Präsident machte eine wirkungsvolle Pause. Er drehte sich zu seinem hängenden Feind und triumphierte:

„Dieser da war der Schlimmste von allen, der so genannte Fürst der Bradé, eine Schmierenkrämerseele der schlimmsten Sorte! Der das Volk ausbeutete und ihr Blut saugte!"

Er deutete auf den Gehenkten, der sich leicht im Wind drehte und nicht mehr antworten konnte.

„Und seht sie euch alle an! Hier vor euch!" schrie der Präsident und deutete auf eine Menschengruppe, die rechts von ihm auf einem etwas niedrigeren Podest zusammengetrieben worden war. Es waren rund einhundert Männer und Knaben, gefesselt, jeder mit einem Strick um den Hals.

„Diese gehören auch zu den Aufrührern, die das Volk versklaven wollen, um ihre eigene Überlegenheit und Größe erkennbar zu machen. Sie müssen wir ausrotten, damit unser Volk rein bleiben und nicht von diesem Ungeziefer verseucht werden kann!"

Und er deutete auf die Gerüste, die hinter ihm und um ihn herum aufgestellt worden waren und die ausreichend Platz für einhundert Gehenkte aufwiesen.

„Und hier sollen sie hängen, die Schurken!"

Und mit einer dramatischen Geste deutete er der schweigenden Menschenmenge vor ihm den Vorgang an.

Die Menschen standen dicht gedrängt auf dem riesigen Platz vor den Regierungsgebäuden und hörten den Ankündigungen zu. Die wenigsten konnten etwas damit anfangen. Einige schrien politische Parolen, wie sie es gelernt hatten – aber die passten hier nicht und so verstummten sie schnell. Es kam keine Stimmung auf …

Das wiederum verärgerte den Präsidenten. Und um die richtige Stimmung zu erzeugen, wie er es gewohnt war, zerrte er einen kleinen Jungen aus der Gruppe der Domé (oder angeblichen Domé) auf sein Podest. Dann schnappte er sich den Kavalleriesäbel des hinter ihm stehenden, dekorativ in eine Phantasieuniform gekleideten, alten Gardeoffiziers. Er fuchtelte einige Male mit dem Säbel durch die Luft, stieß gellende Schreie aus – und schlug dem hilflos gefesselten Knaben den Kopf ab.

Aus der Menge vor ihm kamen einige Schreie, vornehmlich von Frauen. Sonst blieb die Menge still.

Nicht aber still blieb der Gardeoffizier. Er hatte die bisherigen Tätigkeiten auf der Bühne stoisch ertragen, obwohl sein Sohn und sein Enkel in der Gruppe der „Aufrührer" gefangen waren. Obwohl sie keine Domé waren. Alles hatte er ertragen – er war treu und ergeben seinem Präsidenten gefolgt. Aber das war zu viel – in seinem Kopf gab es einen Riss und er schrie auf, als der Kopf seines Enkels in die Menge geschleudert wurde. Er ergriff seine taube und nur noch dekorative Muskete und hieb sie dem Präsidenten über den Kopf. Der wankte, denn er war nur betäubt, aber nicht ohnmächtig. Da aber hatte ihm der Gardeoffizier schon einen Strick mit Schlinge um den Hals geworfen und zerrte ihn seinerseits zu dem Blutgerüst, wo noch so viele Stellen frei waren …

Der Präsident folgte ihm torkelnd und wehrte sich nicht. Sondern versuchte, die Schlinge abzustreifen. Aber da hatte der Offizier bereits den Strick über den Balken geworfen und zog nun an. Und da der Präsident groß und dick war, reichte das Gewicht des Offiziers nicht als Gegengewicht aus. Zwei weitere Gardesoldaten sprangen hinzu, um ihrem Anführer zu helfen und zogen nun zu Dritt den zappelnden Präsidenten in die Höhe. Als aber der Präsident weiterhin zappelte, ließ der Offizier den Strick los und hängte sich an die Beine des Gehenkten. Und wie immer in solchen Fällen – der Kopf riss ab. Und da die beiden Soldaten nun nichts mehr zu halten hatten, stürzten sie zu Boden, während der Kopf mit herausquellenden toten Glubschaugen und herausgestreckter Zunge wie das Haupt einer Narrenfigur oben an den Querbalken prallte und dann zu Boden fiel.

Der Körper des Präsidenten war ebenfalls zu Boden gegangen und lag nun auf seinem Henker. Aus dem roh abgerissenen Hals spritzte noch das Blut über diesen, während die kopflose Wirbelsäule in den Raum stach.

Während der ganzen Zeit hatte der Offizier geschrien; er schrie auch weiterhin und befreite sich mit Hilfe seiner Kameraden von dem Leichnam. Und als er sah, dass die Hose des Gehenkten offensichtlich Mühe hatte, die stramme Männlichkeit des Präsidenten zurückzuhalten, trampelte er auf dessen Becken herum wie ein Wahnsinniger. Bis das Becken zu einem Brei aus Stoff, Knochenresten, Fleisch und Blut geworden war. Immerhin, der Präsident hatte seine letzten Sekunden genossen. Wie auch früher im Leben … Der Offizier brach über dem Leichnam zusammen und verstummte. Und blieb stumm bis zu seinem Tod in der folgenden Nacht.

Die Menge auf dem Regierungsplatz hatte das Schauspiel reglos und ohne Kommentare verfolgt – alles erschien völlig unwirklich, wie ein Puppentheater für Kinder, aufregend und gruselig. Alle warteten, dass der Vorhang fiel und die Schauspieler unversehrt vor den Vorhang treten würden, um den verdienten Applaus einzuheimsen …

Aber nichts dergleichen geschah. Auf den Tribünen gerieten die wenigen Vertreter der Regierung in Panik – zwischen den Bewachern der Gefangenen (und zu Henkenden), den Polizisten, die die

Menge im Schach hielten, und der Garde herrschte Unklarheit: Sollten die einmal gegebenen Befehle vollstreckt werden, wenn der Befehlshaber nicht mehr im Amt war? Und wer gab nun die Befehle? Die Menge wurde unruhig. Schon bildeten sich verschiedene Gruppen, die die eine oder andere Meinung vertraten und auch laut äußerten.

Auch die Gefangenen auf der Tribüne wurden unruhig. Hatten sie bis zu diesem Zeitpunkt der Drohung aus den auf sie gerichteten Maschinengewehren resigniert standgehalten, erschien nun neue Hoffnung …

Und einer nutzte die Gelegenheit, um sich zu erklären. Und um Missverständnisse auszuräumen. Prinz Ali Bradé war auch unter den Verhafteten wie die meisten seiner Freunde und Verwandten. Also trat er an das verwaiste Mikrofon, noch mit gefesselten Händen und der Schlinge um den Hals. Und richtete eine Ansprache an das unruhige Volk vor sich. Niemand wagte ihn zu behindern. Also erklärte er in wenigen, bewegenden Worten, wer es sei. Und dass er um seinen geliebten Vater trauerte. Dass dieser ein treuer Anhänger und Verehrer des verblichenen Präsidenten gewesen wäre und ihm bis in den Tod gehorsam gewesen wäre … Dass die Domé, die er nun repräsentiere, niemandem schaden wollten. Dass sie im Gegenteil vermitteln wollten zwischen all den verschiedenen Gruppen und Ansichten. Zwischen den vielen gerechtfertigten Ansprüchen und Meinungen. Sie wären keine Krieger oder gar Söldner irgendeiner Macht. Allah habe sie zu Vermittlern geschaffen und nicht zu Kriegstreibern, die ehrenwerte Gruppen aufeinanderhetzten um ihres Gewinnes wegen …

Und viele verstanden diese Worte und Anspielungen. Hatte doch gerade der gehenkte Präsident es vortrefflich vermocht, Gegnerschaft zu befördern und auszunutzen – zu seinem Vorteil Und bald bildete sich die Meinung heraus, dass hier Unrecht geschehen war. Dies wurde noch durch die laute, getragene Totenklage des Vaters verstärkt, dessen kleiner Sohn gerade vor aller Augen geköpft worden war. Und der in der Folge an das Mikrofon getreten war. Ali unterstützte ihn und fiel laut und klangvoll in die Klage zugunsten des geliebten Getöteten ein – es war schließlich auch seine Klage.

Dann fielen die gefesselten „Volksfeinde" auf der Tribüne mit ein. Und schließlich auch viele, sehr viele der Zuschauer.

♦

Die ganze Zeit war das Geschehen auf der Bühne vom regionalen Fernsehen übertragen worden. Der Moderator hatte zu den Vorgängen nur wenige, dann keine Kommentare mehr abgegeben, wohl wissend, dass der Präsident unpassende Kommentare übelnehmen würde. Der Kameramann seinerseits hatte darauf geachtet, dass der Mann am Mikrofon deutlich erkennbar blieb, aber trotzdem das Geschehen auf der Bühne den Zuschauern an den Bildschirmen genau gezeigt wurde. Ab dem Zeitpunkt des „Kasperletheaters" aber blieb er still und ließ schockiert alles geschehen.

Die Ansprache des Ali Bradé wurde daher für alle Zuschauenden vollständig übertragen und danach auch die Totenklage. Als die am Geschehen Beteiligten sich aber stetig erweiterten, trat der Kameramann wieder in Aktion und veränderte den Fokus: er schwenkte erst zu dem Chor der Gefangenen und dann auf den Platz, um das singende und klagende Volk zu zeigen. Und schließlich wieder zurück auf die Bühne.

Diese einfachen Kameraschwenks vollführte er langsam und bedächtig. Und erzielte den gewünschten Effekt: Alles war klar und unzweideutig nachvollziehbar. Und sorgte für Erschütterung. Zum Schluss fuhr die Kamera wieder näher an die Bühne und zeigte das Gesicht des Ali Bradé in Großaufnahme: ernst, würdevoll und voll Trauer. Aber auch entschieden … und stolz …

So prägte sich Ali Bradé in das Gedächtnis des Volkes ein. Und erzeugte Vertrauen. Die Staatsverwaltung reagierte prompt. Der dramatische Tod des Präsidenten war ja nur ein Routinefall. Der Staatschef konnte durch einen geeigneten Kandidaten ersetzt werden – das war eben Politik … Die sonstigen Geschäfte aber mussten weitergeführt werden. Und wurden weitergeführt. Dafür sorgten andere, die nicht dem Licht der Öffentlichkeit ausgesetzt waren. Immerhin hatte der bisherige Präsident eine enorme Machtfülle an sich gerissen – das stellte nun ein Problem dar, das nur durch Reduzierung der Aufgaben erreicht werden konnte. Dazu mussten die Machtverhältnisse im Staate allerdings neu sortiert werden …

Das etwas paranoide Verhältnis des verblichenen Präsidenten zu den Nachbarstaaten und deren Vertretern erschien außerdem nun etwas ungeschickt und wurde diskret übergangen. Die Beziehungen zu den anderen Staaten einer schon angedachten „Mittelafrikanischen Union", gegebenenfalls mit Beteiligung der Domé-Fürsten als Repräsentanten, konnten in der Folge schrittweise verbessert und entspannt werden.

Auch andere Belange wurden so ruhig wie möglich behandelt – die Gefangenen wurden ohne weitere Entschuldigung „geräuschlos", also ohne Medienecho entlassen und in ihre Heimatorte verbracht. Mit der diskreten Drohung im Hintergrund, dass man gegebenenfalls auf sie zurückkommen würde …

Ali Bradé aber wurde höflich angefragt, ob er sich vorstellen könne, in der Politik des Landes eine gewisse Rolle zu spielen. Und um nebenbei der Staatsverwaltung ein neues, friedliebenderes, vermittelndes Image zu verleihen … Etwas, was gerade bei den Nachbarstaaten gut ankommen würde … und Vertrauen erzeugen würde … in dieser unruhigen Zeit …

Nach einigem Überlegen war der nun zum Fürsten Bradé aufgestiegene Erbe bereit, eine repräsentative Stellung einzunehmen, die mit keinerlei administrativen Aufgaben verbunden sein würde. Dessen sei er gewachsen. Entscheidungen zum Beispiel über Leben oder Tod könne er aber nicht fällen.

Man beeilte sich, ihm zu versichern, dass das Parlament und die sonstigen Gremien beschlossen hatten, dass der Präsident der Republik von nun an nur noch repräsentative Funktionen haben sollte, wie dies in vielen europäischen Ländern der Fall war – er würde also keine weiteren Aufgaben haben, als bei Staatsempfängen den Hausherren zu geben und Ähnliches. Fürst Ali wog daraufhin ab, ob er diesen Aufgaben gewachsen wäre oder nicht. Und erinnerte sich ihres Besuches im Nachbarland. Und der herzlichen Atmosphäre dort. Er sagte also zu.

◆

Der kleine Kopf des geköpften Jungen aber war bald gefunden und sorgsam zu seinem Rumpf gelegt worden. Und der Leichnam respektvoll fortgetragen zu einem ehrenvollen Begräbnis. Genauso wie sein Großvater, dessen furchtloser Einsatz für seine Familie mit Respekt gewürdigt wurde.

Noch respektvoller wurde der Leichnam des Fürsten Mamoud Bradé behandelt – ihn nahm man sorgsam von dem Galgen ab und legte ihn still auf eine Trage. Um ihn dann im Ministerium aufzubahren. Und ihn in der Folge dem Volk als Märtyrer zu zeigen. Seinen ruhigen, zuversichtlichen Gesichtsausdruck brauchte man nicht durch Schminke zu erzeugen – er war ihm geblieben.

Die verstümmelte Leiche des Präsidenten dagegen wurde hastig entfernt und ohne weitere Zeremonien verscharrt. Zu peinlich war das Ende dieses Despoten vor aller Augen gewesen.

5. Kapitel: Entwicklungen

Fürst Ali Bradé wurde in der Folge durchaus prunkvoll in sein neues Amt eingeführt. Da er vor allem bei Staatsbanketten oder Ähnlichem eingesetzt werden sollte, wurde auf ein repräsentatives Auftreten besonderer Wert gelegt. Und auf eine Sprache und ein Verhalten, die im internationalen Raum verstanden wurden. Aber diese erlernte er bald – hatte er doch kompetente Unterstützer durch entsprechend gebildete Domé, die ihn als Assistenten im Zweifelsfall „ungesagt" unterstützen konnten. Und immerhin hatte er in seiner Freizeit schon früher gern gelesen und sich weitergebildet.

Ein Problem stellte sein Bruder dar, der bei der „Säuberungsaktion" ebenfalls verhaftet worden und der völlig zusammengebrochen war. Er war nur noch ein Nervenbündel und kaum zu gebrauchen. Er wurde also „aus dem Verkehr gezogen" und mit einer staatlichen Rente alimentiert. Unter der Auflage, dass er sich ins Private zurückzuziehen habe und nicht weiter auffallen dürfe. Was er auch prompt tat, sich aber noch zwei weitere Ehefrauen zulegte, um dann fortan nur noch zwischen den drei Gattinnen hin und herzupendeln und ihnen sein Leid zu klagen. Immerhin waren diese aber selbstständig genug, um diesen Jammerlappen zu ertragen und ihm Kinder zu gebären.

Die eigene Familie stellte Fürst Ali allerdings vor ein Problem. Aufgrund seiner bisher wenig erfolgreichen Existenz als Sattler hatte er nur eine Ehefrau und zwei kleine Kinder, einen Buben und ein Mädchen. Das war nun wenig repräsentativ. Seine Ehefrau hatte außerdem wenig Interesse am Leben als „First Lady". Also hielt er Ausschau nach standesgemäßen weiteren Ehefrauen aus den schon bekannten Domé-Häusern.

Bei dem Prinzen gab es allerdings keine heiratsfähigen Töchter, hatte der doch bislang nur zwei Ehefrauen und erst drei Söhne und eine, noch sehr junge Tochter. In Kamal dagegen hatte die dritte Ehefrau des Fürsten zwei Töchter unter zwanzig Jahren, die in Frage kamen. Auch die mittlerweile geschiedene (was diese angesichts der stetig wachsenden Bedeutung des Fürsten Kamal mittlerweile bedauerte) zweite Ehefrau hatte ebenfalls noch zwei unverheiratete Töchter. Er fragte daher an, ob man sich eine Verwandtschaft vorstellen könne. Und wurde positiv beschieden. Und auf ein Wochenende in Kamal eingeladen.

Die Musterung fiel durchaus positiv aus – war Fürst Ali doch mittlerweile ein erfreulicher Anblick. Er hatte durch seine neuen Funktionen die ihm angeborene und antrainierte Scheu und Unbedarftheit verloren und trat nun ruhig und bestimmend auf. Auch war er in einem Alter, das für eine junge Ehefrau attraktiv wirken musste. Die Familie befand daher die Tochter Salba Kamal als würdige Ehefrau für den Fürsten Ali. Nach der Hochzeit blieb sie aber nicht in ihrer Wohnung in Kamal, sondern zog nach Bradé in das Haus des verstorbenen Fürsten Mamoud, das Ali geerbt und ihr übereignet hatte. Seine erste Ehefrau dagegen blieb weiterhin in der Sattlerei, die sie mit zusätzlichen Mitarbeitern durchaus erfolgreich betrieb: Sie fertigte nun unter anderem Koffer und Handtaschen in der Tradition von französischen Luxus-Marken an. Und vermarktete diese über das Internet mit wachsendem Erfolg, da ihre Werke durch ein extravagantes und aktuell beliebtes afrikanisches Design auffielen.

Auch mit dem Hause Doué hatte Fürst Ali Kontakt aufgenommen. Und eine positive Rückmeldung bekommen. Allerdings gab es hier noch keine Auswahl an heiratsfähigen jungen Frauen. Er würde sich also etwas gedulden müssen. Aber vielleicht gäbe es ja bei den noch nicht entdeckten Häusern der restlichen Domé weitere Kandidatinnen – Fürst Ali fühlte sich gerüstet.

Ω

6. Teil
Das Haus Dannau

Domé

1. Kapitel: Im Wald

Über den dichten Wald, weit im Osten des Landes, fegte eine Regenbö nach der anderen über die Bäume und schüttete unnachgiebig Wasser auf die schon tropfnassen Partisanen. Sie hatten sich unter die Zeltplanen verkrochen, doch die waren dünn und voller Löcher. Dordo Zwei – so genannt, weil sein Vater ein hoch geehrter, ja verehrter Anführer gewesen war und einfach nur „der Dordo" genannt wurde – beugte sich über die Karten der Umgebung und grübelte über eine sinnvolle Strategie für die kommenden Aktionen: sie brauchten ein kleines Dorf als Standort, Verpflegung und frisches Wasser. Und ein Dach über dem Kopf. Sie hatten zwei Verletzte. Insgesamt waren sie nur noch zehn Mann. Und hatten wenig Chancen, wenn sie eine größere Ansiedlung einnehmen wollten …

Jetzt warteten sie auf ihren Späher. Der hatte sich vor etwa vier Kilometern „in die Büsche" geschlagen und wollte schauen, ob in dem Tal im Süden etwas zu holen sein würde. Dordo Zwei knurrte. In dieser Jahreszeit war alles deutlich schwieriger. Er legte sich schlafen.

♦

Etliche Stunden später, im Morgengrauen, kam der Späher tatsächlich zurück. Dordo hatte ihn schon abgeschrieben – desertiert, gefangen, getötet, was auch immer – und war erleichtert. Aber der Mann war völlig außer Fassung – brabbelte vor sich hin und lachte hysterisch.

Als aber Dordo ihn anfasste, bekam er so etwas wie einen Stromschlag. Und sein Gehirn brannte. Er erfasste die wirren Gedanken und Erinnerungen des anderen – wie er ins Tal geschlichen war, wie er am Dorfrand sich hinter einem Holzstapel und unter einem Dachüberstand versteckt hatte. Und wie er durch die dünne Hauswand aus Weidenruten ein Radio hatte plärren hören – der Präsident, dieser verhasste Bastard hatte irgendetwas gebrabbelt – und dann war da eine Stimme in seinem Ohr gewesen – und dann in seinem Kopf – Ohhh …!

Dordo Zwei war entsetzt – auch bei ihm breiteten sich die Erinnerungen eines völlig fremden Menschen aus wie ein Geschwür und überrannten seine eigenen. Aber was war das …? Es waren ja seine eigenen Erinnerungen – solche, die er schon immer gehabt haben musste, die ihm gegeben worden waren … von seinem so sehr verehrten Vater …

Er taumelte zu seinem Bett und warf sich auf die tropfnasse Pritsche. Er spürte nichts mehr. Er griff sich an den Kopf – überlegte kurz, ob er sich besaufen sollte, um sich zu betäuben, um zu schlafen – oder zu sterben … Aber er hielt inne und versuchte, sein verkrampftes Selbst wieder zu finden. Und blieb stieren Blicks liegen.

Seine Kameraden waren verwirrt. Einer von ihnen griff auch nach dem „Verrückten" und wurde wie sein Chef angesteckt – er sackte ohnmächtig zu Boden und stellte die restlichen Kameraden vor ein weiteres Problem. Nun waren fünf von ihnen ausgefallen. Und es gab keine Hinweise auf eine trockene Unterkunft, Essen und Wasser. Außer dem unablässig strömenden Regen.

◆

Dordo Zwei blieb viele Stunden liegen – er schien zu schlafen. Mitten am Tag. Was er erfahren hatte, erschütterte ihn in den Grundfesten seines Glaubens an Wahrheit und Gerechtigkeit. Nicht in der Ebene und in den Wäldern war er zuhause, sondern am Meer – nicht zum Volke der Barda gehörte er, sondern zu dessen Todfeinden, den Dannau – gekämpft hatte er für das Volk und die Bauern der Ebenen und der Wälder – und er war ein Aristokrat der Wellen – aus einer der fürstlichen Familien … Ausgerechnet!

Er versuchte, einige seiner Glaubensgrundsätze zu retten, aber es ging nicht. Er würde sich verstellen müssen, dabei konnte jeder „Domé" um ihn herum erkennen, wer er war. Er würde sich nicht verstecken können. Schlimmer noch – er war **der** Fürst der Dannau, ihr Oberhaupt, der schlimmste Feind. Denn nachdem sein Vater und sein älterer Bruder im Kampf gefallen waren, war er der nächste an der Reihe … Niemand konnte ihm nun noch Glauben schenken, wenn er zu Recht und Freiheit für die Barda aufrief – er gehörte zu den Unterdrückern …

Kein Wunder war es also, dass der Kundschafter so hysterisch reagiert hatte – er hatte begreifen müssen, dass ihr Kampf zwar gerecht war, dass er und seine Kameraden ihn aber nicht kämpfen konnten … Alles war umsonst! Sieben Jahre Qual und Entbehrungen. Bei jedem Wetter. Bei dem wenigen Siegesjubel … und den vielen, vielen Verlusten …

♦

Am späten Abend erwachte Dordo Zwei aus seiner Erstarrung. Er ging zu seinen Kameraden hinüber. Die saßen unter einer breiten Plane vor einem mager kokelnden Feuer und warteten. Die beiden anderen Domé waren ebenfalls aus ihrer Ohnmacht und der Überwältigung durch ihr neues Wissen erwacht. Und wie er ratlos. Dordo Zwei richtete das Wort an seine Kämpfer:

„Kameraden! Letzte Nacht ist etwas bislang Unerhörtes, Einzigartiges geschehen. Wie ihr gesehen habt, hat der Kamerad Hamdo einen Schock erlitten. Und auch Jetom. Der wurde ohnmächtig, als er das Ungeheuerliche erfahren musste. Kurz: wir drei sind nicht das, was wir zu sein scheinen. Wir sind schon Menschen – eigentlich wie alle anderen. Aber wir haben etwas Besonderes von unseren Vorfahren mitbekommen, etwas, was in unserem Blut liegt oder sonst wo. Ich glaube, man nennt es Gene. Ja, wir sind schon etwas anderes als sonst … Wir können gegenseitig unsere Gedanken austauschen … Und unsere Erinnerungen weitergeben. Vom Vater zum Sohn – vom Urahn zum gerade lebenden Nachkommen. Und das bedeutet, dass wir nun – erst jetzt, seitdem Hamdo das erfahren hatte – aus dem Radio! – ganz genau wissen, wer wir sind! Und ich – ich bin von Geburt ein Dannau … Ich habe es bisher nicht gewusst. Mein Vater hat es auch nicht gewusst, da bin ich sicher – er hätte es nicht vor mir verbergen können. Aber jetzt weiß ich es … Und deshalb bin ich nicht würdig, euer Anführer zu sein. Euer Kampf ist gut und gerecht und wichtig. Und muss daher fortgeführt werden. Aber ich kann euch nun nicht mehr helfen – mir würde niemand mehr glauben können, dass ich für des Lebensrecht und die Zukunft der Barda einstehe … Ich fürchte, ich muss euch verlassen. Wenn ihr etwas anderes mit mir vorhabt, nehme ich euch das nicht übel – es wäre nur gerecht …“

Die Kameraden sahen sich ratlos an. Von den elf Kombattanten waren nun drei weitere ausgefallen, darunter ihr Anführer, Sohn des verehrten Dordo … Sie schwiegen, während die drei Domé mit gesenkten Köpfen im Regen saßen und ebenfalls schwiegen. Oder zu schweigen schienen, denn sie unterhielten sich „ungesagt" – etwas ungeübt noch, aber sie tauschten sich aus. Der hysterische Hamdo äußerte sich klar: er würde sofort in seine Heimat im Norden, nach Domé zurückkehren und seine tatsächliche Familie finden und unterstützen. Sein Vater würde ihn sicher aufnehmen und er würde an anderer Stelle etwas bewirken können. Der empfindsame Jetom war sich noch nicht sicher. Er hatte sonst keine Familie mehr, zu der er zurückgehen könnte. Und er liebte seine Kameraden. Bis in den Tod …

Dann meldeten sich die Kameraden zurück. Acht Kämpfer, davon zwei Verwundete, konnten unmöglich etwas ausrichten. Es sei schon bisher fast unmöglich gewesen. Aber ohne Anführer … Sie würden nach Gorbala zurückkehren und sich einer der anderen Gruppen anschließen. Und es sei schade, dass sie das nicht früher gewusst hätten, denn dann hätten sie sich manches Opfer und manchen Toten sparen können … Und was sie nun vorhätten?

Dordo Zwei sprach fest und klar von seiner Familie, die er zwar nicht kannte, die er aber wohl in oder um Dannau finden würde. Dorthin müsse er nun gehen. Und wenn es jemals zu Konflikten mit den umgebenden Völkern kommen würde, dann würde er auf der Seite von Vernunft, Ehre und Gerechtigkeit zu finden sein …

Hamdo erklärte, dass er sich Dordo Zwei anschließen würde. Zu zweit wäre man sicherer auf dem Weg. Und was mit seiner Familie wäre, das wüsste er nicht. Aber er würde es doch gerne wissen …

Jetom dagegen hatte sich entschieden – er wäre ja kein Dannau und also kein Feind – er würde bei den Kameraden bleiben und mit ihnen weiter in den Kampf ziehen – das sei es wert …

Die Kameraden blieben stumm. Dann meldete sich einer, der bisher vor allem als stellvertretender Organisator tätig gewesen war. Er forderte, dass sie sich einen neuen Anführer wählen sollten und bat die Anwesenden um ihre Stimme. Die verbliebenen Kämpfer hoben geschlossen ihre Hand und wählten ihn damit zum Anführer. Er nahm die Wahl an und verabschiedete sich – ziemlich kühl – von den ehemaligen Kameraden. Den verbleibenden Domé, Jetom, hieß er warm willkommen und versprach ihm eine glorreiche Zukunft.

◆

Dann packten sie ihr Gepäck zusammen. Damit sie einigermaßen unbelastet fortgehen konnten, hatte Dordo Zwei beschlossen, nur eine kleine Tasche mit einigen Habseligkeiten und Material mitzunehmen – die Landkarte mit dem westlichen Umland, einen Satz Leibwäsche und seine Ausweispapiere – Zeugen seiner Vergangenheit so gut wie keine. Diejenigen, auf die es ankam, würden ihn erkennen, die anderen würde seine Vergangenheit nichts angehen. Zur Sicherheit seine Pistole und etwas Munition – so viel, wie die anderen gerade entbehren konnten. Und etwas zu essen. Und etwas Geld – das meiste bekamen die Partisanen, die Gewehre, die Maschinenpistole, die Patronenhalfter, die Kriegskasse …

Im Morgengrauen verabschiedeten sie sich ernst, aber nicht feindselig, eher traurig voneinander und wandten sich in die unterschiedlichen Richtungen: Die Kämpfer nach Norden zu den anderen Partisanen, die beiden Domé nach Westen, in Richtung „Heimat".

Sie liefen zunächst durch einen lichten Wald in Richtung Fluss, also immer den leichten Abhang hinunter. Die Bäume und Sträucher wurden dichter hier und sie mussten sich den Weg bahnen, bis der Boden feucht wurde. Der sonst kleine Fluss war durch die Regenfälle über die Ufer getreten und überschwemmte nun weite Teile des Umlandes. Die Pflanzen waren nasse Füße gewohnt, die Menschen aber weniger. Sie zogen sich also wieder in den nicht überschwemmten Bereich zurück und folgten dem zwischenzeitlichen Ufer. Der Regen hatte nachgelassen und durch das Blätterdach drangen einzelne Sonnenstrahlen. Sie strahlten die mittlerweile üppig aufgesprungenen Blüten an und die Stämme der Bäume darüber. Dordo Zwei schaute entspannt um sich und genoss die Umgebung. Der Stress der letzten Tage und Wochen war abgeflaut – es gab nun keine Verpflichtungen mehr und keinen

Zwang. Also konnte er den Stimmen der Vergangenheit in seinem Kopf zuhören und sonst alles vergessen. Auch seine Umgebung. Die wirkte nun beinahe wie ein Paradies. Die Luft war warm und dämpfig, der Wind leicht und erfüllt mit angenehmen Düften. Vogelrufe ertönten, überall huschten kleine Lebewesen durch die Büsche – sie würden aufpassen müssen, um nicht mit irgendetwas zu kollidieren.

Nachdem Dordo Zwei zweimal über eine Baumwurzel gestolpert war, rief er sich zur Vernunft und achtete besser auf seinen Weg. Vor allem hielt er Ausschau nach größeren Tieren – in diesem Umfeld konnte sich leicht ein Raubtier verstecken. Zur Abwehr hatte er in der Zwischenzeit einen kräftigen, trockenen Ast vom Boden aufgehoben und als Wanderstab umfunktioniert. Der konnte bei Bedarf auch als Waffe, auf jeden Fall zur Abwehr genutzt werden.

Nach einer Weile kreuzten sie einen schmalen Trampelpfad – ein erstes Zeichen der Zivilisation. Sie folgten ihm und stießen nach etlichen hundert Metern auf einen weiteren, etwas breiteren Weg. Der war zwar auch nicht befestigt, den Reifenspuren und tiefen Spurrillen nach zu urteilen war er aber ein Fahrweg. Sie passierten einige von Bäumen freigeschlagene Flächen, die mit Mais bepflanzt waren. Dann kamen die ersten Hütten. Und auch Hunde – einige bellten lautstark und es wurde deutlich, dass hier Menschen lebten. Und auch diese ließen sich sehen. Einige Frauen und Kinder kamen aus den Hütten und festen Häusern und musterten sie argwöhnisch. Sie waren Ärger gewohnt und auf alles gefasst. Dordo Zwei hatte sich aber, soweit es ging, „zivil" gekleidet. Zwar hatte er nur wenige Kleidungsstücke für die „Befreiungsaktion" mitgebracht, nun aber den Rest so kombiniert, dass er nicht wie ein Soldat aussah. In der Zwischenzeit waren auch einige Männer hinzugekommen. Als diese aber sahen, dass die Fremden nur zu zweit und ohne drohende Ausstattung unterwegs waren – als da wären Maschinengewehre, Patronengürtel, Handgranaten – entspannte sich die Lage. Dordo Zwei stellte sich mit seinem offiziellen Namen vor, erwähnte, dass sie zu einem Forschungstrupp gehörten und auf dem Weg in die Provinzhauptstadt seien. Und ob sie etwas zum Essen kaufen könnten und ein Boot, mit dem sie den Fluss hinabrudern könnten …

Die Dörfler waren nun freundlicher geworden. Einer lud die Fremden zu einem kleinen Umtrunk ein. Den konnten sie nicht ablehnen. Der Mann besaß auch ein Boot, das er den Fremden verkaufen konnte – er hätte ein neues im Bau, das bald fertig wäre. Also könnte er auf das alte verzichten. Das lag in der Nähe am Ufer – nach einer kurzen Besichtigung wurde man handelseinig. Darauf wurde erneut angestoßen.

Während der Verhandlungen standen ein alter Mann und ein kleiner Junge etwas abseits. Als Dordo Zwei sich zum Aufbruch aufmachte, trat der Alte schüchtern auf ihn zu und berührte ihn am Arm. Er schien zusammenzuzucken, war aber daraufhin still. Und Dordo wusste, weshalb. Auch hier gab es also Domé. Was der Alte bestätigte. Und danach auch der Bub. Er schaute in die Köpfe seiner Gegenüber und fand Bescheidenheit und Güte. Und Armut, aber nicht im Geiste. Was die beiden aber in seinem Kopf sahen, veranlasste sie zu Staunen und Ehrfurcht – sie entstammten einer Seitenlinie der im Lande verbreiteten Doué und waren einfache Bauern. Dordo aber war der Fürst Dannau. Zwar ein Feind, aber aus weiter Ferne. Und immerhin ein Fürst. Zur Irritation der anderen Dörfler hatten sich der Alte und sein Enkel vor ihm verneigt, sodass Dordo gezwungen war, das Verhalten ihrer Mitbewohner zu erklären. Das war etwas schwierig, da die beiden die einzigen Domé im Dorfe waren. Und sie hatten davon bisher kaum etwas gehört. Auch wenn da neulich etwas im Radio gewesen war – sie hatten die Nachrichten kaum angehört, da es sie eigentlich nicht betraf.

Aber Genaueres zu erklären hätte Dordo Dannau zu viel Zeit gekostet. Also verabschiedete er sich und machte sich mit seinem Begleiter auf den Weg. Er setzte sich in den vorderen Teil des Kanus, achtete darauf, dass Hamdo sich, ihren Proviant und das Gepäck sicher eingeladen hatte und legte ab. Die Dörfler winkten und wünschten ihnen eine gute Reise.

2. Kapitel: Auf dem Fluss

Das Kanu war schwerfällig – es war wohl zum Angeln und Netze-Auswerfen geeignet, aber nicht als agiles Sportboot. Und wurde mit Paddeln statt Rudern bewegt und gesteuert – also ungewohnt. Dordo hatte vor, bis zur nächsten größeren Stadt zu paddeln und von dort aus mit dem Bus weiterzufahren. Bis dahin waren es aber viele hundert Kilometer. Er rechnete mit knapp zwei Wochen. Auch unter Berücksichtigung der Tatsache, dass sie sich flussabwärts bewegen würden und eigentlich kaum paddeln mussten, eher navigieren.

Sie ließen sich also mit dem Kanu treiben, um es auf seine Beweglichkeit und Manövrierbarkeit hin zu testen. Außerdem mussten sie sich auf eventuelle Krokodile oder andere Störenfriede konzentrieren.

Nach einigen Stunden hatten sie sich an das Boot und seine Eigenheiten gewöhnt. Und festgestellt, dass es mittlerweile mittschiffs leckte. Sie schnitten daher vom Bootsrand einige Späne ab und stopften sie in das kleine Loch. Bei nächster Gelegenheit, wenn sie zur Nacht am Ufer Rast machten, würden sie sich den Schaden von außen anschauen. Also paddelten sie weiter und blieben konsequent in der Mitte des Flusses, wo sie am wenigsten mit Gefahren rechneten.

Da sie bislang eher gemächlich auf dem relativ breiten, aber trägen Fluss durch eine nur leicht bewegte Ebene gefahren waren, gab es zunächst keine Probleme. Sie ließen sich treiben, sahen entspannt über das leicht glitzernde Wasser und beobachteten die Uferlandschaft. Aber die Landschaft änderte sich allmählich und wurde bergiger. Und der Fluss schmaler. Und schneller. Aus der sanft glitzernden Wasserfläche wurde langsam eine kräftig bewegte, wirbelnde Wasserlandschaft.

Schließlich fuhren sie auf ein schmales Felsentor zu, das sie mit erheblicher Geschwindigkeit passierten. Hier mussten sie aufpassen, dass sie nicht auf eine der steilen Felswände prallten – hier würden sie zerschellen und zwischen den Felsbrocken zerrieben werden. Ihre Manöver mit den Paddeln nützten nicht mehr viel – sie hatten sich noch nicht soweit abgestimmt, dass sie wussten, was der andere tun würde. Also ließen sie sich durch die Felsbrocken, die jähen Abbrüche und wirbelnden Strudel treiben. Wenn sie sich den Felswänden zu nähern drohten, stießen sie sich mit den Paddeln ab. Und versuchten, auf einer möglichst gefahrlosen Durchfahrtslinie zu bleiben.

Bei einer der Manöver an der linken Felswand brach das Blatt des Paddels von Hamdo ab – er musste sich in der Folge zum Abstoßen nur noch mit dem Rest des Stiels begnügen. Als sie aber an eine Steilstelle mit zahlreichen Stromschnellen und Strudeln kamen, schloss Dordo nur noch die Augen und betete zu allen Göttern, die er kannte. Vielleicht würde ja einer so gnädig sein ...

Offensichtlich war das die richtige Strategie gewesen – das Kanu bewegte sich zwischen den einzelnen Stromschnellen, als wenn es seinen Weg selber kannte. Und ihm in seiner Schwerfälligkeit einfach folgte. Insofern war es geschickt gewesen, dass sie sich nicht hektisch um Korrekturen bemüht hatten.

Schließlich weitete sich die Schlucht wieder zu einem Tal, um dann in eine weite Ebene zu gleiten. Der Fluss wurde wieder breit und ruhig und flach, mit kaum erkennbaren Ufern und dichtem Bewuchs zu beiden Seiten – fast wie im Urwald. Nach mehreren Stunden – es war schon Nacht geworden – fanden sie eine Sandbank, wo sie landen und an Land gehen konnten. In dieser Nacht verzichteten sie auf mehr Komfort und schliefen (sehr unbequem) im Boot.

◆

Als Dordo im Morgengrauen erst ein, dann das zweite Auge langsam öffnete, sah er in ein weiteres, riesiges Auge. Wenige Zentimeter vor seinem Gesicht ragte es aus einer Art Baumstamm und war auf ihn gerichtet. Nach dem ersten Schock hatte er aber identifiziert, was ihn da so interessiert musterte. Ein Krokodil hatte sich an sie herangewagt und schien ihn bezüglich seiner Eignung als Appetithappen zu prüfen. Er blieb regungslos liegen und beobachtete das Krokodil. Nach einiger Zeit tauchte das Reptil langsam unter und driftete leicht vorbei. Dordo hob ebenso langsam den Kopf und blickte um sich. Auf der Sandbank lagen etliche Artgenossen des Reptils und bereiteten sich auf den Tag vor. Gähnten ausgiebig und zeigten ihre prachtvollen Gebisse – eine wirkungsvolle Drohung.

Dordo drehte sich seinem Mitreisenden zu. Der lag mit versteinertem Gesicht und herausquellenden Augen nebenan und wagte kaum zu atmen. Dordo nickte leicht und entspannte sich.

„Schlaf weiter", murmelte er und legte sich langsam wieder hin. Und versuchte, noch etwas zu schlummern. Im Dämmern dachte er auch über sein etwas merkwürdiges Verhältnis zu seinem Mitreisenden nach. Befehle konnte er ihm ja nicht geben – er war kein Untergebener mehr. Und in seinem Kopf Umschau zu halten, scheute er sich. Er hatte es in der Zwischenzeit einmal kurz versucht, aber in Hamdos Kopf ging es reichlich wirr zu. Auch hatte der den Zugang weitgehend blockiert. Also versuchte er erst gar nicht, mit Gewalt einzudringen. Das würde nichts bringen!

◆

Etwa eine Stunde später standen sie auf – die Krokodile hatten die Sandbank geräumt und waren abgetaucht. Nun konnte sie sich selbst etwas kräftigen und einen kleinen Teil ihres wenigen Proviants verzehren: etwas graues Brot, etwas eingelegtes Hühnerfleisch, dazu jeder einen Schluck Trinkwasser.

Auf der Uferböschung in der Nähe sahen sie die Reste von Tierkörpern. Offensichtlich waren eine Herde Antilopen oder ähnliche Tiere vor dem Morgengrauen ans Wasser zum Trinken gekommen und waren von den Krokodilen als willkommenes Futter angegriffen worden. Zu ihrem Glück – das Desinteresse der Reptilien an ihnen war nun geklärt – sie waren einfach nur satt gewesen und waren abgetaucht, um in Ruhe zu verdauen.

◆

Das Leck im Rumpf hatte sich als ärgerlich gravierend erwiesen – sie hatten das Boot umgedreht und festgestellt, dass eine tiefe Schramme die Bordwand geschwächt hatte. Kein Wunder also, dass der ehemalige Besitzer es loswerden wollte. Oder genauer: es durch ein neues ersetzen musste. Und die Fahrt durch die Felsbrocken hatte das ihrige getan – an mehreren Stellen war es weiter geschwächt worden. Aber eine Weile würde es noch durchhalten.

Da sie kein Werkzeug dabei hatten außer einem Schweizermesser, das dem verehrten „Großen Dordo" gehört hatte und eines der wenigen Erbstücke darstellte, die sein Sohn für sich hatte sichern können – das meiste war an die treuen Kameraden und andere gegangen. Mit dem Messer hatten sie nun das Loch soweit vergrößern können, dass ein ausreichend großer Pfropfen – aus dem kräftigen Steven gesägt – eingeklopft werden konnte. Immerhin konnte der von innen gesichert werden und war soweit fixiert.

Eine ganze Stunde später waren sie wieder auf dem Wasser. Die Sonne war noch hinter ihnen und so hatten sie eine gute Übersicht über das Wasser und die Ufer. Und gegen Mittag kamen sie erstmals an einem kleinen Dorf vorbei. Hier landeten sie und kauften für wenig Geld etwas Proviant und füllten die Wasserflaschen am Dorfbrunnen auf.

So hielten sie es die nächsten vier Tage – irgendwie kamen sie voran, wenn auch der Weg endlos erschien. Am fünften Tag kamen sie an einen größeren Ort. Dordo bat Hamdo, beim Boot zu bleiben – er wollte schauen, ob es einen Bus zur Küste geben würde. Den gab es – aber es gab auch ein Problem. Der Bus fuhr nur alle drei Tage. Der letzte war erst vor wenigen Stunden abgefahren. Also würden sie warten müssen.

Das zweite Problem war, dass sie die Landesgrenze überquert hatten und nun ihm Küstenland waren. Und hier eine andere Währung galt. Und eine andere Sprache gesprochen wurde. Immerhin hatte Dordo noch einige Dollarscheine mitnehmen können. Und einige Goldmünzen als stille Reserve in seinem breiten Gürtel versteckt (Auch ein Erbstück seines Vaters). Aber die musste er erst einmal wechseln. Eine Rückfrage ergab, dass erst am Nachmittag der Apotheker, der auch die Filiale einer Bank innehatte, den Schalter öffnen würde. Also hieß es warten.

Am Boot berichtete er Hamdo über die Ergebnisse seiner Exkursion. Der war wenig zufrieden und wollte seinerseits in den Ort gehen. Dordo gab ihm zwei Dollarscheine, bat ihn, Proviant zu fassen und dann wiederzukommen – sie würden noch zwei Tage auf dem Fluss verbringen und in der nächsten größeren Stadt den Bus nehmen. Das wäre besser als zu warten. Hamdo ging wortlos. Und kam nicht wieder. Ein Bus nach Domé ging nämlich an diesem Vormittag, wenige Minuten, nachdem er auf dem Marktplatz angekommen war. Als er an der Bushaltestelle vorbeiging, sah er auf dem Schild des wartenden Busses den Zielbahnhof angezeigt. Er fragte nach den Abfahrtszeiten, erhielt die Auskunft, jetzt gleich – eine ältere Frau musste sich noch von der zahlreichen Verwandtschaft verabschieden und verzögerte so die Abfahrt. Hamdo dagegen zögerte nicht – er hatte noch etwas Geld versteckt. Zusammen mit dem Essensgeld konnte er das Ticket bezahlen. Und fortfahren aus all den Wirren seiner bisherigen Existenz. An Dordo Zwei verschwendete er keinen Gedanken mehr – der würde vorankommen, da war er sich sicher. Wie auch immer …

◆

Dordo wartete geduldig, während er in den Erinnerungen seiner Vorfahren spazieren ging. Ja, die Seefahrt – eine tiefe Sehnsucht nach Wind und Wellen, nach dem Schaukeln des Meeres und selbst nach einem schweren Sturm hatte ihn erfasst … und er träumte.

Nach einiger Zeit allerdings wurde er hungrig und er fragte sich, wo Hamdo abgeblieben wäre. Er versprach einem kleinen Jungen, dem Enkel eines Bootsmannes am Hafen, etwas Geld, wenn er auf das Boot aufpasste. Und ging auf die Suche nach seinem Kameraden. Oder besser ehemaligen Kameraden. Nachdem er den halben Ort durchgekämmt hatte, kam er wieder am Marktplatz an. Und als er am Busbahnhof war und nach weiteren Verbindungen fragte, erfuhr er – ganz nebenbei – von einem älteren Mann, der hier einen Zigarettenstand hatte, dass am Mittag ein einzelner Mann ohne Gepäck, ganz wie er, Dordo, gekleidet – nach Domé abgefahren wäre …

„Aha!" dachte Dordo, „noch ein Fahnenflüchtiger!"

Aber er lächelte. Ein Problem weniger. Nun musste er nur noch für sich selbst sorgen. Er überschlug seinen Bedarf an Proviant und stellte fest, dass er noch genug zu essen hatte. Also verließ er den Marktplatz und schlenderte wieder zum Hafen. Niemand drängte ihn mehr.

Am Hafen aber schaute er verwundert. Kein kleiner Junge. Und kein Boot mehr. Und da der Hafen übersichtlich war und er nicht in jedem Schuppen und jeder Lagerhalle nachsehen konnte, gab er das Boot als Verlust auf – es war ja sowieso nur noch ein Wrack. Und der Rest Gepäck – alt und verschlissen. Also stellte er sich auf drei Tage Warten ein.

In einem kleinen Boarding-Haus mietete er sich für die restlichen Tage ein Zimmer – er musste allerdings für eine ganze Woche bezahlen. Am Abend verpflegte er sich in einem kleinen Restaurant. Und fand dort eine verständnisvolle junge Frau, die ihm in das Zimmer folgte.

3. Kapitel: Auf der Straße

Am Tage der Abfahrt war Dordo rechtzeitig am Marktplatz. Etliche Minuten vor der Abfahrt fuhr der Bus, leuchtend Gelb und mit der richtigen Angabe des Zielbahnhofs, heftig hupend in den „Busbahnhof" ein. Dordo hatte sich in den Tagen zuvor eine kleine Tasche gekauft und mit etwas Leibwäsche und Toilettenartikeln gefüllt. Auch mit etwas Proviant und einer kleinen Flasche Wasser. Außerdem hatte er sich noch ein leichtes Hemd in den Farben der Dannau gegönnt, das wie ein Kaftan geschnitten war und das man über der Hose tragen konnte. Für bessere Zeiten …

Er hatte es bisher vermieden, sich in der Nähe von Domé aufzuhalten. Immer wieder war er von einheimischen Männern irritiert angesehen worden, wenn sie seine Nähe spürten. Aber er hatte sie nicht durch eine Berührung „erweckt". Er wollte keinen Siegeszug (gewissermaßen) nach Dannau inszenieren. Dazu fehlte es ihm an Mitteln. Zwar würde er sicher Unterstützer finden. Wahrscheinlich auch solche mit Geld. Aber er schämte sich – ein Mann aus einer fürstlichen Familie. Der fast wie ein Bettler daherkam. Er wusste, dass er auf ein Bankkonto, irgendwo im neutralen Ausland, zugreifen konnte, das noch von seinem Urgroßvater stammte. Und dessen Daten er beim Tode des Vaters hatte sichern können. Sie befanden sich nun bei seinem Gold – in seinem Gürtel.

Aber in Dannau würde er weder einen Wohnsitz haben noch nähere Verwandte, bei denen er unterkommen würde. Also musste er sich etwas anderes einfallen lassen. Immerhin gab es da noch die Burg Dannau. Die eigentlich ihm gehörte. Aber was es mit der heute auf sich hatte, konnte er nicht einmal ahnen. Seine Familie war in den letzten Jahrzehnten immer unterwegs gewesen. Ohne feste Bleibe.

Im Bus hatte er einen Eckplatz ganz hinten. Hier hatte er sich eingeigelt. Vor und neben ihm waren nur ältere Frauen und kleine Kinder. Die hosselten zwar herum, aber störten ihn kaum. Ein frecher kleiner Bub wollte mit ihm spielen, aber er hatte ihn abgewehrt. Und vermieden, dass er ihn dabei berührte, denn der Bub war ein Domé. Der hatte ihn fragend angeschaut, war dann aber enttäuscht gegangen.

Die Nähe anderer Menschen störte ihn nicht – er tat so, als wenn er schliefe. Tatsächlich aber meditierte er über das, was er zu tun hatte. In der Zukunft.

♦

Die Fahrt verlief öde. Die Straße war gut, der Bus aber alt und schlecht gefedert. Und laut. Und da er quasi über dem Motor saß, bekam er jeden Gangwechsel und jede holperige Stelle mit. Die Fahrt zog sich Stunde um Stunde. Gelegentlich ein Ort mit Haltestelle. Dann wieder eine Stadt mit längerem Halt – und der Möglichkeit, sich zu versorgen oder zu erleichtern.

Regelmäßig wechselten die Busfahrer und damit die „Bespaßung" der Passagiere. Einer war überaus kregel – er erzählte laufend Witze, so dass der Bus reichlich munter wirkte. Als es aber Abend wurde, wurde auch er zurückhaltender. Und ließ seine Reisenden taktvoll schlafen.

Um Dordo herum hatten sich die Oma und ihre Enkel, die Tochter (die Dordo interessiert angelächelt hatte) und der Schwiegersohn (kein Domé, also auch nicht der Vater des Kleinen!) eingerollt und schlummerten tief trotz der unbequemen Fahrt. Dordo selbst schlief nicht – er döste unruhig vor sich hin. So, als warte er auf etwas Störendes, Abenteuerliches, Erschreckendes.

Aber nichts störte die Fahrt, so dass sie in den frühen Morgenstunden die Hauptstadt erreichten. Und hier regelmäßig hielten und Fahrgäste ein- und aussteigen ließen. Zeitweilig wurde der Bus sehr voll, so dass viele im Mittelgang stehen mussten. Als sie dann nach fast einer Stunde die Stadt wieder verließen, hatten sich die Mitreisenden fast vollständig ausgetauscht. Bis zur Endhaltestelle im Hafen von Dannau war es noch eine gute Stunde. Der aktuelle Busfahrer wählte gewissermaßen zur Abwechselung nun laute, temperamentvolle Musik zur „Bespaßung". Allerdings war der Bus nur noch halbvoll – die Familie mit den fröhlichen Kindern war schon in einer der Vorstädte der Hauptstadt ausgestiegen.

4. Kapitel: Daheim

Die Endhaltestelle erreichten sie am mittleren Vormittag. Es war ein schöner, heller Morgen. Und es zeichnete sich ab, dass auch der Rest des Tages schön sein würde. Vom Meer her wehte eine gute steife Brise. Als Dordo ausstieg, wehte sie ihn verlockend an und weckte erstmals den Seemann in ihm. Er atmete tief durch und spürte das Salz in der Luft und die anderen maritimen Gerüche. Und genoss sie …

Der Busbahnhof – deutlich größer als in den Dörfern und Städten in der Provinz – entließ ihn also entspannt und friedvoll am Hafen. Er wusste nicht, wohin er sollte. Aber er hatte beschlossen, dass er „es auf sich zukommen lassen" wollte. Und hatte als erstes die alte Burg suchen und besichtigen wollen.

Aber das gestaltete sich unerwartet schwierig. In der Stadt war offensichtlich gerade Festzeit – ein großes Plakat am Rande der Altstadt – direkt neben dem Hafen – informierte ihn über den Anlass:

„4000 Jahre Dannau – Ein Hoch auf unsere Vergangenheit" stand da. Und in kleinerer Schrift wurde das Programm verkündet. Eine ganze Woche lang hatten der Bürgermeister und der Stadtrat dafür vorgesehen: für Umzüge, Festkonzerte, Tanzveranstaltungen, Auftritte von Rockstars und Folkloregruppen, Wahl der „Miss Dannau" und vieles andere mehr. Auch der Auftritt des „Prinzen von Domé" als Ehrengast war vorgesehen. Er sollte über die glorreiche Vergangenheit der Stadt berichten.

Dordo staunte. Und ging langsam in Richtung Innenstadt. In den Erinnerungen seiner Vorfahren lag die „Burg Dannau" seitlich vom Hafen und der Siedlung der Händler und Handwerker – alles in der Nähe ihrer Haupteinnahmequelle. Aber die Bebauung war jetzt deutlich dichter. Und anders erschlossen. Jedenfalls war es hier aber ungewöhnlich belebt. Schon öffneten die fliegenden Händler ihre Stände oder breiteten ihre Waren auf dem Erdboden aus. Der Durchgang war dadurch stark eingeschränkt – vor allem, wenn ein Sonnenschirm aufgespannt und durch Seile gegen zu heftige Windböen gesichert worden war. Gab es etwas Platz, war der belegt durch Gruppen von Sängern, Tänzern und Gauklern. Dordo quetschte sich auf seinem Weg zur Burg also durch die Menge – und berührte unbeabsichtigt jede Menge Männer, die ihn erstaunt oder erschreckt anschauten. Ab einem bestimmten Zeitpunkt hörte er hinter sich aber ein Flüstern:

„Der Fürst war das!"

Das Flüstern folgte ihm. Und bald auch eine immer größer werdende Gruppe von Männern. Bis an das Tor zur Burg Dannau. Diese war mittlerweile ein vielfach genutzter Gebäudekomplex im Stadtzentrum. Das Rathaus war hier angesiedelt, die Polizeistation, eine große Markthalle, ein Basar – und Handwerker, Ärzte und Rechtsanwälte. Also alle wichtigen Einrichtungen einer Stadt.

Vor dem Rathaus aber war eine Tribüne aufgestellt, wo am Tage die Honoratioren des Ortes dem fröhlichen Treiben auf dem Platz davor zuschauen und sich selbst feiern konnten. Hier sollte demnächst der Bürgermeister erscheinen und den Startschuss des Tages abgeben – die Kür der „Miss Dannau".

Dordo Dannau stand also vor diesem Gerüst, dicht umgeben von Männern, die ihn zu berühren trachteten, als wenn sie von ihm Heilung erwarteten. Er wusste nicht, was er jetzt anstellen sollte. Die Männer abschütteln konnte er nicht. Dazu standen sie zu dicht um ihn herum. Da aber kam Hilfe – oder besser Erlösung. Einer der anwesenden Domé war ins Rathaus gelaufen und hatte die Neuigkeit lauthals verkündet. Und während der Bürgermeister sein Frühstück noch nicht beendet hatte, war sein Ehrengast aufbruchbereit – der Prinz sprang auf und eilte hinaus. Die Menge machte bereitwillig Platz – auch den Prinzen berührten etliche Männer und wollten von ihm noch zusätzlich gesegnet werden. Aber der Prinz beruhigte sie freundlich und stand alsbald dem Dordo gegenüber.

„Herr Dordo Dannau, wie ich annehme?" lächelte der Prinz und berührte das Haupt und die Schultern des Fürsten.

„Oh, ja!" bekräftigte er dann auf Domé. *„Willkommen in unserer Runde!"*

Der so erkannte Fürst Dannau verneigte sich ehrfürchtig und dankte für die Gnade – und entschuldigte sich für seinen struppigen Anblick.

„Hauptsache sie sind da – jetzt fehlt nur noch Godalá!"

Der Bürgermeister war mittlerweile hinzugetreten und war gelinde entsetzt über das geradezu landstreichermäßig daherkommende Oberhaupt seiner Stadt. Der Prinz beruhigte ihn und verwies darauf, dass auch Fürst Ebandó erst präsentabel gemacht werden musste, bevor er dem Volke gezeigt werden konnte. Gordo aber schüttelte den Kopf und meinte:

„Fürst hin oder her! – ich bin ein Mann des Volkes und werde es immer bleiben – ich brauche keine Verkleidung!"

Der Bürgermeister seufzte – da war Überzeugungsarbeit erforderlich!

Die Menge um sie herum dagegen war begeistert – gerade zum rechten Zeitpunkt war ihr Fürst erschienen. Und war einer von ihnen! Und konnte mit ihnen feiern. Was er dann auch tat!

◆

Einige Tage später konnte auch Dordo inthronisiert werden. Der „Hüter der Steine" war, wie mittlerweile üblich, kurzfristig importiert worden. Aber wo war der Ring? Dordo hatte nichts ringähnliches bei sich – war ihm doch alles andere abhandengekommen. Er hatte nur einen Anhänger an einer Kette um den Hals als letzte Verbindung an seine Vergangenheit – das dritte und letzte Erbstück von seinem Vater. Bei genauerer Betrachtung stellte sich aber heraus, dass das kunstvolle, flache Geflecht aus Golddrähten aus der ehemaligen Ringfassung geformt worden war. Ein Goldschmied wurde also hinzugezogen. Der seufzte und meinte, dass es schade wäre um dieses schöne, uralte Stück. Aber er müsse es mehr oder weniger in seine Einzelteile zerlegen, um daraus wieder die ursprüngliche Ringfassung schmieden zu können. Da er aber auch ein Domé war und daher wusste, wie der Ring ursprünglich ausgesehen hatte, versprach er, alles andere liegen zu lassen und die Fassung zu rekonstruieren. Einen Tag aber würde er schon brauchen …

Den brauchte er auch. In der Zwischenzeit hatte es reichlich Zerstreuung gegeben – das Leben der Prominenz ist ja von dauernden Störungen durch alle möglichen Leute und ihre Anliegen geprägt – mal wollte einer über seine Weide und den störrischen Nachbarn Rat bekommen, mal ein anderer eine Finanzspritze für eine garantiert unschlagbare Idee …

Dordo konnte sich erst am späten Abend zurückziehen – in ein Hotelzimmer auf Einladung der Stadtverwaltung. Hier konnte er sich erstmals nach sehr langer Zeit ausgiebig reinigen. Die Reinigung der Hose und der Schuhe übernahm das Hotel.

Am nächsten Morgen, nach einem ungewohnt üppigen Frühstück, stand das weitere Programm an. Hier konnte er erstmals sein neues Hemd zeigen – Hose und Schuhe waren gesäubert und trotz deutlicher Verschleißerscheinungen soweit präsentabel – wenn man nicht zu genau hinsah. Immerhin saß er nun auf der Ehrentribüne – ein besonderer Platz, fast wie ein Thron, der eigentlich hätte freigehalten werden sollen, um auf die abwesende Herrscherfamilie hinzuweisen. Nun aber konnte dieser durch ihn gefüllt werden. Und er füllte den Sitz mit Würde aus.

Um die Mittagszeit herum, kurz bevor die Menge sich zu der mittäglichen Essens- und Ruhezeit zerstreuen würde, war ein zusätzlicher Programmpunkt eingefügt worden. Der Prinz, der Juwelier und der „Hüter der Steine" traten an den Thron und überreichten dem Nachkommen der Dannau die Zeichen seines Auftrags und Vermächtnisses: Der Juwelier die rekonstruierte Ringfassung und der Hüter den Stein. Dordo nahm beide in die Hände, den Ring in die Linke und den Stein in die Rechte. Und fügte beide in einer dramatischen Geste zusammen. Und der Stein erstrahlte in einem hellen, grünen Blitz – und überschwemmte die ganzen anwesenden Feiernden. Und damit vor allem die anwesenden Domé-Männer, die ihre bisher teilweise unvollständigen Erinnerungen ergänzt fühlten. Der Fürst Dordo Dannau aber wurde durch den Jubel seiner Mitmenschen wieder in sein Amt eingesetzt.

Zur Beruhigung des Bürgermeisters hatte der neue Fürst verkündet, dass er keinerlei Einfluss nehmen würde auf das Wirken und die Entscheidungen der Stadtverwaltung – dass er sie auf jeden Fall unterstützen würde …

$$\Omega$$

Domé

7. Teil
Das Haus Godalá

Domé

1. Kapitel: Weltweit

Fast alle Oberhäupter der „Großen Familien" waren also gefunden, „erweckt" und in ihre traditionellen Funktionen eingesetzt worden, wenn diese auch nur der Repräsentation dienten. Nur der Fürst der Godalá war noch unentdeckt: es fehlten jegliche Hinweise, wohin es das Oberhaupt dieser Familie verschlagen haben könnte. Für eine vollständige „Fürstenkammer" war dieser aber unentbehrlich – nur so konnte der „Sternenkreis" gebildet werden. Dies sollte eine Institution werden, die in der „Großen Halle" der Domé ihren Sitz haben sollte – eine beratende Kammer, in der über die Vergangenheit und Zukunft debattiert werden sollte. Die Anordnung der Sitze sollte dabei die beteiligten Regionen widerspiegeln – analog zur Lage der Botschaften …

Präsident Ardé Léo Domé hatte daher entschieden, dass noch vor der Enthüllung des letzten noch verborgenen Regierungssitzes der Domé, der sagenumwobenen „Goldenen Burg" der Godalá, alle Nachkommen der Domé weltweit erweckt werden sollten. Die bisherigen Ansprachen zur „Erweckung" über das örtliche Fernsehen und den regionalen Rundfunk hatten keine ausreichenden Ergebnisse gebracht. Aber möglicherweise war der Fürst der Godalá irgendwo in der Ferne zu finden. Dazu wurde eine weltweite „Fahndung" erforderlich.

Dies war am besten durch eine über den ganzen Globus ausgestrahlte Gemeinschaftssendung zu erreichen. Ein gutes Beispiel dafür war die berühmte Sendung „Our World Live" im Jahre 1967, in der unter anderem die Beatles mit ihrem Lied „All You Need Is Love" Interesse und Begeisterung geweckt hatten. Um einen möglichst sinnvollen Anlass finden zu können, wurde eine schon seit längerem geplante Sitzung der Vereinten Nationen in der „Großen Halle" der neuen Hauptstadt Domé gewissermaßen umgenutzt. Und ergänzend wurde von den verschiedenen Nationen ein für alle Menschen interessantes Rahmenprogramm mit musikalischen und kulturellen Beiträgen entwickelt. In diesem Zusammenhang würde der gastgebende Präsident eine Ansprache halten – und dabei nicht nur die gesamte Menschheit begrüßen, sondern auch jene Worte aussprechen, die eine „Erweckung" auch von fernen Mitgliedern der Familien der Domé einleiten würden. Diese Ansprache würde alle zwei Stunden wiederholt werden, um möglichst viele Menschen zur jeweiligen Hauptsendezeit zu erreichen.

Dieses Konzept konnte zur Osterzeit durchgeführt werden: die genau 24 Stunden lange Sendung wurde von vielen Sendern rund um den Globus live ausgestrahlt. Und die Worte wurden gesprochen. Und überall auf der Welt geschah es nun, dass Männer und Knaben zusammenzuckten und erst mit Entsetzen, Fassungslosigkeit, dann aber mit Freude und Zufriedenheit ihre Zusammengehörigkeit zu den verschiedenen Familien der Domé erkennen mussten. Viele hatten davon schon gehört, aber nicht auf sich bezogen. Jetzt aber segneten Großväter und Väter ihre Söhne und Enkelsöhne, gaben damit ihr Wissen und ihre Geschichte an sie weiter und sorgten so für Kontinuität in den Familien. In den meisten Fällen waren nur geringe Verluste an Vertrauen und Liebe zu beklagen – stattdessen wurde der Zusammenhalt dauerhaft gestärkt. Unerfreuliche oder gar schmähliche Handlungen eines der Familienmitglieder in der Vergangenheit wurden mit Verständnis aufgenommen. Aber meist konnten die Abstammung und die Traditionen der Familie mit Stolz wahrgenommen und weitergegeben werden.

Zugegeben – vor allem in klar strukturierten Gemeinschaften bildeten Domé-Männer plötzlich eine „Untergruppe", die zunächst mit Misstrauen beobachtet wurde. Hatte man doch in der Vergangenheit über Internet oder andere Medien Irritierendes oder gar Bedrohliches von ihnen gehört. Aber dieses Misstrauen schwand bald – die Betroffenen verhielten sich in der Regel wie bisher und störten nicht. Außerdem wurden besonders prominente Domé wie allseits beliebte Künstler oder Politiker weiterhin als Vorbilder behandelt. Ihr Verhalten wurde aber nun mit besonderem Interesse wahrgenommen.

Allerdings gab es nun auch Fälle, bei denen Männer ihre Familien verließen, weil sie ihren Vätern und Söhnen nicht mehr in die Augen schauen konnten. Söhne schämten sich ihrer privaten Geheimnisse und verließen die Familie, möglichst auch die Nähe anderer Domé und gingen in die unwirtliche Ferne. Und einige begingen sogar Selbstmord, um einem kritischen Blick in ihre Seele zu entgehen.

Und schließlich – in etlichen Fällen konnte die „Beweislage" bei Fragen der Abstammung in privaten oder juristischen Fällen, zum Beispiel bei fraglichen Erbfällen, zweifelsfrei geklärt werden. Und das sorgte wiederum für eine deutliche Entspannung in den betroffenen Familien. Entfremdungen konnten abgebaut werden. Gegenseitiges Verständnis war auch in schwierigen Fällen möglich. Das Leben ging weiter.

2. Kapitel: Gefängnis

Roderick C. Forrest, genannt Roddy, rührte in seinem Kaffee, kostete und fand ihn zu heiß. Er blies über den Rand des Pappbechers und rührte wieder. Etwas ungeduldiger diesmal, denn seine Runde im „Bau" begann in wenigen Minuten. Irritiert schaute er zu seinem Kollegen Larry hinüber, der eine lautstarke, internationale Unterhaltungssendung im Fernsehen verfolgte und abschätzige Kommentare zu dem pompösen Auftritt eines „Bimbos" irgendwo in Afrika abgab. Die Kamera zoomte gerade auf das Gesicht des „Bimbos", die Tonregie wechselte von dem eigenen Kommentator zu dem Redner und laut und klar erschallten die Worte oder „Geräusche" aus dem fernen Land in dem kleinen, mit Monitoren zugepflasterten Dienstzimmer.

Roddy zuckte zusammen – in seinem Kopf brannten und echoten die „Geräusche", so dass er sich die Ohren zuhielt. Der Kaffeebecher fiel auf seine rechte Fußspitze, aber er spürte die heiße Flüssigkeit nicht, die über seinen Fuß lief. Er starrte auf den Bildschirm und erkannte nun, wer da sprach – erkannte, dass dieser Mann zu ihm gehörte – nein, umgekehrt: dass er selbst zu diesem eben noch völlig Fremden gehörte. Bilder aus einer lang vergangenen Zeit füllten schlagartig seine Erinnerungen auf und andere, schöne und grausame, aus nicht so ferner Zeit. Erinnerungen von Vorfahren, von Pracht und Herrlichkeit wie auch von tiefstem Elend. Er erlebte im Schnelldurchgang die Verschleppung eines geehrten Familienoberhaupts und seinen Verkauf auf dem Sklavenmarkt in New Orleans. Rebellion und Resignation und tiefe Trauer.

Er stöhnte auf, und Larry, das rothaarige Bleichgesicht, fragte irritiert: „Is' was? – Was guckst'n so komisch? – Is' doch nur 'n Bimbo!" und ergänzte grinsend: „Sieht fast so aus wie du!"

Roddy suchte nach Worten, japste aber nur nach Luft.

Larry grinste: „Heiß, der Kaffee – nich' wah'?"

Die Tür zum Flur ging auf und Hubert schaute herein. „Was is'n los, Roddy? Deine Runde is' fällig. Los, Mann!"

Roddy bückte sich, hob den Kaffeebecher auf, warf ihn in den Papierkorb, wischte den verschütteten Kaffee mit einem Taschentuch auf und ging dann wortlos durch die Tür zum Zellenblock, seine Runde machen.

Hier, im Rockwood-Gefängnis, hielt man viel von Disziplin und Genauigkeit. Und deshalb wurden die Gefangenen, vor allem die Schwerverbrecher, stündlich kontrolliert. Roddy ging wie in Trance den Gang entlang. Seinen Job erfüllte er nahezu automatisch – nur, wenn etwas ungewöhnlich und somit potenziell gefährlich war, schaltete er blitzschnell in eine Art Verteidigungsmodus. Aber heute war etwas anders – er hörte einige Schreie, Stöhnen und Rufe. Das war nicht ungewöhnlich. Aber heute klangen einige dieser Schreie nicht wie sonst, nicht wie Äußerungen von Wut, Überdruss oder Leid. Einige klangen wie – Angst? Und das irritierte ihn. Möglicherweise war hier im Block C des Gefängnisses – die schweren Jungs – etwas geschehen. Etwas, was mit dem Fernsehen zu tun hatte – die meisten Gefangenen hatten ja ein eigenes TV-Gerät und da Abend war und die Ruhezeit begonnen hatte, hatten wahrscheinlich viele die laufende Unterhaltungssendung gesehen. Roddy lief langsamer und ließ die neuen Erkenntnisse auf sich wirken. Er hielt inne und schaute sich um. Die Gefangenen ignorierten ihn wie üblich. Der eine oder andere blickte aber irritiert zu ihm hinüber, da er sich anders als sonst verhielt, äußerte aber keinen Kommentar.

Er lief langsam weiter, um eine Ecke mit dem Kontrollknopf, den er leicht verspätet betätigte. Dann begann er den nächsten Abschnitt. Und hier bemerkte er etwas Ungewöhnliches, etwas wie Schwingungen, auf die er sich zu bewegte. Er blickte unruhig um sich, was wiederum die Gefangenen beunruhigte. Er schlich langsam und vorsichtig weiter – und dann – sah er **ihn**: Mitten in der Zelle, in weißem Hemd und weißer Hose, hoch aufgerichtet und mit geschlossenen Augen, die Hände wie zum Gebet zusammengelegt, stand **er** da.

Roddy ging noch einige Schritte auf **ihn** zu und hielt dann inne, **ihm** genau gegenüber. Und wieder überflutete seinen Verstand etwas, was stärker war als er. Er griff an seinen Kopf, wehrte sich gegen das Eindringen des Anderen, aber es half nichts. Und in einem heftigen Schub kamen die Erinnerungen des Anderen über ihn und ergänzten die seinen – und er erkannte, **wer** ihm da gegenüberstand. Hinter den Gittern, aber in seiner eigenen Freiheit stand dort sein Fürst, das Oberhaupt **seiner** Familie, der Godalá. Roddy stöhnte – er hatte das Gefühl, dass er sich selbst hinter Gittern befände und dass sein Fürst die Möglichkeit hatte, ihn zu befreien, ihn zu sich zu nehmen und in die Familie einzureihen als ein geachtetes Mitglied. Er verspürte den Drang sich niederzuwerfen und **ihn** darum zu bitten, aber der Fürst befahl ihm, stehen zu bleiben, seinen Weg weiter zu gehen bis – nun, bis in eine bessere Zukunft.

Roddy erschauerte, wendete sich um und stolperte weiter, den Kopf immer noch in den Händen, so dass er kaum wahrnahm, dass die anderen Gefangenen ihm nun erstaunt oder hämisch nachschauten. Ihm, dem starken, ruhigen Mann, der ihr Leben mit all seinen Äußerungen beeinflusste. Und so bemerkte er kaum, dass einer der Gefangenen sich angstvoll in die äußerste Ecke seiner Zelle zurückgezogen hatte, dort kauerte und leise wimmerte. Auch er war ein Domé, wie Roddy im Vorbeilaufen bemerkte. Und als er, weniger aus Neugier als aus Mitgefühl, versuchte, seine Familie zu bestimmen, überwältigte ihn eine Sintflut aus Jammer, Leid, Hass, Gier – und Mord. Roddy prallte zurück. Dann lief er davon, um sich selbst vor diesem Wahnsinn zu retten. Er verpasste den nächsten Kontrollpunkt und sofort ertönte das erste Warnsignal.

♦

Fürst Eabadó Godalá stand im Büro des Gefängnis-Direktors. Ruhig, groß und aufrecht. Wider alle Regeln des Gefängnisses ohne Handschellen und Fußfesseln. Er schaute den Mann hinter dem Schreibtisch an, der aufgestanden war und sich vor ihm verbeugt hatte – auch der kaukasisch wirkende Direktor war ein Domé, wenn auch kein Godalá. Und sie unterhielten sich – ohne Worte, damit niemand Unbefugtes ihnen zuhören konnte. Roddy Forrest folgte ihren Gedanken in gebührendem Abstand. Und so konnte er mitbekommen, was sein Direktor in den Erinnerungen des Gefangenen zu sehen bekam – keine Schuld, kein Verbrechen, keinen Mord. Nicht einmal so etwas wie Diebstahl oder Vergewaltigung. Gerade einmal eine wilde Klopperei nach einer unerträglichen Provokation, auf dem Schulhof, als kleiner Junge. Stattdessen ein strebsamer junger Student der Biologie-Wissenschaften – vielleicht ein kommender Arzt … ein Heiler … ein Wohltäter …

Der Direktor seufzte. Bei einem solchen Befund schämte er sich seines Berufes und dessen, was er nun tun musste. Er konnte den Fürsten nicht einfach so entlassen. Er überlegte mehrere Szenarien: Bei Nacht mit dem Transporter und einem Boot nach México; oder als Scheintoter in die Pathologie, dann über ein Krematorium … eine neue Identität – der Name wäre sowieso anders – er würde seinen eigentlichen Namen wieder annehmen müssen …

Der Fürst aber weigerte sich. Er wollte von allen Vorwürfen reingewaschen werden – ein ehrenwerter Mann sein, kein Flüchtling. Der Direktor seufzte wieder. Aber er hatte begriffen, dass es keine andere Möglichkeit gab – sie würden die Staatsanwaltschaft und die Rechtsanwälte und das ganze Trari und Trara der Justiz aufscheuchen müssen – und es würde endlos dauern. Neue Beweisaufnahme. Der ganze Zirkus von Neuem …

Der Fürst bestand auf seinem Standpunkt und Roddy durfte ihn in seine Zelle zurückführen.

♦

Jener Domé, der sich in seiner Zelle zusammengekauert hatte, wollte aber seine Geheimnisse lieber mit ins Grab nehmen, als dass sein strenger Fürst ihn bis ins Innere seines Wesens auskundschaften würde. Er befand, dass es sich nicht mehr zu leben lohnte. Und resigniert beging er noch in derselben Nacht Selbstmord mit einer Überdosis trickreich versteckter Rauschmittel.

3. Kapitel: Enthüllung

Jason McFarlaine strahlte vor Freude. Er hatte im Fernsehen seinen König gesehen. Für ihn als guter Brite sollte zwar der König von Britannien sein Leitstern sein, aber das war von nun an vorbei. Und dass er selbst nicht schwarz und alles andere als schön war, spielte nun keine Rolle mehr: Der Herrscher von Domé war erschienen und überstrahlte alles in Politik und Wirtschaft, Kultur und Lebensart. Toll! Und er gehörte dazu! Er fragte sich, was wohl Professor Stone sagen würde. Und ob der vielleicht auch ein Domé wäre? Zuzutrauen wäre es ihm, dem alten Geheimniskrämer …

Jason steuerte sein britisches Oldtimer-Kabriolett sicher durch die Straßen von San Diego. Er dachte an ihr neues Forschungsprojekt über das Vorkommen der verschiedenen Walarten im Pazifik und ihre wichtigen Entdeckungen zu den unterschiedlichen Kommunikationssystemen dieser Tiere. Da gab es noch viel zu forschen und zu schreiben. Und er würde auch hier mit dabei sein!

Vergnügt lenkte er sein Aufsehen erregendes Auto in die Einfahrt von Professor Stones Villa – einen Austin-Healey 3000, den er im letzten Jahr günstig aus einer Haushaltsauflösung hatte erstehen können. Zugegeben, er war etwas vernachlässigt und daher für ihn erschwinglich gewesen, aber …?

Jason stutzte, als er ausstieg und sich orientierte. Die Terrassentür an der Seite stand offen und die Gardine wehte heraus. Wieso war der Professor plötzlich so unvorsichtig? Sonst hatte er doch immer alles zugesperrt! Er lief zu der Tür, lugte hinein, rief: „Professor?"

Niemand antwortete. Aber im Arbeitszimmer nebenan hörte er merkwürdige Geräusche – so etwas wie Hämmern …

Er schlich voran und öffnete vorsichtig die Tür – es hätte ja sein können, dass ein Einbrecher hier sein Unwesen trieb, aber …

Er erstarrte. Dann schrie er auf. Und stürzte in den Raum, riss einen der an der Wand hängenden Kavalleriesäbel aus der Sammlung des Professors herunter, sprang auf den Schreibtisch und hieb auf den Strick ein, an dem sein Arbeitgeber versucht hatte sich zu erhängen.

„Komm doch du Mistvieh!" schrie er außer sich, als der Strick nicht schon beim ersten Hieb reißen wollte. Immerhin – der Säbel war ein Dekorationsstück und nicht sonderlich scharf.

Aber dann riss der Strick und der immer noch strampelnde Professor fiel zu Boden – und Jason über ihn, da er im Hauen das Gleichgewicht verloren hatte. Der Mann unter ihm schrie irgendetwas, was er nicht verstehen konnte, aber immerhin – er lebte noch und atmete, das war schon etwas wert …

Der Professor wehrte sich mit der Kraft eines offensichtlich Wahnsinnigen. Jason versuchte, ihn zu beruhigen, erreichte aber nur das Gegenteil – immer stärkere Gegenwehr. Kurz entschlossen nahm er den Strick und schlang ihn um den Professor, indem er ihn über den Boden wälzte wie eine Roulade. Schließlich kam er schwitzend und keuchend auf dem nun gefesselten Professor zu sitzen.

Er wollte gerade empört nach dem Grund dieser monströsen Aktion fragen, da erreichte ihn ein Strom aus der „Gedankenwelt" des Professors und er erstarrte. Voller Entsetzen und Ekel folgte er unwillig und willig zugleich, aber nicht freiwillig dem Mann in die Hölle …

Was er erfuhr war, kurz zusammengefasst, dass der Professor, dieser geachtete und sogar verehrte Mann, vor einigen Jahren einen begabten Studenten namens Hornpipe, der seinen Gelüsten widerstanden hatte – jener war schwarz, schlank und sehr kräftig, wunderschön und geschmeidig, ein wundervoller Anblick, ach ja! – in einem abgefeimten Komplott auf das Schafott geschickt hatte. Hatte selbst einen Mord begangen, um ihn dem widerspenstigen Schönling in die Schuhe schieben zu können. Und war daran selbst fast zerbrochen. Nein, er war tatsächlich schon ganz zerbrochen und vegetierte nur noch so vor sich hin, ein Opfer seiner Lüste … Und als er von dem „Großen Domé" erweckt worden war an diesem Mittag, war er durchgedreht und hatte versucht, sich zu erhängen, damit niemand mehr seine Schande würde erkennen können

– schon gar nicht die, die er liebte und die ihn verehrten. Und das waren nicht wenige …

Jason war außer sich – er schrie den Professor hasserfüllt an, was der sich erlaube … Und er ließ den Professor gnadenlos seine Verachtung, seine Wut und Enttäuschung spüren, bis dieser jammerte und wehklagte, ja geradezu um Gnade winselte.

Er zwang den völlig außer Fassung geratenen Menschen dazu, sich an den Schreibtisch zu setzen und ein Geständnis über seine Untaten zu diktieren. Er zeichnet dies auf dem Diktiergerät in seinem Mobiltelefon auf und verbreitete es sofort live über Internet. Nannte und zeigte die noch nicht vernichteten Beweise im Tresor. Dann benachrichtigte er die Polizei und die Presse für ein Exklusiv-Interview – schließlich wollte er nach dem Zusammenbruch seiner wissenschaftlichen Karriere einen Ausgleich … auf den Professor und seine Förderung konnte er nicht mehr zählen.

4. Kapitel: Abweichungen

Elias Dupont war auf dem Heimweg. Er war gründlich verwirrt – während eines langen Gesprächs mit dem Ortsvorsteher ihres Dorfes hatte es ein seltsames Ereignis gegeben. Sie hatten über die Abgaben für die Weide gesprochen, die er für seine einzige Kuh brauchte – die Weide seiner Frau war in diesem Jahr mager genug, sodass sie die Wahl zwischen Schlachten oder Verkaufen hatten. Denn Futter zu kaufen war viel zu teuer. Er hatte versucht, zu handeln und den Pachtzins zu drücken … Im Hintergrund lief wie immer der Fernseher. Und plötzlich waren da Stimmen in seinem Kopf gewesen. Fremde, aber doch irgendwie vertraute. Von Menschen in der Ferne, aber auch in der direkten Umgebung. Dem starren Blick des alten Obi hatte er entnehmen können, dass der die gleichen Stimmen hörte. Und dann hatte er gefühlt, dass die Stimme vom Obi in seinem Kopf war. Und dass er seinerseits in den Kopf seines Gegenübers schauen konnte … Und er war zurückgezuckt – das waren Dinge, die er nicht wissen wollte – ganz private Dinge turnten dort herum – eine hübsche nackte junge Frau etwa, die auf ihn wartete und mit ihm … Er war wie gesagt zurückgezuckt. Und der alte Obi war ebenfalls verlegen zurückgezuckt. Elias hatte sich hastig verabschiedet und war ohne Ergebnis fortgegangen.

Und so lief er nun langsam nach Hause, während in seinem Kopf die Erinnerungen an eine weit zurückliegende Vergangenheit seine eigenen Erinnerungen ergänzten. Immerhin konnte er voll Befriedigung feststellen, dass seine Familie nicht Dupont – von der Brücke – hieß, sondern Godalá-Niéh. Und dass seine Vorfahren einstmals bedeutende Menschen gewesen waren, bevor die Belgier gekommen waren. Vorfahren, auf die man stolz sein konnte. Er fragte sich, woher er das nun alles wusste. Es musste wohl mit dem Fernseher zu tun haben. Er hatte diesen Dingern nie getraut. Seine Frau hatte auch so ein Ding, ein altes, schwarz-weißes, das nur selten richtig funktionierte. Und teuren Strom verbrauchte. Ein Geschenk von reicheren Verwandten.

Als er beim Haus seiner Frau ankam, wunderte er sich. Es war schon Mittagszeit und eigentlich müsste sie vor dem Haus mit der fertigen Mahlzeit auf ihn warten. Aber sie war nicht da, während das Ragout im Topf vor sich hin schmorte und schon verdächtig angebrannt roch. Er schob den Topf vom Feuer auf die Ablage daneben.

„Eladé!?" rief er. Keine Antwort. Aber aus dem hinteren Raum hörte er ein leises Jammern.

„Ist etwas passiert?" rief er angstvoll und schlich leise durch das „Empfangszimmer", wo noch der Fernseher lief, in ihr privates Zimmer. Und dort lag sie, zusammengekauert, die Arme um die angewinkelten Beine geschlungen, den Kopf zwischen den Knien versteckt, in der hintersten Ecke des Raumes – in der schmalen Ecke zwischen Bett und Kleidertruhe. Sie jammerte halblaut und wiegte sich langsam vor und zurück.

„Eladé!?" rief er erneut.

Er hörte lange nichts, dann ein kläglich geschluchztes: „Bitte geh!"

Er sank vor ihr auf die Knie und versuchte sie aufzuheben, was in der Enge aber kaum möglich war. Sie wehrte ihn kraftlos ab. Dann fing sie heftig an zu weinen. Er umarmte sie nun und ließ sie gewähren – es würde sicher eine ganze Weile dauern, aber er war Warten gewöhnt …

Plötzlich erinnerte er sich wieder an seine neuen Fähigkeiten – er richtete seine Gedankenwelt nun wieder auf die Außenwelt und da traf ihn nahezu der Schlag: seine Frau vor ihm war genauso präsent in seinem Kopf wie er selbst. Und wie vorhin der Obi. Er war verwirrt, denn so viel hatte er verstanden: dass nur Männer sich gegenseitig erkennen könnten. Aber seine Frau …? Vorsichtig begann er in ihre Gedanken einzudringen und stieß auf heftige Gegenwehr. Er beruhigte sie aber, nahm sie stärker in den Arm, versuchte zärtliche Gesten, küsste und streichelte sie …

Und langsam, sehr langsam, gab sie ihren Widerstand auf und ließ ihn in ihre Gedankenwelt ein – lud ihn zaghaft in das Haus ihrer Erinnerungen ein. Und zeigte ihm ihre liebsten Erinnerungen

– und die schlimmsten. Elias war erschüttert und zitterte – seine Frau hatte im Laufe ihres gemeinsamen Lebens mehrere Fehlgeburten gehabt. Das hatte er nicht gewusst. Und sie hatten sich doch so sehr Kinder gewünscht! Aber ihr erstes Kind war mit knapp zwei Jahren an Typhus gestorben, ein so schrecklicher Verlust. Dann kamen noch weitere Kinder, die aber jeweils nur wenige Monate bei ihnen blieben und sich dann für immer verabschiedeten. Nie geboren wurden. Es war ein Jammer. Und nun war wieder ein Kind unterwegs – ein Junge diesmal. Elias konnte seine Gegenwart deutlich spüren und auch seine Frau fühlte ihn. Und wenn auch dieser Sohn wieder von ihnen gehen würde? Eladé schluchzte nun ungehemmt und Elias fühlte, dass auch seine Tränen rannen. Aber er ermannte sich und ließ gute, liebevolle und tröstliche Gedanken in seine Frau strömen und vor allem in den seit so langer Zeit erwarteten, ersehnten Sohn.

Zärtlich hob er seine Frau vom Boden auf und legte sie auf das Bett. Bettete sie sorgsam und legte sich dann zu ihr. Zog sie an sich.

Und so blieben sie, den ganzen restlichen Tag und die Nacht. Und lernten sich nun endlich wirklich kennen. Er hatte nichts zu verbergen. Darauf war er stolz.

◆

Einige Tage später fühlten sie beide wieder „wie neu". Eladé hatte ihre Verzweiflung überwunden und war wie sonst. Freute sich auf das Kind und ging sorgsam mit sich – und ihm – um. Elias bog in seiner Schlosser-Werkstatt wie immer die angelieferten Stahlblätter zu Reifen für Fässer und Wagenräder und war soweit zufrieden.

Aber etwas hatte sich im Dorf verändert. Etliche Männer hatten auch hier erkennen müssen, dass sie zu den Domé gehörten, von denen in der letzten Zeit so häufig in den Nachrichten, in den Zeitungen oder im Fernsehen die Rede war. Das war offensichtlich nichts Ungewöhnliches und sie begannen, sich gegenseitig auszutauschen – das gab viel Anlass zu lustigen Anekdoten und gelegentlich auch Ärger, wenn einer den anderen übervorteilt hatte zum Beispiel. Oder ihm einen Streich gespielt hatte. Und das nun öffentlich wurde. Ungewöhnlich war aber, dass eine Frau diese Fähigkeit haben sollte, den Männern in den Kopf zu schauen. Männer untereinander – schön, damit konnte man umgehen. Aber Frauen …?

Spätestens, nachdem Eladé einer Nachbarin (ohne böse Absicht natürlich, eher aus Unachtsamkeit) berichtete, was sie in den Gedanken von deren etwas schluderigen und leichtlebigen Ehemannes gelesen hatte, gab es Ärger. Und die ließen die Männer nicht an ihr aus – vor ihr fürchteten sie sich – sondern an ihrem Mann. Der wurde getriezt, seine Werkstatt boykottiert, die Familie gewissermaßen ausgehungert. Und sie wurde zur Hexe abgestempelt, als ein Dämon in Frauengestalt, der Männer ausspionierte und verriet. Die Frauen wiederum neideten ihr diese Gabe und grenzten sie aus. Und schließlich ließen die Dörfler ihren Unmut über die unangepasste „Neue" (ihr alteingesessener Ehemann hatte sie von seiner Reise mitgebracht und ohne die gebräuchlichen Zeremonien geheiratet) an ihrem Eigentum aus, an ihrem Haus, das beschmiert und beschädigt wurde, an ihrem Vieh, an ihren Kleidern, wenn diese auf der Wäscheleine hingen.

Ein tätlicher Angriff mit einem Sack, der ihr von hinten über den Kopf gestülpt wurde, und heftige Schläge in den Bauch taten ihr Übriges: der gerade drei Monate alte Junge wurde zur Abtreibung gezwungen. Eladé erlebte seinen klagenden Abschied bei vollem Bewusstsein. Sie zerbrach beinahe daran.

Die Frauen des Dorfes hatten den Angriff geplant und durchgeführt. Kein Mann durfte dabei sein, damit Eladé ihn nicht identifizieren konnte – soweit hatten die Übeltäterinnen das Prinzip der „Gedankenwelt" begriffen. Und so gab es kaum Anhaltspunkte für eine Untersuchung durch den Dorfpolizisten. Der hatte allerdings auch wenig Anlass zu einer intensiven Beschäftigung mit diesem tätlichen Übergriff – seine Frau war eine der Rädelsführerinnen und würde **ihn** bestrafen, wenn er sich zu sehr mit dem Fall beschäftigen würde.

Eladé und Elias verließen das Dorf. Der Erlös für den Verkauf ihres Hauses, der Ackerflächen und des Viehs war mager genug, der Verkauf der Werkstatt nicht minder – und sie hatten kaum etwas mitzunehmen, das sich lohnte. Mit einem kleinen alten Lieferwagen verließen sie das Dorf. Sie kamen niemals wieder.

◆

Da beide aus verschiedenen Abspaltungen der Familie Godalá stammten – sie war eine Godalá-Uber, er ein Godalá-Niéh – fuhren sie auf gut Glück in ihre Hauptstadt. Er versuchte, Arbeit zu bekommen und fand auch bald einen Schlosser mit Autowerkstatt, der ein Domé war und der daher seine Geschichte deutlich genug lesen und verstehen konnte. Die Zugehörigkeit zu den Godalá aber war schon Empfehlung genug. Der Meister vermittelte ihnen auch eine zunächst provisorische Unterkunft. Und da sie nur wenig hatten mitnehmen können, hatten sie sich schnell eingerichtet.

Auch in der Hauptstadt wurde die Fähigkeit von Eladé zum Erkennen der „Gedankenwelt" mit Erstaunen registriert – weniger mit Ablehnung als mit Neugier – so etwas war zumindest ein Kuriosum. Sie wurde daher von einigen Ärzten, dann von der medizinischen Fakultät der Universität untersucht und begutachtet. Thesen wurden formuliert, Theorien aufgestellt. Ein Gentest wurde durchgeführt – mit erstaunlichem Ergebnis: Eladé hatte ähnlich wie die fürstlichen Männer verlängerte Chromosomenketten mit den gleichen Ergebnissen – sie war also von ähnlich hoher Geburt. Und dies würde sie an alle ihre Kinder weitergeben können – den Buben wie den Mädchen.

Einer der Ärzte hatte eine Mutter, die ebenfalls eine Godalá-Uber war – die alte Dame nahm ihre neue Verwandte resolut unter ihre Fittiche und bemutterte die Verschüchterte. Sie stattete sie mit Kleidung von verschiedenen Stiftungen aus und kümmerte sich um ihre Bildung. So stellte sie ihr auch einen ihrer Enkel bei, der ihr seine Schulaufgaben weitergeben konnte – Eladé konnte auf diese Weise vieles nachholen, das sie in der dörflichen Schule nicht hatte lernen dürfen.

Und sie wurde „in die Gesellschaft" eingeführt. Das nun machte Eladé Angst. Aber sie lernte bald, dass die Gesellschaft der Damen gefahrlos war. Und da sie nun keine „Männergeheimnisse" mehr ausplauderte, eckte sie auch nicht an. Zwar war sie immer noch ein biologisches Kuriosum, aber wie immer in solchen Fällen verging die Sensation im Strom der anderen Sensationen wie etwa dem Erscheinen des neuen Fürsten oder das Enthüllen der „Goldenen Burg". Und bald wurde all dies überlagert durch die Ankunft des neuen Kindes, um das sie sich hingebungsvoll kümmerte. Immerhin musste sie von ihrer mütterlichen Freundin lernen, dass man einen Säugling „natürlich" zu ernähren hatte, was auch immer die allmächtige chemische Industrie den Menschen vorgaukelte. Ihren Ersten hatte sie, wie damals von interessierter Seite empfohlen, mit so genannter „Kindermilch" und „Kinderbrei" genährt und ihm so wichtige Nähr- und Abwehrstoffe vorenthalten. So war es auch kein Wunder, dass er an Typhus gestorben war – das verseuchte Wasser des Dorfbrunnens hatte sein Schlimmstes dazugetan.

In späteren Jahren – sie gebar noch drei weitere, kerngesunde Kinder, davon zwei Mädchen. Diese erbten die Fähigkeiten ihrer Mutter und begründeten die Tradition der „Wissenden Mütter", einer in späteren Jahren und Jahrzehnten bedeutenden Institution aus Heilerinnen und Gelehrten. Diese Frauen wurden in die Gremien der Regierung eingereiht und fest verankert. Auch in den Rat wurden sie berufen.

5. Kapitel: Auferstehung

Eabadó Godalá, ehemals Hornpipe, stand in der Eingangshalle des Flughafens von San Diego. Es war vollbracht! Das juristische Gezerre über seinen Prozess und seine Inhaftierung waren überstanden. Natürlich hatte es lange gedauert – wie üblich viele Monate. Keiner wollte schuld sein an dem Desaster. Und Verantwortung übernehmen. Das Geständnis des Professors wurde zerpflückt und unglaubwürdig gemacht, um die ursprüngliche Verurteilung wenigstens teilweise gerechtfertigt erscheinen zu lassen. Aber schließlich hatte der Gouverneur (auch ein Domé aus einer europäischen Seitenlinie) besonders wegen des unablässigen Terrors in den Medien ein Machtwort gesprochen, den ehemaligen Richter statt der sonst üblichen diskreten Versetzung (keinen Lärm machen!!!) wegen Rassismus des Amtes entheben lassen und den Richter des Wiederaufnahmeverfahrens wegen Befangenheit abgesetzt. Das Verfahren wurde demonstrativ eingestellt und mit einer hohen Entschädigungszahlung auf Kosten des Staates abgeschlossen. Eine Rehabilitierung wurde weltweit verbreitet. Für den Missgriff wurde um Verzeihung gebeten – äußerst ungewöhnlich im politischen Raum … Der Prozess über die Taten des Professors sollte folgen.

Fürst Eabadó Godalá war also frei, unerwartet wohlhabend (obwohl seine Anwälte einen nicht unbeträchtlichen Anteil hatten einbehalten können), jung und sehr gutaussehend. Die Medien hatten ihn nun statt als ruchlosen Killer (damals mit manipulierten und retuschierten Fotos) nun als strahlenden Helden präsentiert, dem übel mitgespielt worden war. Es war alles höchst ärgerlich gewesen.

Er hatte sich zwei Monate zurückgezogen, auch um ehemalige Verbindlichkeiten zu erfüllen, alte Freunde aufzusuchen und die verstreuten Reste seiner Familie – in der Regel keine Domé. Dabei hatte er lernen müssen, dass er nicht der Sohn seines gesetzlichen Vaters war, sondern von jemand anderem … Seine Mutter hatte ihm gestanden, dass sein Erzeuger als Held im Dienst des Vaterlandes gefallen war …

Während dieser Zeit hatte er sich intensiv auf die Aufgaben eines Fürsten der Domé vorbereitet. Und sich im Bergsteigen geübt – das würde er brauchen können, wenn es soweit war …

Nun wurde es ernst – die Reise nach Afrika und daher ins Zentrum seiner Welt stand bevor. Er hatte sich unauffällig gekleidet – wie ein Student auf Ferienurlaub, also mit Sonnenbrille und legerer Kleidung. Als er aber die Lounge der ersten Klasse betreten wollte, versperrte ihm ein Aufsichtsposten den Zugang und verwies ihn an die Abfertigungsschalter der Economy-Klasse. Eabadó hatte aber bereits sein Ticket griffbereit und hielt es dem Türsteher vor die Nase. Der ließ ihn widerwillig passieren und beobachtete ihn weiterhin argwöhnisch. Folgte ihm, bis er sich eingecheckt und das Flugzeug betreten hatte.

Der Rest des Fluges war wenig ereignisreich. Während des Fluges wurde auf den Bildschirmen – soweit sie eingeschaltet waren und das örtliche Nachrichtenprogramm lief – als Neuigkeit aus aller Welt auch von der Abreise des ehemaligen Sträflings Hornpipe aus den USA berichtet. Die „unauffällige Verkleidung" hatte die Medien also nicht täuschen können. Eabadó erntete allerdings einige nur halb interessierte, halb fragende Blicke. Ein Mitflieger schräg gegenüber prostete ihm mit Champagner zu. Eabadó prüfte dessen „Gedankenwelt", fand aber keinen Widerhall. Kein Domé also. Eine Prüfung in der Kabine ergab noch einen weiteren Domé. Ein sehr alter Herr. Aber der schlief. Sie würden sich später unterhalten können. Vielleicht.

◆

In der Heimat, auf dem neuen Hauptstadt-Flughafen von Domé wurde er allerdings standesgemäß empfangen. Präsident Ardé Léo Domé hatte es sich nicht nehmen lassen, den Fürsten der „Goldenen Burg" persönlich zu begrüßen und ihn in den gerade erweiterten Präsidenten-Palast zu bitten. Es folgten die üblichen Vorstellungsrunden, die Festessen und Pressefotos. Hier zeigte sich der neue Fürst erstmals in seinem traditionellen Habit – wohleingefügt in die Reihe der anderen Fürsten, die es sich nicht hatten nehmen lassen, den letzten noch verschollenen Mitregenten mit Freuden willkommen zu heißen. Er wurde von allen Seiten begutachtet und abgelichtet. Und der Weltpresse präsentiert. Es war anstrengend. Und blieb anstrengend …

Eine formelle Inthronisierung des neuen Fürsten war aber noch nicht möglich, denn der Ring der Godalá konnte noch nicht ergänzt werden. Zwar stand der „Hüter der Steine" mit seinem letzten, dem goldfarbenen Stein der Godalá bereit, aber der Ring selbst fehlte noch. Aber Fürst Eabadó wusste, wo er ihn finden würde …

◆

Eine knappe Woche später konnte er endlich zur Erfüllung seiner wichtigsten Aufgaben in die Heimat seiner Vorväter reisen. Auch hier wurde er mit großem Gepränge empfangen und gefeiert. Ihm wurde mit Anerkennung und Bewunderung seine Bedeutung für das Volk der Godalá gezeigt – und man machte ihm deutlich, dass er von nun an an diesem Ort bleiben und die Traditionen wieder aufleben lassen sollte.

Da die „Goldene Burg" noch nicht enthüllt worden war, hatte er zu diesem Zeitpunkt keine Bleibe. Er wollte aber nicht bei irgendwem zu Gast sein, obwohl ihm zahlreiche Wohnungen (und auch anderer Komfort) angeboten wurden – er hatte Vorsorge getroffen und vor wenigen Wochen eine kleine Villa über das Internet mieten können. Hier hatte er nun einen Rückzugsort. Bis … nun, nur er wusste, was nun folgen musste.

Im engsten Kreis der Stadtverwaltung klärte er die Randbedingungen für eine Enthüllung der „Goldenen Burg". Diese war für die Einheimischen nur eine Legende. Man hatte sie bisher an allen möglichen Orten gesucht, aber nirgends gefunden. Zwar gab es seit einiger Zeit Hinweise von den bereits erweckten Männern aus der Familie der Godalá – aber diese hatten bisher geschwiegen. Sie wollten die Enthüllung ihrem Oberhaupt überlassen. Außerdem fehlte ihnen der Schlüssel zur Enthüllung.

Denn eigentlich war die Burg für alle deutlich sichtbar – sie lag auf dem „Torbah" genannten Bergrücken, der als Insel in dem steilen Tal des Erbos wie ein langgestreckter massiver Brocken lag und den Fluss teilte. Im Norden war er noch flach und dicht bewachsen – er wurde hier als Stadtpark genutzt. Nach Süden wurde er immer steiler und schmaler bis zu seinem hohen Endpunkt. Die beiden Flüsse Padma im Westen und Gaudas im Osten flossen direkt auf den Torbah zu und mündeten bei ihm nahezu rechtwinklig in den Erbos. Zur Tag- und Nachtgleiche im Frühling und im Herbst – und nur an diesen beiden Tagen – stand die Sonne in beiden Tälern am tiefsten. Dazu waren damals einige der Felswände im leicht mäandernden Verlauf der beiden Täler so bearbeitet worden, dass zu diesem Zeitpunkt nur ein schmaler Lichtstrahl zwischen ihnen bis zum Torbah durchscheinen konnte. Das Ziel dieser Lichtstrahlen aber war die „Goldenen Burg": Bei Sonnenaufgang und Sonnenuntergang wurden die vor der Burg liegenden Plattformen des Morgens und des Abends für alle deutlich sichtbar angestrahlt. Und strahlen ihrerseits zurück – ein eindrucksvolles Spektakel. Dadurch bildeten sie das Zentrum der Anbetung der Sonne als Gottheit – sie strukturierte das Jahr und die Jahreszeiten.

Die Burg selbst aber war überbaut worden und gewissermaßen „auffällig unsichtbar". Während die anderen Burgen und Paläste der Domé entweder verschüttet oder dem Verfall anheimgegeben worden waren, war die „Goldene Burg" regelrecht eingehaust und überbaut worden. Und ähnlich wie in der alten Hauptstadt war die Oberfläche als Landschaft aufwendig gestaltet worden. Die restliche „Überwucherung" erledigte die Natur – der ehemalige Prozessionsweg, der damals schnurgerade auf dem Grat bis zur Burg führte, war zu einem unregelmäßigen Trampelpfad zurückgebaut und begrünt worden. Am südlichen Ende des Weges bestand zu diesem Zeitpunkt ein Aussichtspunkt mit einem kleinen Café und Restaurant, ein beliebter Treffpunkt mit grandiosem Rundblick.

Fürst Eabadó schaute sich das Umfeld auf den Stadtkarten an. Das Zentrum der Burg lag etwa 100 Meter vor dem Treffpunkt. Was aber nur der Fürst Godalá als Geheimnisträger wissen konnte: Die ganze Konstruktion zur Überwölbung konnte mit nur **vier** Handgriffen eines einzelnen Mannes entfernt werden. Die Reste der Überwölbung allerdings würden bei dieser Aktion zu beiden Seiten des Bergrückens zu Tal und in die Flüsse stürzen. Und hier galt es, Vorsorge zu treffen, damit niemand zu Schaden käme oder Eigentum zerstört würde. Glücklicherweise waren die Flächen am

Fuß der hier sehr steilen Hänge vorwiegend unverbaubare Wasser- und Sumpfflächen geblieben – sie würden durch die herunterstürzenden Felsmassen teilweise aufgefüllt und trockengelegt werden. Immerhin würden dadurch aber Flutwellen entstehen, so dass die gegenüberliegenden Uferzonen und die Schifffahrt betroffen sein konnten.

◆

An einem Sonntag, dem 1. Advent dieses Jahres, am Vormittag gegen 10:00 Uhr, stieg der Fürst Godalá den Berg hinauf. Die Stadtverwaltung hatte den Bergrücken und die Bereiche zu beiden Seiten für diesen Vormittag evakuieren lassen. Und so konnte er die notwendigen Maßnahmen ergreifen: An einem geeigneten Punkt über der Burg rammte er einen kräftigen Pfahl in den Boden; daran wurden zur Sicherung zwei starke Seile befestigt. Und in Bergsteiger-Montur seilte sich Fürst Godalá den westlichen Abhang hinunter. Er orientierte sich an den vor langer Zeit eingehauenen Markierungen. Und landete schließlich an einem Überhang von mehreren Metern Tiefe. Hier musste er an der Untersicht Bergsteiger-Haken einschlagen und sich so Stück für Stück zu einem schmalen Sims hin vorarbeiten. Von unten wurde er dabei von einer aufgeregten Menge mit Ferngläsern und Kameras beobachtet. Als er schließlich auf dem Sims angekommen war, richtete er sich auf und winkte talwärts, was von den Menschen auf der anderen Talseite mit Jubel begrüßt wurde.

Dann musste er einige Sträucher und ein leeres Vogelnest zur Seite räumen. Dahinter verbarg sich eine schmale Öffnung, scheinbar nur ein Riss in der Felswand. Hinter diesem aber war ein Hebel eingebaut – die Tür zur Plattform des Sonnenuntergangs. Vorsichtig zog er daran – schließlich hatte sie niemand seit über zweitausend Jahren betätigt. Nach mehrmaligem, immer kräftigerem Ziehen gab sie schließlich nach – und zu beiden Seiten rutschten die Platten der Verkleidung aus behauenem Gestein um ihn herum erst zur Seite, dann polterten sie zu Tal, was von der Menschenmenge mit Aufschreien quittiert wurde.

War das alles? Keineswegs – Fürst Godalá stand nun auf einer geräumigen Plattform, von der ein Durchgang in die Tiefe des

Berges führte. Er löste das Halteseil – denn nun war er sicher – und folgte dem Pfad in eine Höhle. Hier fand er die erste Schleuse für ein Wasserbecken, dessen Inhalt den westlichen Teil der Überdachung hinwegspülen würde. Er betätigte einen weiteren Hebel, der mit einem goldenen Siegel gesichert war. Das Resultat war spektakulär: der ganze Berghang über ihm fing an zu rutschen, dann polterten das Gestein, die Bäume und Sträucher mit einem ohrenbetäubenden Getöse zu Tal. Die Menschen im Tal, am gegenüber liegendem Ufer, versuchten daraufhin panisch, Abstand zu gewinnen – konnten sie vorher nicht nahe genug herankommen, mussten etliche, vor allem diejenigen, die trotz Verbots in Booten in die Nähe gefahren waren, nun fliehen, um nicht erschlagen oder ertränkt zu werden.

Der Fürst Godalá aber ging prüfend zurück auf die Plattform, die nun völlig unbeschädigt weit vor dem eigentlichen Hang stehen geblieben war und winkte noch einmal hinunter. Dann warf er einen prüfenden Blick auf die goldene Fassade über und unter ihm. Sie war von den gespeicherten Wassermassen schon gereinigt worden, lag aber noch im Schatten des Morgens.

Er durchschritt das nun freigelegte Tor des Sonnenuntergangs und lief durch die gesamte Burg bis zur Plattform des Sonnenaufgangs. Dort vollführte er die gleichen Handhabungen – mit den gleichen Auswirkungen. Er ging wieder bis zum Rand der östlichen Plattform vor und prüfte auch hier die Auswirkungen seiner Maßnahmen. Man würde einiges zum Aufräumen haben … Aber vielleicht sollte man den Schutt im Fluss zu beiden Seiten des Berges für alle Zeiten erhalten und pflegen? Als ewige Erinnerung an die Meisterschaft und den schöpferischen Willen der alten Domé?

Als er sich umwandte, konnte er die nun komplett freigelegte „Goldene Burg" zum ersten Mal im Sonnenlicht bewundern – die über zweitausend Jahre währende „Einmottung" sah man ihr kaum an. Die glatten, mit massivem Gold überzogenen Mauern glänzten und schimmerten wieder wie früher. An einigen Stellen hingen noch Pflanzenreste und Blüten wie Girlanden herunter. Sie ergänzten so die Muster in den Fassaden – vor allem im Bereich um das Tor des Sonnenaufgangs war die Fassade mit Blumenmustern

geschmückt und mit stark farbigen Edelsteinen übersäht. Und er sah hier nur die Seite zum Tal, denn der Gebäudekomplex erstreckte sich wie ein Sattel über den Bergrücken. Die breite Eingangsfront mit dem großen Tor in der Mitte und den aufgerichteten goldenen Löwen zu beiden Seiten war nur von Norden, vom Eingangsweg auf dem Grat zu sehen. Oder sein Pendant von dem südlichen Endpunkt des Torbah mit seiner Aussichtsplattform und dem Café-Restaurant.

Er wandelte den Weg zurück durch die Innenhöfe mit ihren spiegelnden Wasserbecken, durch die schattigen Räume und die Säulenhallen. Und hier fand er schließlich die Ringfassung – demonstrativ auf einem Podest wie zu einer Ausstellung dargeboten – genau im Zentrum der Burg, am Schnittpunkt der Nord-Südachse – der Achse des Volkes – mit der Ost-Westachse – der Achse des Fürsten – zwischen Morgen und Abend …

Im Tal unten aber standen die Menschen noch lange vor dem wundervollen Anblick. Und als die Sonne sank, trat der Fürst Godalá, im weißen Gewand wie seine Vorväter, erstmal nach den mehr als zweitausend Jahren wieder an den Rand der westlichen Kanzel und bedankte sich für alle sichtbar mit lauter Stimme für den Segen, die ihm die Sonne gebracht hatte.

Auch in diesem Palast gab es viel zum Aufräumen. In Teilen war auch hier Wasser eingedrungen – das ingeniöse System zur Sammlung und Ableitung des Regenwassers hatte nicht immer ausgereicht, besonders bei Jahrhundertregen. Pflanzen und unterirdisch lebende Tiere – Fledermäuse vor allen, die solche gleichmäßig temperierten Höhlen liebten – hatten Spuren hinterlassen. Aber einige der Gemächer waren noch voll eingerichtet und somit funktionsfähig. Zwar waren die liegengelassenen Textilien vermodert und schon lange zu Staub zerfallen. Auch das eine oder andere Gerät, soweit es nicht aus Gold war, war verrottet. Fürst Godalá aber entschied, dass er von nun an hier leben würde und richtete sich zunächst provisorisch ein.

◆

In den folgenden Tagen trafen zahlreiche Gäste, Abordnungen und Neugierige vor Ort ein. Fernsehteams und Reporter sammelten sich auf den Uferstraßen im Tal und auf dem Pfad auf dem Bergrücken und berichteten. Anlass gab es genug – waren die bisherigen Enthüllungen schon mehr oder weniger spektakulär gewesen, übertraf die „Goldene Burg" alles Bisherige an Pracht. Allein die Fassaden aus purem Gold waren so eindrucksvoll, dass selbst die reichsten Selbstdarsteller dieser an Egomanen reichen Welt neidvoll zugeben mussten, dass sie übertroffen worden waren.

Am folgenden Neujahrstag aber konnte die noch ausstehende Inthronisierung des Fürsten Godalá erfolgen. Diese Zeremonie wurde im Rahmen eines weltweit im Fernsehen übertragenen Festaktes mit zahlreichen Ehrengästen aus aller Welt durchgeführt. Und mit der Unterstützung durch den Präsidenten Ardé Leó Domé und durch den „Hüter der Steine" konnte der Fürst Godalá die beiden Teile seines Ringes wieder zusammenführen – und der Ring überstrahlte die Anwesenden und Zuschauer mit seinem Wissen. Und die ganze Welt konnte davon Kenntnis nehmen.

Die Burg selbst wurde durch diese Zeremonie wieder mit ihrer Funktion als Stammsitz der Fürsten der Godalá gewidmet – der große Innenhof mit seinen farbig gemusterten Säulen und der große Festsaal waren in den wenigen Wochen zuvor schon gereinigt und geschmückt worden und bildeten so eine eindrucksvolle Kulisse für diese und alle kommenden Veranstaltungen.

◆

In späteren Jahren wurde die Residenz weiter ausgebaut – am südlichen Ende des Bergrückens, hinter der Burg, wurde an der Stelle des kleinen Café-Restaurants ein neuer, großer Festsaal als imposanter Rundbau mit Kuppel angebaut, der sich in Baustil und Form an die bestehende Burg anglich und nun als dominanter Blickpunkt am Zusammentreffen der drei Täler die Stadtsilhouette prägte. Von der umlaufenden Säulengalerie hatte man wie bisher

einen spektakulären Rundblick – nun mit einem deutlich eindrucksvolleren Ambiente.

Auf dem Bergrücken selbst aber wurde wieder eine Prachtstraße angelegt, die schnurgerade auf die „Goldene Burg" und die hinter ihr aufragende Festhalle zuführte. Begleitet wurde diese Allee durch eine Folge von neuen Villen, die vor allem von Botschaften belegt wurden. Aber auch von Privathäusern für besonders verdiente Familien. Aufgrund der steilen Flanken des Bergrückens mussten diese Gebäude aber den Hang hinunter über neu angelegten Terrassen errichtet werden. Sie glichen dadurch eher Türmen und bildeten eine Folge von schmalen, hohen „Zinnen", die sich um den Bergrücken schmiegten, unterbrochen von Bäumen, Palmen und Büschen, die auf den Terrassen angepflanzt wurden. Von den Tälern aus aber wirkten diese Bauten wie eine Kette aus weißen und goldenen Schmuckstücken, drapiert auf einem grünen Grund. Die „Goldene Burg" und der neue Festsaal aber bildeten den krönenden Abschluss.

◆

Übrigens versuchten in späteren Jahren immer wieder Touristen, als Souvenir einzelne Plättchen von dem Gold der Fassaden abzukratzen, was aber dank des steilen Geländes und der strengen Aufsicht selten jemandem gelang.

6. Kapitel: Kommunikation

Im Ersten Deutschen Fernsehen wurde die allseits beliebte Talk-show mit Hubert Geiermeier gegeben – aus aktuellem Anlass früher als bisher, zur besten Sendezeit. Und der prominenteste Gast des Abends war der mittelafrikanische Kultusminister Bertrand Domé nebst Ehefrau. Weitere Gäste waren der aktuelle Kampf-sport-Weltmeister, Harry Weinen, der Politiker und Vorsitzende des Bundestages, Dr. Gerhard Blauer sowie die Frauenrechtlerin und Herausgeberin der Zeitschrift „Sie", Prof. Dr. Helga Beller. Anlass war der Besuch des afrikanischen Politikers in Deutschland. Immerhin war der ja in Deutschland geboren und reiste nun zur Werbung für sein Heimatland durch einige Stätten seiner ehemaligen Heimat. Er sollte zu der aktuellen politischen Lage in Mittelafrika befragt werden. Da der Gast einwandfrei Deutsch sprach, wenn auch mit leicht nordhessischem Akzent, gab es keine Verständigungsprobleme. Auch die junge Ehefrau sprach Deutsch – wenn auch nicht ganz so fließend wie ihr Gatte, dafür aber akzentfrei.

„Sagen Sie, Exzellenz, wie fühlt es sich an, wieder in der Heimat zu sein?" fragte Herr Hubert, wie er genannt wurde.

Der Minister lächelte und meinte:

„Ach – eigentlich hat sich wenig verändert … bei uns in Domé geht es halt etwas dynamischer zu … und ist deshalb auch viel aufregender … viele neue Unternehmen haben wir – und Ideen – vor allem von Unternehmerinnen zur Versorgung der Bevölkerung und die unzähligen kulturellen Angebote …"

„Vermissen Sie etwas aus ihrer alten Umgebung …?"

„Ach – eigentlich kaum. Natürlich die alten Freunde. Aber die kommen seit Jahren regelmäßig zu Besuch … Nein, wirklich kaum etwas …"

Die weiteren Fragen und Antworten waren weitgehend unproblematisch – die Fragen von Seiten des Moderators zwar gern zugespitzt, aber doch ohne echtes Konfliktpotential. Die Antworten des Ehrengastes waren diplomatisch und angenehm unverbindlich –

kurzum, er sammelte Sympathiepunkte. Immerhin konnte so dem deutschen Publikum vorgeführt werden, dass auch ein Mensch mit Migrations-Hintergrund aus der mitteldeutschen Provinz etwas werden kann in der großen Welt.

Der Kampfsport-Weltmeister, seinerseits mit marokkanisch-holländischem Migrationshintergrund, hatte wenig beizutragen, wirkte vorwiegend dekorativ und fiel vor allem dadurch auf, dass er mit der Minister-Gattin zu flirten versuchte. Allerdings ohne Erfolg, dem leicht mitleidigen Lächeln der Dame nach zu urteilen.

Der Bundes-Politiker war aus gegebenem Anlass im Wahlkampf-Modus (Landtagswahl in Hessen), hielt sich aber trotzdem bezüglich aktueller politischer Probleme zurück – eines der Reizthemen der letzten Jahre und Jahrzehnte, die Migration aus Afrika nach Deutschland, hatte sich seit geraumer Zeit deutlich entspannt. Tatsächlich überschwemmte die Rückwanderung der Afrikastämmigen mittlerweile Mittelafrika und verlagerte deren Arbeitskraft, ihr Können und auch ihr Vermögen dorthin. Diese fehlten nun in Deutschland, was wiederum ein Problem darstellte. Stattdessen ergänzten die Rückwanderer den Arbeitsmarkt in Afrika, was dort zu deutlichen Verbesserungen im Angebot geführt hatte. Der Minister fand beruhigende und lobende Worte für diese Migranten. Immerhin waren sie in die Fremde gegangen, um zu lernen – wie früher in Europa die Handwerksgesellen …

Eine angenehme, aber etwas langweilige und trockene Talk-Runde. Bis der Moderator das Thema wechselte und die Frauenrechtlerin zur Lage der Frauen in Afrika befragte. Die Frau Professor schnaubte vernehmlich und meinte erbost:

„Sie haben ja keine Ahnung, sie Ignorant – was für eine ,Lage', bitteschön?"

Sie war den ganzen Abend kaum zu Wort gekommen, da der Moderator (zu Recht) ihr berüchtigtes Donnerwetter fürchtete. Sie ergänzte nach einer kurzen Pause:

„Wir Europäer sind wahrlich ein schlechtes Vorbild für diese Welt gewesen; archaisch, antiquarisch, völlig falsch programmiert, von klein auf!"

Nach einer weiteren kurzen Pause (niemand hatte den Mut, sie zu unterbrechen) meinte sie nachdenklich:

„Ich nehme mich da gar nicht aus …"

„Ach was?" rief der Politiker, ganz loriothaft.

„Allerdings!" rief die Professorin, „ich habe die letzten drei Jahre meine soziologischen Studien fast ausschließlich in Mittelafrika durchgeführt – mit erschütterndem Ergebnis – nur hier habe ich die echte Gleichberechtigung kennengelernt … wie sie uns vorschwebt … völlig authentisch … zumindest dort, wo der europäische Einfluss nicht zu stark war … und wo dieser Einfluss zum Glück auch schon wieder im Verschwinden ist …!"

„Was denn?" meinte der Moderator verblüfft, „das Machotum und die Vielweiberei und das alles …?"

„Papperlapapp!" rief die Professorin, „alles nur Geschwätz! Und absichtlich falsch verstanden!"

Sie überlegte kurz und fuhr dann fort:

„Es ist so wie mit dem Orientalismus im 18. Jahrhundert in Europa. Die Fürsten hier hielten sich einen Harem und ließen die Sau raus, weil angeblich die Orientalen das so hatten und das in der Bibel so zu finden ist. Salomo und seine tausend Weiber als nachzuahmendes Vorbild! Dabei taten sie das nur zu ihrem eigenen Spaß! Einer trat sogar zum Islam über, um vier Frauen heiraten zu dürfen – als wenn er nicht schon genügend Maitressen gehabt hätte – und baute in seinem Park in der Nähe von Heidelberg eine Moschee. Soviel war ihm seine angestammte Religion wert … Dabei hatten die orientalischen Herrscher so viele Ehefrauen, weil sie aus politischem Druck und Kalkül mit allen umgebenden Völkern und Familien verwandt sein **mussten**. Um von denen als Oberhaupt überhaupt anerkannt zu werden. Und sie **mussten** mit allen diesen angedienten Frauen Söhne zeugen, damit diese wiederum als Anführer anerkannt werden würden. Also ein Mordsstress und absolut kein Spaß …!"

Sie pausierte und keiner redete dazwischen.

„In Mittelafrika ist das ganz anders. Ich habe das anhand eines eigenen Erlebnisses lernen müssen. Eine Studentin aus dieser

Gegend kam vor einigen Jahren an mein Institut und wollte ihren Doktor machen – sie war eine absolut brillante Studentin – eine Wissenschaftlerin aus vollem Blut – ihre Arbeiten waren erstklassig. Und so wurde auch ihre Dissertation. Summa cum laude. Mittlerweile ein Klassiker in der Soziologie und auf jeder Literaturliste Pflicht. Natürlich hatte ich versucht, sie für unsere Universität zu gewinnen und hatte sogar schon eine Gastprofessur für sie klargemacht, aber sie sagte mir dann, dass sie nun nach Hause fahren würde, um ihren Verlobten zu heiraten!"

Sie pausierte und schnaufte tief durch.

„Ich war völlig erschüttert! – ein solches Talent als Hausmütterchen verschwendet! – ich sah sie schon kochen und putzen!"

Sie schnaufte wieder.

„Da sieht man mal wieder, was selbst so aufgeklärte Personen wie ich für merkwürdige Bilder im Kopf haben – ich habe ihr offensichtlich absolut **nichts** zugetraut – ich schäme mich wirklich!"

„Und was weiter?" fragte der Politiker.

„Tja", meinte die Professorin, „sie verschwand dann wirklich und ich saß da mit meiner Gastprofessur. Wirklich enttäuscht! In den Semesterferien bin ich dann selbst zu ihr gefahren, um sie zu beknien! Und war völlig platt! Sie hatte zwar ihren Verlobten geheiratet und war schwanger mit dem ersten Kind. Außerdem war sie nur die **zweite** Ehefrau eines bekannten Politikers …"

(Es war deutlich, dass sie krampfhaft versuchte, den Ehrengast des Abends **nicht** anzuschauen.)

„… aber ansonsten hatte sie ihre wissenschaftliche Karriere ganz und gar nicht aufgegeben, sondern das in der neuen Hauptstadt schon bestehende Institut weiter ausgebaut und aktualisiert. Und sie hatte etliche Studien begonnen (auf denen ich dann in der Folge aufbauen konnte). Überhaupt war die Universität auf dem neuesten Stand und vorbildlich geführt – ich konnte richtig neidisch werden …"

Sie nickte nun Bertrand Domé zu und fuhr fort:

„Das Wichtigste aber musste ich erst lernen: Die **Frauen** besitzen in dieser Gegend der Welt **grundsätzlich** das Haus für ihre Familie und den Grund und den Boden. Auf den Dörfern auch den Acker und das Vieh. Nie der Mann. Der ist nur zu **Gast** in **ihrem** Haus. Und kümmert sich um das Fortkommen und die Ausbildung der Söhne.

Im Fall meiner Doktorin und natürlich Professorin hatte diese in der neuen Hauptstadt (schon vorher!) ein großes Wohn- und Geschäftshaus in Auftrag gegeben – mit Tiefgarage, einem großen Computerladen im Erdgeschoss und im ersten Obergeschoss. Im zweiten Obergeschoss ihr Büro mit etlichen Angestellten. Dann eine Art Hotel mit Zimmern für Bittsteller und Gäste (also auch für mich). Darüber dann die Etage für Familienmitglieder wie den Ehemann und andere Verwandte, später auch für die älteren Söhne. Mit Empfangsräumen und Speisezimmer. Und schließlich im zweigeschossigen Penthaus die Privaträume der Hausherrin mit Zimmern für die Kinder und die Angestellten, meist nahe Verwandte. In ihrem Fall auch mit Swimmingpool und einer schattigen Terrasse mit Dachgarten …"

„Sehr luxuriös!" meinte der Politiker trocken.

Die Professorin zuckte die Achseln.

„Sie kann sich's leisten, denke ich. Allein die Mieteinnahmen für den Computerladen dürften die laufenden Kosten mehr als decken …"

Sie pausierte wieder kurz und fuhr dann fort:

„Was ich eigentlich sagen wollte – ich habe dann im Land recherchiert und musste feststellen, dass dieses System allgemeingültig ist. Die **Frauen** garantieren den Besitz und damit die Zukunft – sie kümmern sich um alles und bilden somit die Gemeinde. Die Männer haben mit dem Besitz nichts zu tun – sie sind für die **Außen**beziehungen der Familien zuständig. Und wenn dabei **ein** geschickter Kerl möglichst viele Frauen vertreten kann, ist das durchaus von Vorteil! Und dazu müssen auch die Söhne erzogen werden. Die Männer haben in der Regel nur eine kleine Hütte für sich als Rückzugsmöglichkeit. So eine Art Mönchszelle ... wo sie sich erholen können ..."

Der Moderator wandte sich an den Ehrengast und fragte:

„Können sie dies bestätigen, Exzellenz?"

Bertrand Domé blickte zu seiner Ehefrau, fand Bestätigung, nickte und meinte dann nachdenklich:

„Ja-ja, das ist soweit durchaus korrekt. Außerdem gibt es einen weiteren wichtigen Aspekt: gerade bei uns Politikern sind die zahlreichen Ehefrauen – bei unserem Präsidenten sind es in toto sieben, bei mir bisher nur vier – eher so etwas wie Botschafterinnen. Bitte vergessen sie nicht, dass Mittelafrika erheblich größer ist als Europa und mit ebenso vielen unterschiedlichen Völkerschaften gesegnet – und daher auch mit ebenso vielen verschiedenen Sprachen, Sitten und Gebräuchen. Also schon vergleichbar mit Europa – wie mit Deutsch, Französisch, Englisch, Finnisch, Polnisch, Tschechisch ... alle halt ziemlich unterschiedlich. Natürlich haben alle diese Völker in unserer Hauptstadt ihre Vertretungen. Allen voran die ‚Großen Familien‘. Aber oft wird doch lieber der persönliche Kontakt und die direkte Fürsprache gesucht. Und hier kommen die Damen ins Spiel ..." – er wandte sich an seine Gattin, die bestätigend nickte – „sie stellen gewissermaßen eine Anlaufstelle für ihre Landsleute dar, die wichtige Anfragen oder Bitten an die geeigneten Stellen weiterleiten. Dazu haben sie alle ihre Büros mit Warteräumen, Catering, Übernachtungsmöglichkeiten und so weiter ..."

Er lächelte leicht und freundlich und ergänzte:

„Das ist nicht alles nur zum Spaß, müssen sie wissen!"

„Verständlich!" äußerte sich der Politiker.

„Und was macht der Hengst dann mit seinen vielen Stuten? – Die kommen ja wohl ziemlich kurz? – Oder vergnügen sich privat anderweitig?" fragte grinsend der Kraftmensch.

„Kein Kommentar!" antwortete Bertrand Domé lächelnd.

„Also wirklich, Herr Weinen!" protestierte der Moderator, „das ist nun wirklich privat ..."

„Papperlapapp!" rief die Professorin, „er hat ja recht – aus europäischer Sicht. Es ist doch ganz klar – die europäischen Männer werden durch ihre Traditionen kurzgehalten, damit sie möglichst aggressiv und produktiv im Job sind. Thomas Mann zum Beispiel hat seine Frau nur einmal im Monat bestiegen, um seine Produktivität auf seine Arbeit konzentrieren zu können. Sublimieren nennt man das … Reiner Schwachsinn! … Kein Wunder, dass die Kerle hier so aggressiv sind. Und kein Wunder, dass überall Kriege vom Zaun gebrochen werden!"

„Alles schön und gut!" meinte der Politiker, „Aber …"

„Papperlapapp!" rief die Professorin erneut, „Die Männer gehören gut herangenommen, dann sind sie schon friedlich. Und sie können es ja schließlich auch immer …"

Sie pausierte und ignorierte ein ironisches „Ach, ja?"

Dann meinte sie nachdenklich: „Ich habe das an einem prächtigen Beispiel beobachten können. In einer der großen Städte habe ich vor einiger Zeit eine Frau kennengelernt. Eine Amerikanerin aus der Mittelschicht. Mann ehemals im öffentlichen Dienst, sie selbst Hausfrau und sehr aktiv in Kirche und Wohlfahrt. Drei Kinder in guten Berufen, erfolgreich – ein Arzt, ein Rechtsanwalt, eine Architektin, schon einige wohlgeratene Enkel. Ein großes Einfamilienhaus mit vier Garagen. Also typisch Mittelklasse. Der Mann und die Söhne sind aber nun auch Domé. Und als der Ehemann dann in Rente gehen musste, wollte er seiner Frau einmal die ‚alte Heimat' zeigen. Und so reisten sie pauschal für vierzehn Tage dorthin. Da der Mann aber zu einer der ‚Großen Familien' gehörte, wurde er gern empfangen und weitergereicht. Sie machten viele Bekanntschaften, begründeten sogar Freundschaften. Und das Ende vom Lied war, dass sie den ‚Urlaub' erst um einen Monat verlängerten. Und dann das Haus in den USA verkauften und für immer in ihrer neuen Heimat blieben. Sie hatten sich eine große Maisonette-Wohnung gekauft – das heißt „für **Sie**" wurde sie gekauft – **Er** wohnte nun also bei ihr – er hat zu seiner Rente noch einen kleinen Job, so mehr oder weniger ehrenhalber – etwa drei Stunden am Tag – sie ist wieder wie bisher in Kirche und Wohlfahrt tätig – alles wie bisher …"

„Und was hat das mit der männlichen Potenz zu tun?" fragte der Politiker ironisch.

„Na ja! – Bisher hatten die Beiden sich an die Regel von Martin Luther gehalten – ihr wisst schon – ‚die Woche zwier' und so weiter. Als die Frau dann aber – so ganz allein in einer großen Wohnung in einer großen fremden Stadt – jede Menge neue Freundinnen gewonnen und deren Familienverhältnisse studiert hatte, musste sie feststellen, dass das afrikanische System erhebliche Vorzüge aufweist. Man hat immer irgendwelche Verwandte um sich … hilft sich untereinander und so … vor allem die Kinder und Jugendlichen werden eingebunden und lernen Verantwortung zu übernehmen und gammeln nicht rum – daddeln nicht am PC oder so … Jedenfalls begann sie zu überlegen, ob sie nicht ihren netten und kräftigen Ehemann mit einer ihrer Freundinnen teilen könnte. Und damit ihre eigene Familie auf eine etwas breitere Basis stellen könnte. Ihre eigenen Kinder und Enkel waren schließlich immer noch nicht nachgezogen …

Sie unterrichtete ihren Ehemann von diesen Überlegungen und der lehnte rundweg ab. Noch eine weitere Ehefrau und womöglich noch weitere Kinder. Das konnte er sich nicht vorstellen. Er hatte zwar bei seinen Bekannten zahlreiche Mehrfachehen gesehen und er hatte sich gelegentlich auch ironische Kommentare zu seiner Einehe anhören müssen. Aber er wollte nun ‚im Alter' seine Ruhe haben, ein bisschen einen guten Job machen, gute Freunde treffen und vielleicht ein bisschen Golf spielen … Das Ende vom Lied war aber, dass sie ihn mit einer ihrer Freundinnen bekannt machte – das heißt, er kannte sie schon, rein beruflich natürlich. Sie war Rechtsanwältin und hatte ihnen beim Kauf der Wohnung geholfen – sie verwaltete ein neu gebautes Wohnhochhaus – eine junge Witwe mit einem kleinen Sohn, etwa 10 Jahre alt. Sie waren sich damals schon sympathisch gewesen, also ließ er sich breitschlagen und wurde mit ihr verheiratet. Und jetzt kommt's! Die Frau hatte ja angenommen, dass sie von nun an nur einmal die Woche das Vergnügen haben würde. Aber stattdessen lebten die guten Geister ihres Mannes wieder auf und er beglückte seine beiden Frauen jede etwa zwei-, dann immer öfter dreimal die Woche. Und das nicht nur wie sonst gewohnt eine freundliche knappe Stunde, sondern mindestens zwei leidenschaftliche Stunden. Bei ihm waren jedenfalls dadurch keine Verschleißerscheinungen zu erkennen. Eher war er so wie in der Zeit zu Beginn seiner ersten Ehe, als er noch heftig verliebt war … Und da diese Zweitfrau sich im selben Haus eine ähnliche Maisonnette-Wohnung gekauft hatte, konnte man die Haushalte koordinieren, die Angestellten teilen und so weiter. Der angeheiratete Stiefsohn konnte nun von ihr verwöhnt werden … Ihre Kanzlei hatte die ‚Zweite' weiterhin in der Innenstadt behalten … Und als die dann schwanger wurde und ab einem bestimmten Zeitpunkt ‚geschont' werden musste, wurde ganz ernsthaft über eine dritte Ehefrau nachgedacht. Und tatsächlich auch gefunden und angeheiratet. Und in einer weiteren Maisonnette-Wohnung in demselben Gebäude angesiedelt. Auch deren Geschäft – eine Schmuckmanufaktur mit einem – wie sagt man heute? ‚hippen'? – Laden in der Innenstadt wurde weiterhin betrieben – dieser Anhänger hier ist übrigens von ihr, schön, nicht? – und als die ‚Dritte' dann schwanger wurde, wechselte man sich halt weiterhin ab … Und der Mann …!" schloss sie triumphierend, „konnte das nicht nur mitmachen, er ist nun zwei bis dreimal täglich rundum bei seinen Frauen unterwegs, oft auch mittags nach dem Essen. Und das als Rentner mit rund 70 Jahren." – „Ha!"

„Soso!" meinte der Moderator und wandte sich an die Ehefrau des Ehrengastes, „Und was meinen **sie** dazu?"

„Kein Kommentar!" sagte diese amüsiert lächelnd. Und es war deutlich, dass sie die geschilderten Umstände als normal und angenehm empfand. „Nur so viel vielleicht … mein Ehemann und ich haben bereits zwei Kinder. Meine drei Freundinnen zusammen weitere sieben. Ein kleiner Kindergarten, nicht wahr? Und das werden bestimmt nicht die einzigen bleiben …"

„Hui!" meinte der Kraftsportler verblüfft, „und das geht?"

„Und wie das geht!" befand der fremde Kultusminister knapp, aber weiterhin freundlich lächelnd.

„Hmmh …!" meinte Herr Weinen nur, kratzte sich am Kopf und schaute ihn und seine Gattin abwechselnd respektvoll an. Die

Professorin wiederum beobachtete ihn süffisant grinsend und meinte dann:

„Wie ich schon sagte – alles eine Frage der Gewohnheit … und der Nachfrage …!"

Dann ergänzte sie, ganz ohne Süffisanz:

„Die besagte Familie bewohnt mittlerweile einen vielstöckigen Wohnturm – ich erwähnte es schon – vierzehn Geschosse oder mehr, glaube ich – ganz mittelalterlich italienisch – der Mann hat auch ein Geschoss für sein Büro und als Rückzugsort. Und für die Golfschläger natürlich. Zwei Geschosse mit Zimmern für Gäste und externe Familie. Dazu ein Garagengeschoss für die Familie und viele Gäste. Und ganz oben auch ein Swimmingpool und ein Dachgarten unter einer schattigen Glaskuppel mit Solarpanels und so weiter."

Sie hielt ein und fügte dann leise, aber fest hinzu: „Wirklich schön!"

„Oh ja!" ergänzte ganz unerwartet die Gattin des Bertrand Domé, „das kann ich nur bestätigen. Beim Wohnsitz unserer Familie in Domé gehen der Bauten nicht ganz so in die Höhe – Frau Professor Beller hat diese ja vorhin genau beschrieben, nur sieben bis acht Geschosse – aber sie füllen immerhin etwa die Größe eines Fußballfeldes. Außerdem sind wir Selbstversorger mit Elektrizität – und auch sonst ökologisch positiv orientiert mit Dachbegrünungen und vielem mehr. Ich glaube, sie können diese Bauten als Modellvorhaben in den Zeitschriften oder im Internet anschauen, wenn sie schon nicht zu uns kommen können …"

„Ist das eine Einladung?" fragte der Moderator. Die Gattin neigte huldvoll den Kopf.

♦

Im Altenwohnstift „Sonnenhof" in Wolfburken saßen trotz der fortgeschrittenen Stunde noch einige Bewohner vor dem Fernseher im Aufenthaltsraum und folgten der Talkshow mit dem „Geier", wie er gern liebevoll-ironisch genannt wurde.

„Ach, was war der Berti doch für ein süßer Bub – mit seinen blonden Löckchen und dem strahlenden runden Gesichtchen …"

schwärmte Frau Luise Kollmann, die ehemalige Lehrerin, „und so brav und folgsam …“

„Hah! Ein diebischer Mistkerl war der!“ ereiferte sich Herr Hubert Kolbe, „und sein Kumpan, der schwarze Blitz, sowieso! Haben mir immer meine Birnen geklaut … als wenn die in ihren Gärten keine gehabt hätten … pure Bosheit war das, jawoll!!!“

„Na, na!“ meinte Frau Luise, „schließlich waren die Birnen ja auch wirklich sehr lecker – so süß und saftig – herrlich … und außerdem haben die Mädchen die Buben immer angestiftet … ‚du traust dich ja doch nicht‘ … hatten sie gesagt!“ Sie imitierte die helle Mädchenstimme auf das Gekonnteste.

„Hah!“ rief Herr Hubert – schon ein wenig geschmeichelt wegen der anerkannt guten Qualität seiner Birnen.

„Ach je“, seufzte Frau Henriette, genannt Hännchen, „wieso denn das – waren die denn von hier?“ – Sie war eine Zugereiste und mit der Ortsgeschichte kaum vertraut.

„Na, und wie! Der Leo, also der Herr Präsident von da unten, ist doch der Bruder von der Frau Doktor Zimmermann! – ja, **unsere** Frau Doktor Zimmermann – die sie regelmäßig untersucht!“

„Sagen Sie! – Das sieht man ihr aber gar nicht an!“

„Nein, der Leo war adoptiert – sie mochten ihn halt so arg, dass sie ihn mitgenommen haben von dort unten …!“ meinte Frau Luise.

„Und der hat nun vier Frauen zu versorgen – der arme Kerl!“ ereiferte sich Frau Henriette.

„Hah!“ schrie Herr Hubert, „und der schwarze Blitz hat sieben! – Da hast du sie – original! Nix als Weiber im Kopf die da unten! Nix arbeiten, aber die ganze Zeit bumsen! Vier- oder fünfmal am Tag!! Hah!!!“

„Also, die Frau Professor meinte zwei- bis dreimal …“ wandte Frau Henriette ein.

„Hah! – Alles das Gleiche!“ schnaubte Herr Hubert und sah triumphierend um sich.

„Also – arbeiten tun die da unten ja schon, wie man so hört …“ wandte Frau Luise ein, „sonst ginge es denen doch nicht so gut …“

„Hah!“ schrie Herr Hubert, „alles auf unsere Kosten!“

„Na, na!“ meine Frau Luise, „die haben nun auch ihr Wirtschaftswunder, wie wir vor fünfzig Jahren. Man sollte ja auch mal etwas gönnen können?“

„Hah!“ schrie Herr Hubert.

◆

In der Zwischenzeit stand hinter der Tür, für die Senioren nicht sichtbar, die Stationsschwester, Frau Dorothea Kampmann, geschiedene Domherr, und lauschte den „Patienten“. Und ärgerte sich – sie wartete darauf, dass das fatale Stichwort fiel. Schon bei der Erwähnung der „Birnen“ war sie zusammengezuckt … und bei der Imitation ihrer Mädchenstimme war sie nahe dran gewesen …

Schließlich wussten ja die meisten, dass sie einstmals mit diesem gefeierten Superstar der Hautevolee verheiratet gewesen war und ihn verlassen hatte, um sich etwas Besseres als diesen „Landstreicher“ zu angeln. Aber der „Bessere“ war nie gekommen. Oder wollte nicht anbeißen … der Herr Doktor Frankenfeld … der Norbert … hatte sie benutzt und weggeworfen wie einen alten Waschlappen …

Und so vergammelte sie kinderlos als alte Jungfer, während ihr „Ex“ mit vier anderen Frauen rummachte und bereits neun (neun!) Kinder hatte. Sie knirschte mit den Zähnen. Viel lieber hätte sie ja mit dem Leo … Aber der hatte ja nun sieben Andere und werweiß wie viele Blagen … Frau Doro war wütend. Wenn die da draußen auch nur **ein** Wort fallen ließen …

7. Kapitel: Zukunft

Roderick Godalá blickte fast blicklos auf die herrliche Landschaft zu seinen Füßen. Er stand auf der obersten Loggia seines prachtvollen Hauses hoch über dem Tal des Padma, das sich unter ihm mit dem schmaleren Gaudastal vereinigte und dann in der Ferne in Nebel und Dunst verdämmerte. Er genoss wie immer diesen Anblick. Es war später Nachmittag – das Tal unten mit einem Teil der Altstadt lag schon im Schatten des Torbah und man konnte erste Lichter erkennen, während die von hinten flach einstrahlende Sonne die Hügel und den hinteren Teil des Tals dramatisch ausleuchtete. Rechterhand erstrahlte die „Burg Godalá" mit ihrer goldenen Fassade. Deren Dekoration mit Pflanzen- und Blumenreliefs warf nun lange Schlagschatten – sie schimmerte und glitzerte. Zwischen den Gebäuden rechts und links wuchsen auf den Terrassen des Steilhangs hohe Bäume und Palmen und bildeten so den Rahmen für ein eindrucksvolles Bühnenbild, das Roddy Godalá mit Genugtuung zur Kenntnis nahm.

In einer knappen halben Stunde würde der Herrscher von Godalá, sein Fürst und Freund, die abendliche Huldigung des Lichtes und der Nacht vollführen. Dazu würde er wie üblich zu seinem Schutz hinter ihm stehen, mit gebührendem Abstand natürlich. Dies war seine Berufung. Und sein Stolz.

Jetzt aber stand Roddy Godalá, einstmals Forrest, auf der Loggia vor seiner Bibliothek unter den vier mit Blumenformen geschmückten Säulen und schaute ins Weite – oder genauer gesagt in sein Inneres:

Er sah sich als jungen Mann mit seinen Zielen, Wünschen und Träumen … dann als Ehemann und Vater von drei schönen Kindern, stolz … dann als Staatsbeamter in verantwortlicher Position, zufrieden … Und sah sich schließlich auch zu einer Zeit, in der die Ziele, Wünsche und Träume weit entfernt zu sein schienen, versunken im Allerlei des Alltags, in unerfreulichen sozialen Randbedingungen bis hin zu Erniedrigungen und Anfeindungen, auf dem Weg ins Alter … ohne wirkliche Perspektive …

Und dann erinnerte er sich an den Umschwung, an jenem unvergesslichen Tag, an seine Befreiung von all den Einschränkungen von Herkunft, sozialem Status und beruflichen Hemmnissen. Er erinnerte sich an den Schock, den er empfunden hatte. Aber auch an den ungeheuren, wilden Stolz, der ihn überflutet hatte wie eine gigantische Welle – als er erkennen musste, wer er war und was er darstellte. Und was er in Zukunft würde darstellen müssen. Und auch an den erneuten Schock, als er erkennen musste, welche Verpflichtungen sich aus dieser Herkunft für ihn, seine Söhne und Enkel ergaben.

Nun, er hatte sich diesen Herausforderungen gestellt und sie, wie er meinte, angemessen gemeistert. Erst kürzlich hatte er in einer international angesehenen Zeitschrift sein Bild finden können mit einem ehrerbietigen und respektvollen Text, der seinen Stolz bekräftigt hatte. Sie hatten ihn als einen nahen Verwandten und väterlichen Freund des Fürsten Godalá dargestellt ... dem neuen Idol der Menschheit ... der durch die Hölle gegangen war ... und es geschafft hatte ...

Er lächelte ... und erinnerte sich auch daran. Zu wirklichen Freunden wurden der ehemalige Sträfling und sein Wärter, als er dem Fürsten zum ersten Mal im Empfangssaal der „Goldenen Burg" offiziell vorgestellt wurde und er sich (äußerst unüblich, geradezu schockierend!) vor ihn hingekniet hatte. Diese Geste der Demut erschien ihm aber an dieser Stelle richtig – und wurde dann auch von den umgebenden, verblüfften Domé gebilligt – als Zeichen seiner Reue über ihr ehemaliges, für beide unrühmliches Verhältnis. Der Fürst aber hatte ihn lächelnd aufgehoben und somit zu sich genommen ... und ihn eingereiht ...

Roddy schloss die Augen und atmete tief durch. Streckte das Rückgrat und blähte den ohnehin schon stolz geweiteten Brustkorb weiter auf. Atmete langsam aus. Atmete wieder ein und breitete die Arme aus. Dehnte die Muskeln an Nacken und Schultern.

Er hatte nie geglaubt, dass er einmal in seinem Leben so glücklich sein würde. Aber das war er nun. Als er am Mittag bei seiner jüngsten Ehefrau mehr als nur seine Pflicht als Ehemann getan hatte, hatte diese genießerisch gemeint, dass er ihr damit sicher wieder ein Kind gemacht hätte – sie fühlte es. Ihr Viertes. Dann hatte sie einen Bericht in einer Zeitschrift erwähnt, nach der im 19. Jahrhundert ein Franzose – ein bekannter Bauunternehmer – er hatte den Suez-Kanal oder den Panama-Kanal oder so etwas gebaut – mit 72 Jahren sich noch eine zweite junge Ehefrau genommen hatte und mit ihr weitere zwölf Kinder gezeugt habe zu den dreien, die er von seiner eher faulen ersten Ehefrau schon hatte …

„So will ich das auch!" hatte sie dann lachend ausgerufen. Und er hatte seine Verantwortung gerne noch einmal bestätigt, obwohl er die Spitze gegen seine geliebte erste Frau durchaus bemerkt hatte … und eigentlich auch die gegen die zweite …

Und nun dachte er: „Ob meine Zweite auch noch mehr Kinder möchte – zu den dreien, die sie bereits hat …?" Und eine leise, aber deutlich vernehmbare Stimme in ihm hatte gemeint: „Warum denn nicht …? Wenn es sie glücklich macht …!"

Roddy Godalá blickte über seine Welt und ließ das Glück strömen.

$$\Omega$$

Epilog

Domé

Im Morgengrauen des ersten Tages der traditionellen Falkenjagd stand Ardé Léo Domé, genannt der Löwe, Präsident von Domé, wie so viele seiner Vorfahren auf der vorgerückten Kanzel über der steil abfallenden Flanke des Berges und schaute in die aufgehende Sonne. Er hatte aber kein Weiheopfer wie die damaligen Könige dargebracht, sondern ein Gebinde mit Blumen aus allen Regionen seines weiten Reiches niedergelegt. Es galt den Opfern der vor langer Zeit geschehenen Katastrophe und der erst vor kurzem beendeten feindlichen Auseinandersetzungen und Kriege. Er stand nun sinnend und in ein stilles Gedenken versunken auf diesem durch alte Traditionen geheiligten Platz, hinter sich drei seiner Söhne und die sechs großen Fürsten des Reiches. Und in gebührendem Abstand die Mitglieder der Staatsverwaltung, ihnen voran der Hofmeister als Leiter der Zeremonie. Diese Aufgabe erfüllte nun der älteste Sohn des vor einiger Zeit verstorbenen „Hüters der Steine".

Der Präsident war wie der letzte König gekleidet, und doch war dies kein Kostümfest, sondern eine Referenz an eine Vergangenheit, ohne die man nicht sein konnte, wenn man die Zukunft planen und gestalteten wollte. Und das war nun seine Aufgabe.

Die dramatischen politischen Umwandlungen der letzten Jahrzehnte hatten die Region deutlich verändert. Nachdem durch politische Willensbildung die Völker in Mittelafrika die Dominanz der multinationalen Konzerne und anderer Einflussnehmer hatten zurückdrängen können, wurde ein neuer Staatenbund gegründet. Sie hatten diesen neuen Staatenbund „Domé" genannt. Und sich zur Bestätigung ihrer Eigenständigkeit einerseits und als Referenz an die glorreiche Vergangenheit andererseits den Nachkommen des letzten Herrscherhauses von Domé als ihren Repräsentanten gewählt. Als wichtige Ergänzung hatten sie einmütig die sechs Nachkommen der alten Fürstenhäuser zu seinen Vertretern bestimmt – sie alle hatten sich für diese Aufgabe qualifiziert und wurden von den betroffenen Völkern voller Stolz verehrt. Sie bildeten wie früher wieder den „Rat" – ein beratendes Gremium, das politische, wirtschaftliche und kulturelle Entscheidungen vorbereitete und zur Diskussion freigab. Und sie nach erfolgreicher Abstimmung absegnete und schließlich gültig werden ließ.

Dies hatte in der Folge dazu geführt, dass die Stellung der regionalen Clans gestärkt wurde. War früher versucht worden, die Staatswesen nach europäischem Vorbild wie im 19. Jahrhundert zu zentralisieren und durch einzelne, willkürlich festgesetzte „Großfürsten" verwalten zu lassen, war durch die gezielte Regionalisierung nach Zerschlagung der alten, kolonialen Staatsgrenzen erreicht worden, dass das Selbstwertgefühl der einzelnen Völker, Gruppierungen und Familien wieder deutlich gestärkt wurde. Aus dem brutalen Gegeneinander war nun ein sportliches Nebeneinander geworden.

Und wenn auch die Domé als Bevölkerungsgruppe durch ihre Besonderheiten auffielen, war doch ihr Vorkommen auf allen Kontinenten, in allen Ländern der Erde Anlass genug, sie nicht besonders zu bevorzugen. Denn abgesehen von ihren Fähigkeiten, die sie zum Glück nur untereinander einsetzen konnten – sie waren auch nur Menschen, mit allen Fehlern und Schwächen. Allerdings – Domé-Männer stellten auf dem internationalen Heiratsmarkt (und als Spender bei Samenbanken) durchaus ein begehrtes Angebot dar …

◆

Der Herrscher hatte seine Andacht beendet und kehrte wieder zurück. Nachdem der Hofmeister ihm Leopardenfell, Stab und Stirnreif abgenommen hatte, begab er sich mit seiner Familie zu der Veranstaltung „Altes Domé", die als besondere Attraktion seit vielen Jahren regelmäßig und mit viel internationalem Publikum durchgeführt wurde. Wie beim Autorennen in Monte Carlo oder beim Pferderennen in Ascot war dieser Platz zu einem Lieblingsort der „Schönen und Reichen" geworden, bei dem man sich traf, um zu sehen und gesehen zu werden. Auch hier trugen die Damen Aufsehen erregenden, exquisit gestalteten Kopfputz und eine Garderobe, die sie normalerweise nicht anlegen würden.

Schon bei der Opfergabe war die Presse mehr als ausreichend vertreten gewesen; auch über die folgenden Attraktionen sollte in den Medien breit berichtet werden. Für die repräsentierende Familie galt es daher, das Programm dieser Veranstaltung abzuarbeiten. Und das war harte, entbehrungsreiche Arbeit – es bedeutete, durchgehend präsent zu sein. Und ein gutes Bild abzugeben!

Als erster Programmpunkt war daher ein Fototermin angesetzt mit der mittlerweile recht umfangreichen Familie, den Ehefrauen, den Kindern und Enkeln. Alle wurden einzeln und in Gruppen abgelichtet – als Nachweis der Leben- und Überlebensfähigkeit der Familie. Und natürlich als Garant für Sicherheit und Ordnung.

◆

Dann sollten die ersten Rennen folgen – neben den üblichen Reitturnieren mit Pferden auch solche mit Kamelen. Danach würden die Freunde der Falkenjagd auf ihre Kosten kommen, die im „Großen Stadion" durchgeführt wurde. In dieser gigantischen, ovalen Arena mit Platz für dreihunderttausend Gäste und mit zahlreichen klimatisierten Beobachtungskanzeln für die „VIP" konnte man die unterschiedlichsten Aufführungen veranstalten bis hin zu Seeschlachten wie im antiken römischen Kolosseum. Für ein angenehmes Klima sorgte eine halbdurchlässige Kuppel, die nachts auch beleuchtet werden konnte. Und so als strahlendes Juwel die Hochebene dominierte.

Präsident Ardé Léo Domé, von vielen gern, wenn auch inoffiziell, „der König" genannt (obwohl er einen solchen Titel abgelehnt hatte), hatte die für die Familie reservierte Loge betreten und als offiziellen Start der Festspiele mit einer elektronischen Pistole den Startschuss für das erste Rennen gegeben. Er erwartete einen aufregenden Tag.

Ω

Domé

Nachwort des Verfassers

Das vorliegende Werk ist ein Produkt reiner Fantasie. Menschen, Orte, Länder, ja ganze Kontinente haben mit der heutigen Welt nur so viel (oder wenig) gemeinsam wie R. R. J. Tolkiens Kontinent „Mittelerde" mit dem realen Britannien oder Europa seiner Zeit – sie sind Teil einer Parallelwelt mit anderen Regeln und Gesetzen.

Ich bitte daher alle, die sich von den Beschreibungen oder von Namen, Orten, Ländern oder Kontinenten betroffen oder gar getroffen fühlen, um Verzeihung – Ähnlichkeiten oder gar Übereinstimmungen sind rein zufällig und nicht beabsichtigt. Natürlich gibt es Orte mit ähnlichem Namen wie New Yorck. Aber den Wolkenkratzer, in dessen obersten beiden Geschossen sich das in ‚Teil 1, Kapitel 5' beschriebene Appartement befindet, kann es im realen New York nicht geben – in den obersten Geschossen solcher Gebäude sind üblicherweise Technikräume untergebracht, die zum Beispiel die Wasserversorgung der darunter liegenden Geschosse sicherstellen. Oder bei besonders schlanken Gebäuden die notwendigen Schwingungsdämpfer enthalten.

Der Roman – oder besser: diese Folge von sieben aufeinander bezogenen Novellen – entstand über einen langen Zeitraum. Von dem oben angegebenen Appartement etwa existiert eine Entwurfszeichnung in einer Grafik-Datei, zuletzt gespeichert am 27.10.1996. Aus dieser Zeit bestehen auch das Grundkonzept sowie etliche Textsplitter und Zeichnungen von Gebäuden, Städten und Landschaften. Tatsächlich handelte es sich bei diesen Erzählungen um die Verdeutlichung von städtebaulichen und architektonischen Überlegungen und Visionen. So war die Burg von Dannau in ‚Teil 3 – Das Haus Dannau' ein reales Projekt, das ich im Jahre 1986 für ein geplantes Zentrum für Kunst und Medien der Öffentlichkeit zur Diskussion vorgestellt hatte. Es sollte eine ganz ähnliche Funktion wie in dieser Geschichte erfüllen. Leider konnte es nicht realisiert werden.

Der Roman entwickelte sich also über etwa ein Vierteljahrhundert. Dadurch erklären sich auch an mehreren Stellen die Sprünge in der technischen Entwicklung – sie waren gerade in der Medientechnologie erheblich. Und diese findet in den Geschichten auf unterschiedliche Weise Eingang, bedingt durch den Entstehungszeitpunkt der jeweiligen Geschichte. Ich habe diese Abweichungen jedoch nicht korrigiert oder angeglichen, sondern sie im Wesentlichen belassen.

Denn: einige Teile sind schon sehr alt – der Prolog, der erste und zweite Teil sowie der Epilog stammen – fertig als Korrekturfassungen ausgedruckt – aus dem Jahre 2007. Die dazwischen liegenden Teile sollten damals zeitnah entstehen. Und dann ebenfalls zeitnah veröffentlicht werden.

Aber ich bin kein professioneller Schriftsteller. Und die professionellen Arbeiten hatten seinerzeit Vorrang vor den in Mußezeiten erstellten Erzählungen. So entstand das Werk Stück für Stück. Und wurde immer wieder ergänzt. Manchmal nur zur Korrektur oder Fortführung des Bestehenden, manchmal auch durch ganz neue Teile. Und manchmal stockte der Erzählfluss für Monate und Jahre einfach. Immerhin – hier ist die (vorläufige?) Endfassung. Viel Freude damit.

Im Frühjahr des Jahres 2024
Der Verfasser

Nachwort zur zweiten Auflage

Schon zu Beginn des „Buchprojektes" lagen zahlreiche Skizzen zu den Örtlichkeiten und zur Lagebestimmung in den fiktiven Landschaften vor, die zum Teil als Gedächtnisstützen dienten, aber schon als Illustrationen konzipiert waren. In der Fassung der ersten Auflage hatte ich auf diese Illustrationen verzichtet, da sie mir für eine Taschenbuchausgabe zu üppig erschienen waren.

In der ersten Auflage hatten sich allerdings auch einige Fehler und Ungenauigkeiten eingeschlichen, die nur im Rahmen einer Neuauflage korrigiert werden konnten. Diese Neuauflage konnte nun auch zum Anlass genommen werden, die vorhandenen Illustrationen zumindest in ihrer schwarz-weißen Urform zu zeigen. Sie waren ursprünglich für eine gebundene, kolorierte Fassung gedacht gewesen. Aber auch so erfüllen sie ihren Zweck als Erläuterung zu den verschiedenen „Tatorten".

Im Herbst des Jahres 2024
Der Verfasser

Inhaltsverzeichnis

Prolog   5

1. Teil: Das Haus Domé   13

2. Teil: Das Haus Kamal   57

3. Teil: Das Haus Doué   101

4. Teil: Das Haus Ebandó   127

5. Teil: Das Haus Bradé   153

6. Teil: Das Haus Dannau   187

7. Teil: Das Haus Godalá   211

Epilog   255

Nachwort des Verfassers   261

Domé